엠퍼러 2

김지현 판타지 장편 소설

초판 1쇄 찍은 날 § 2003년 3월 21일
초판 1쇄 펴낸 날 § 2003년 3월 31일

지은이 § 김지현
펴낸이 § 서경석

편집장 § 문혜영
편집 책임 § 이종민
편집 § 장상수 · 권민정 · 유경화
마케팅 § 정필 · 강양원 · 이선구 · 김규진 · 홍현경

펴낸곳 § 도서출판 청어람
등록번호 § 제1081-1-89호
등록일자 § 1999. 5. 31
어람번호 § 제1-0367호

주소 § 경기도 부천시 원미구 심곡1동 350-1 남성B/D 3F (우) 420-011
전화 § 032-656-4452 팩스 § 032-656-4453
http://www.chungeoram.com
E-mail § eoram99@chollian.net

ⓒ 김지현, 2003

값 7,500원

ISBN 89-5505-642-7 (SET)
ISBN 89-5505-644-3 04810

2
염인석

김지현 판타지 장편 소설

엠퍼러
Emperor

도서출판

청어람

성년식

목차

성년식

황실의 '장로'라는 자들은 보통 세 명이다.

이들은 뭔가 특별하기 때문에 모시는 것이 아니다. 오히려 할 수 있는 것이 없는 자들이 '장로'라는 이름으로 자리에 있는 경우가 많다. 그 이유인즉 '장로'라는 것은 이름만 있는 자리일 뿐 아무것도 할 수 없기 때문이다.

그래서 보통 반려자가 없어 혼자 지내는 황족의 어른이나 다른 곳에 갈 곳이 없는 이들이 황실의 장로로서 북쪽의 궁에서 생활한다.

그런 자들이 장로가 되다 보니 시간이 흘러갈수록 그들은 그저 상징적인 존재로 있을 뿐 다른 의미가 없다.

그러나 아주 가끔씩 이 장로들이 권력을 가지는 경우가 있다. 그건 황제의 자리에 아직 성년식을 치르지 않은 어린 사람이나 어리석은 자라서 국정을 제대로 돌볼 수 없는 이가 오를 경우이다. 그럴 경우 장로들은 대리 정치를 할 수 있다. 이것은 제국의 티란 법상 현재 황제나 황비—혹은 대공—의 자리에 있지 않은 다른 이들이 정치에 간섭하지 못하기 때문이다.

그런 이유로 황실의 어른인 장로들이 대리 정치를 하는 것이다.

하지만 예외도 있으니, 황제가 어리다 하더라도 충분히 국정을 돌볼 능력이 된다면 나설 수 없다.

가끔씩 권력에 맛을 들인 장로들이 함부로 행동하는 경우도 있기는 하나 끝이어 황실에서 침묵하게 만든다.

장로들은 그저 상징적인 존재일 뿐 다른 곳에 관여할 수 없는 것이다.

—나라별 정치 구조의 차이점

아리아의 약혼과 릴아나 부인

요즘은 아리아와 디트레이의 분위기가 묘하다.

정식 약혼식 날짜가 얼마 안 남았는데 약혼식과 결혼식 날을 잡은 뒤부터 둘의 행동이 조금씩 바뀐 느낌이 든다.

서재에서 조용히 책을 읽으려는 내 앞에서 아리아가 멍하니 창밖을 보고 있다.

난 무시하고 책에 집중하려고 했지만 도저히 집중이 안 된다.

책을 덮어버리고 의자에 몸을 기댔다. 그리고 창밖으로 눈을 돌리니 파아란 하늘이 눈에 들어왔다.

정말 평화로워 보이는 하늘과 달리 황성 안은 소란스러움이 느껴진다.

최근 내 성년식 준비를 제외하고도 다른 의미로 성 내부가 유달리 좀 소란스럽기는 하지만 곧 내가 성년식을 하고 나면 상황이 달라지겠지.

하, 그리고 보니 벌써 성년식이군.

성년식이라……. 정말 싫은데.

성년이 되고 나면 해야 할 일들이 더 많아진다.

싫은 일들만 겹치고 있는 중에도 기분 좋은 일은 있다.

"세레나, 빨리 와."

내가 중얼거리자 제노시아가 부드럽게 웃었다.

하지만 아리아는 못 들었는지 계속 멍하니 바깥만 보고 있다.

세레나가 신관 시험을 본 지 약 1년 반이 지났다.

처음에는 세레나의 성격상 신관이 못 될 가능성이 많다고 생각했었다.

그런데 어찌 된 영문인지 신관이 되기까지 평균 3, 4년은 걸린다는 다른 이들의 말과는 달리 세레나는 벌써 견습 딱지를 떼고 이번 달 안에 정식 신관이 될 예정이다.

그래서 축하도 할 겸 이제 정식 신관이니 재가 사제나 신관들마냥 성에서 지내라는 말을 하려고 오늘 불렀는데 아직 오지 않는다. 이제 견습 딱지는 떨어졌으니 마음대로 외출할 수도 있다고 해서 불렀는데 왜 이리 안 오는지…….

되도록 오늘 와달라고 했으니 오겠지.

얼마나 변했을지 모르겠군.

그나저나 아리아의 저 태도.

굉.장.히 신경 쓰인다.

"아리아?"

난 결국 아예 책을 한쪽으로 치워놓았다.

어차피 갑자기 시간이 나서 기분 전환이라도 할까 해서 책을 들고 있었는데 다 틀렸으니 저 신경 쓰이는 사람이나 처리해야겠다.

"에… 예? 예… 옛."

멍하니 있었다는 걸 주장하고 싶었는지 화들짝 놀라서 더듬거리며 대답한다.

"단도직입적으로 물을게. 요새 왜 그래?"

"제, 제가 뭘요?"

정말이지…

"최근, 정확히는 나에게 디트레이와 약혼할 터이니 이하라 정원을 잠시만 쓰게 해달라고 했던 날 이후로 좀 이상해."

내 말에 아리아는 목소리가 작아진다.

"제가… 그랬던가요?"

답답하다.

도대체 왜 저러는 건지.

내가 못마땅하다는 눈으로 보자 아리아는 한숨을 푹 내쉬었다.

"그냥… 어쩐지……."

"아리아 누나, 그냥 좀 말하지 그래?"

난 턱을 괴고 어릴 때 유폐의 탑에서 부르던 대로 불렀다.

말하기 편하도록.

그런 내 생각을 알아챈 건지, 아니면 아무 생각 없는 건지 아리아는 다시 한숨을 쉬고 설명했다.

"별거 아니에요. 정말로. 그저… 정말 디트레이와 약혼하는구나… 곧 결혼이구나 싶어서요."

"그럼 디트레이를 그렇게 쫓아다니더니 결혼할 생각도 없었어?"

난 아리아가 무슨 말을 하는 건지 전혀 이해할 수가 없었다.

그렇게 좋아서 쫓아다녔고 오래 사귀었으면 약혼하고 결혼하는 게 당연한데 무슨 말을 하는 건지 이해가 안 된다고나 할까.

"저도 디트레이와 결혼하고 싶어요. 그리고 그럴 거구요. 그런데… 기분이 좀 이상하네요."

아리아는 정말 자신도 모르겠다는 듯 난처해하는 어조로 말했다.

"난 아리아가 무슨 말을 하는지 모르겠어. 하지만 조언 한 가지 할게."

"예."

알 수 없는 말을 하고 신경 쓰이게 하는 것들은 옆에서 치워야 한다.

"밖에서 산책이나 하며 머리 좀 식히는 게 어떨까 생각하는데."

분명 최근에 성년식이다 뭐다 해서 일을 많이 시켜서 엉뚱한 기분이 드는 게 분명하다.

"예, 그럴게요."

아리아는 힘없이 대답하고 유령처럼 일어나 나가 버렸다.

"대체 왜 저러지?"

"글쎄요……."

제노시아도 짐작 가는 일이 전혀 없나 보다.

거참, 늘 명랑한 아리아가 저러니까 이상하네.

난 다시 책으로 눈을 돌렸다.

막 다시 책을 읽으려는데 노크 소리가 들리고 디트레이가 들어왔다.

"무슨 일이지?"

"예… 그게……."

"아리아는 방금 나갔어."

내 말에 디트레이는 당황해하며 말을 더듬겠지.

솔직히 내 서재에 그저 아리아나 찾으러 들어왔다는 게 말이 안 되는 소리이긴 하지만.

그저 디트레이가 아리아처럼 너무 딱딱한 것 같아서 해본 말이었다.

"아, 아닙니다."

예상대로 당황한 디트레이가 편지를 내밀었다.

"이건 뭐지?"

"아버님께서……."

"아아……."

난 디트레이의 말을 다 듣지 않고도 무슨 말인지 짐작할 수 있었다.

예의 '그 일'로 보낸 것이리라.

편지를 펼치자 내 예상대로 장로들의 세력에 대한 일이 쓰여져 있었다.

'흠, 역시 키나이가 말한 것과 별반 차이는 없어.'

그저 단순히 권력에 눈이 먼 노인들일 뿐이군.

나는 편지를 읽고 고개를 들었을 때 순간 깜짝 놀랐다.

바로 앞에 디트레이가 멍하니 서 있었다.

저 행동, 아리아와 비슷한데?

"디트레이?"

"예? 예, 옛."

아리아와 대답까지 비슷하군.

둘 다 뭐 하는 거지?

"왜 그렇게 멍하니 있어?"

"아닙니다."

힘차게 부정하는 디트레이.

"이봐, 신경 쓰인다고."

실제로 엄청 신경 쓰인다.

둘 다 약혼식 날을 정하고 나서 이상해졌단 말야.

"하지만……."

"아리아는 내 누나 같은 사람이야. 곧 아리아와 약혼할 네 태도가 약혼하겠다고 한 날부터 이상한 게 마음에 걸려서 그래."

난 슬슬 말로 구슬리기 시작했다.

디트레이는 고지식해서 자신의 일을 상관—이라고 할 수 있는—인 나에게 시시콜콜 말하지 못할 테니 다른 방법을 쓴 거다.

"아닙니다. 그저……."

"그저?"

역시 넘어오는 디트레이.

"정말 약혼하는구나… 싶어서……."

아리아와 비슷한 말이로세.

둘이서 이렇게 하기로 미리 계획이라도 세웠어?

"무슨 뜻이야?"

"아리아가 싫은 건 아닙니다. 사귀면서 결혼도 생각했었고 이번 결정도 신중하게 내렸습니다."

이상하잖아, 둘 다.

결혼도 생각했었고, 진지했고, 좋아했다며?

그런데 왜 이러는 건데?

짜증이 난다.

"그런데?"

"그게… 어쩐지 약혼할 날을 정하니까 기분이 이상한 게… 저기… 잘 설명할 수 없지만……."

"어쨌든 이상한 기분이 든다 이거로군?"

아리아와 똑같네.

머리 아프군.

도대체 왜 저러는 건지.

"아리아에게도 말했지만 한마디 하지."

"예."

디트레이가 뻣뻣한 자세로 대답한다.

아마 너무 사적인 말을 했다 싶어서 신경 쓰이나 보다.

하지만 난 저들의 저런 태도 때문에 더 신경 쓰인다.

"밖에서 천천히 산책하며 머리 좀 식혀."

"예……."

디트레이 역시 힘없이 나갔다.

둘 다 일을 너무 시켰나?

왜 저러는 거지?

투덜대며 책을 들었다.

그러나 몇 장 못 읽고 난 또 방해를 받았다.

"폐하."

이번에는 아까 그 사람의 아버지다.

"오늘 책 읽기는 틀린 것 같군."

책을 읽으려고만 하면 누군가가 방해를 하니.

"예?"

"혼잣말일세."

레비스가 온 이유는 앞으로의 일에 대한 문제 때문이지만.

"레비스, 아까 말야……."

난 그것보다 더 중요한 문제가 있었다.

아리아나 디트레이나 도대체 왜 그러는 건지.

"아리아와 디트레이가 왔다 갔거든. 둘 다 요즘 행동이 좀 이상하던데 어떻게 생각해?"

"글쎄요… 제가 보기에는 정상적인 것 같습니다만."

"뭐?"

저절로 얼굴이 찌푸려진다.

매일 멍한 행동의 어디가 정상이라는 거야?

"아, 그리고 보니 폐하께서는 주변의 친한 사람이 결혼할 날을 잡고 준비하는 모습을 처음 보신다는 걸 깜빡했습니다."

그러면서 슬며시 웃는다.

다 좋은데 왜 웃는 거야?

"이봐!"

그 웃음, 불쾌해지는걸.

내 기분을 눈치 챈 레비스가 금방 표정을 바꾸었다.

"죄송합니다, 폐하."

하지만 아직 눈은 웃고 있다.

'뭐가 저리 재미있는지.'

속으로만 낮게 투덜거렸지만 얼굴에 다 드러나고 있었던 모양이다.

"별로 재미있지는 않았습니다. 그리고 보니 폐하께서는 이런 쪽의 이야기는 별로 인연이 없어 들어보지 못하셨다는 걸 잊었습니다."

그러면서 설명을 시작한다.

"지금 아리아와 디트레이 같은 경우는 약혼이 결혼으로 이어지니까 결혼을 앞두고 있는 겁니다. 그러니 기분이 묘한 거겠죠."

"하아?"

전혀 이해가 안 돼.

레비스는 내가 전혀 모르겠다는 표정인 걸 보고 다시 설명했다.

"보통 연애 결혼이면 말입니다, 오랫동안 사귀고 결혼을 진지하게 생각한 뒤 결혼하는 자들이 많습니다. 그러니 당연히 담담할 거라 생각되시겠지만 전혀 그렇지 않습니다."

"왜?"

다 자신들이 결정한 일이고 사귀면서부터 다 그런 생각 하는 거 아냐?

그런데 왜 뒤에 가서 혼란스러워하느냐는 거지.

"자신의 인생이 여기서 결정나는 건가 하는 생각도 들고 연애 시절에 섭섭했던 점 같은 것들도 생각날 테죠. 그런데 좋았던 점은 기억이 잘 안 나고 어쩐지 손해보는 기분도 들어서 이런저런 생각들이 머리 속에서 폭풍을 일으킨다고 설명하는 게 편하겠군요."

그러니까 앞날에 대한 생각과 지금까지 있었던 일들이 교차되면서 복잡해진다는 건가?

이상하군.

나도 그런 일은 있었지만—결혼이 아니라 여러 가지 생각으로 머리가 꽉 찼을 때—저런 태도는 아니었다고 생각되는데.

"그리고 '결혼' 이라는 단어가 현실로 다가오면서 여러 가지로 심란할 겁니다."

별로 이해가 되는 건 아니지만 여기서 넘어가야겠군.

더 들으면 더 복잡해질 거 같애.

"레비스도 그랬나?"

"후후후… 전 드디어 그녀가 날 돌아봐 준다는 생각과 나와 함께하려 한다는 생각으로 머리가 꽉 차서 아무 생각도 할 수가 없었습니다."

"그, 그래?"

저 레비스가 저런 말을 하다니.

굉장하군.

레비스는 밖에서는 철혈재상이다.

일에서는 냉정하고 정확한 사람인데 아리아에게 들은 이야기로는 이상하게 자기 부인에게는 약해서 꼼짝도 못한다고 한다.

그리고 레비스가 가끔 자신도 모르게 부인과 있었던 일들을 말하는 경우가 있는데 들어보면 무척 재미있었다.

그 부인을 한번 만나보고 싶어~ 어떤 사람이길래 저 레비스를 손 위에서 가지고 노는지 보고 싶단 말야.

레비스의 부인 이름이 리아나였던가? 어머니와 알던 사이라고 들었다.

어머니와의 관계는 아마 내가 아주 어릴 적에나 만난 사이거나, 아니면 편지를 주고받았을 거라 짐작하고 있을 뿐이다.

만나보고 싶은데 리튼 부인—리아나—은 왜인지는 모르겠지만 제국의 여성답지 않게 거의 리튼 가의 저택에서 잘 나오지 않는다고 한다.

게다가 레비스의 성까지 따른 특이한 여인이다.

제국에선 결혼하면 성을 바꾸지 않고 그대로 사용하는 일이 많다.

필요하다면 남자가 여자 쪽 성을 따라가는 경우는 흔히 볼 수 있지만 특이하게도 리아나 프 리튼은 남편 되는 레비스의 성을 따랐다고 한다.

리튼 가가 4대 공작가의 하나라서 레비스가 성을 따르지 못하는 건 이해한다. 하지만 왜 리튼 부인—리아나—이 남편의 성을 따라간 건지는 알 수가 없었다.

하긴 나와는 전혀 상관없는 문제지만(그래도 궁금한 건 궁금한 거다).

아리아의 약혼식에는 볼 수 있겠지.

어쩌면 내가 유폐의 탑에 있을 때 편지를 주었던 상대일지도 모른다는 생각을 하고 있어서 늘 한 번 만나보고 싶었다.

아리아의 약혼식은 솔직히 약혼식이라 할 수 없는 약혼식이지만… 일단 약혼식이라는 이름을 달고 있으니 아리아처럼 인연을 완전히 끊어 버렸다면 안 올 수도 있는 일이지만 디트레이는 아니니까 당연히 오겠지?

"전 그녀와 결혼할 때 세상을 다 가진 기분이었죠."

레비스는 아직도 '행복이란 이런 것'이라는 표정을 짓고 얘기하고 있었다.

"흠, 흠……."

그러다가 자신이 너무 흥분했다는 걸 깨달았는지 헛기침을 한다.

좀 창피한 모양이군.

하지만…

"레비스."

"아, 예."

레비스는 어느 새 평소처럼 돌아와서 약간 웃음을 머금은 얼굴로 대답한다.

"즐거워 보여."

"예?"

순간 이해를 못했는지 의아한 표정이다.

하지만 정말 그렇게 보인다.

즐겁고 행복하다는 게 느껴지는 표정.

저런 표정을 대하면 가끔 생각나지만 난 평소에 어떤 표정을 하고 있는 걸까?

그런 생각을 하니 왠지 약이 올라서 레비스를 골려줄까 생각하는데 갑자기 내 허락도 없이 누군가가 들어왔다.

"누구지?"

순간 기분이 나빠져서 소리쳤지만,

"폐하, 세레나님이 오셨는데요."

들어온 사람은 아리아였다. 그것도 내가 아침부터 기다리던 아이와 함께.

"세레나가?"

내가 일어나려는데 아리아의 바로 뒤에서 좀 더 자란 것 같은 세레나가 얼굴을 내밀었다.

"오랜만이야, 오빠."

좀 멋쩍은 듯 웃고 있는 세레나를 보자 이상한 기분이 들었다.

기쁘기도 하고, 씁쓸하기도 하고, 반갑기도 하면서, 오랜만이라 그런지 어색하기도 했다.

세레나도 그래서 저렇게 멋쩍은 듯 행동하고 있겠지.

"그래, 오랜만이구나."

할 말은 그것밖에 없었다.

정말 오랜만에 만났지만 달리 할 말이 없어 얼굴 보며 멍하니 있자 레비스와 아리아가 자리를 피해주었다.

아마도 자신들이 있어서 함부로 말을 못하는 거라고 생각한 모양이지만 솔직히 난 지금 할 수 있는 말이 하나도 없었다.

"음… 저기, 잘 지냈나 보네?"

오랜만에 봐서인지 세레나는 여기 있을 때보다 훨씬 밝아 보였다.

음지에 있던 꽃이 양지로 나가 활짝 핀 것처럼.

그리고 그 의미가 나와 있을 때는 힘들었다고 말하는 것 같아 기분이 그다지 좋지 못했다.

한편으론 세레나가 잘 지내는 것 같아 안심이 되기도 했다.

"그럼. 먹고, 자고, 기도하고, 책 읽는 거밖에 안 했으니까."

"보통 기도하는 건 힘들다고 그러던데?"

"바라는 게 있으니까."

더 이상 말하지도 않고 거기까지만 딱 자르는 모습이 더 이상은 비밀이라는 말 같았다.

"그래?"

그럼 나도 캐물을 필요는 없겠지.

하지만 '바라는 게 있으니 기도가 힘들지 않다' 라.

뭘 그렇게 간절히 원하고 있는 걸까?

나에게 말할 수 없는 건가?

"응, 사람들은 자기 힘으로 이루어지지 않는데도 바라는 게 있을 땐 기도에 매달리잖아. 나도 그런 거지 뭐."

명랑한 척 담담한 어조였다.

세레나도 나름대로 고민이 많겠지. 그렇게 어리다고 할 수도 없는 나이가 됐으니까 뭐든지 나에게 말하라는 것도 무리고.

난 작게 한숨을 내쉬었다.

오랜만에 동생을 만나서 하는 말이 이것밖에 없나 싶은 생각도 들고 세레나가 너무 변한 것 같다는 생각도 들었다.

그래도 생각해 두었던 말은 해야겠지.

상태를 보아하니 절대 응해주지는 않겠지만······.

"세레나, 이제 정식으로 신관이 된 거니?"

"응, 내일 대신관님께 팔찌 받고 인정만 받으면 돼."

견습들이나 수도사들은 신관으로 적합하다고 인정받으면 전부 자신이 소속된 신전에서 정식 인정을 받는다.

그때 팔찌를 하나 받는데 그 팔찌에는 그 신전을 상징하는 문양—세레나의 경우는 레일레나님을 상징하는 꽃을 새긴 팔찌를 받는다—이 새겨져 있어서 사정이 있어 신관복을 입고 있지 않더라도 그걸로 신분증명을 할 수 있다.

그 팔찌를 받는다는 건 이제 한 사람의 신관이라는 증거.

"그래? 좀 이르네?"

"내가 좀 잘났지."

세레나의 당연하다는 담담한 어조에 난 헛웃음이 나왔다.

“참, 아리아가 약혼하는 건 알고 있어?”

“오빠가 사람 보내서 가르쳐 줬잖아.”

“올 거지?”

세레나는 방긋이 웃었다.

“몇 안 되는 친한 사람이 약혼한다는데 당연히 와야지. 곧 정식 신관이 되는 이 시기에 오래 신전을 비울 수는 없으니까 당일에 잠시 들를게. 그런데 아리아는 왜 성에서 약혼식을 한다고 난리인지 모르겠네?”

아리아는 약혼식을 황성의 정원 한구석에서 하려고 한다며 나에게 허락해 달라고 부탁했었다.

원래는 절대 불가능한 일이지만 친구들도 없이 가족만 모일 거고, 나도 아리아의 약혼식을 보고 싶어서 그냥 허락해 주었다.

“아아, 내가 봤으면 싶어서 그런다더군.”

이 이유보다는 다른 이유가 있는 모양이지만 굳이 물어보지는 않았다.

말하기 좀 곤란한 것 같기도 하고 아리아 자신도 잘 모르는 것 같아서였다.

잠시 생각하다 세레나를 부드럽게 보며 조심스럽게 제안하려는데,

“세레나, 신관이 되고 나면…….”

“거기까지.”

세레나는 방긋 웃으면서 말을 잘랐다.

아마 내가 오라고 했을 때부터 내가 하고 싶었던 말을 짐작하고 있었던 모양이다.

“난 신관이 될 거야. 그리고 신관이라면 되도록 정치적인 문제에 관여하지 않아야 하잖아? 그런데 성에 계속 있으면 보기 좋지 않아.”

“별 상관 없는 일 아냐?”

맞는 말이란 걸 알면서 그냥 투덜거려 봤다.

그러자 세레나는 그저 내 투정이라는 걸 잘 안다는 듯이 방긋이 웃을 뿐이다.

나보다 훨씬 어른이 되어버린 것 같았다.

좀 씁쓸하군.

"난 상관있어. 그리고 아리아네 집처럼 아예 인연 끊는 것도 아닌데 뭘. 오빠는 이상한 데 예민한 것 같아."

"그럴 수도 있지 뭐."

나는 조그맣게 투덜거렸다.

착잡한 심정이다.

동생이 벌써 내 곁을 떠나간다니.

아직 성년식도 치르지 않은 아이인데.

게다가 이번에 신관이 되고 나면 아리아의 약혼식 때까지만 수도에 있다가 혼자 대륙을 여행할 거라는데 정말 어떻게 해야 말릴 수 있을까?

아니, 그냥 보내야 하는 걸까?

내 유일한 혈육이 날 떠난다는 소리에 기분이 가라앉는다.

"오빠, 그럼 나중에 봐. 난 아리아와도 좀 이야기하고 갈 거거든. 그럼 이만."

내가 복잡한 표정을 짓고 있자 세레나는 명랑하게 인사하고 슬그머니 일어나 나가 버렸다.

너무 걱정 말라는 말을 남기고.

세레나는 절대 고집을 꺾지 않을 테니 이번에도 내가 져줘야 하는 거겠지?

하지만 나에게 넌 마냥 어린 동생인걸.

걱정하는 게 당연하잖아.

"하아……."

"폐하, 세레나님도 생각이 있으실 겁니다."

내가 너무 상심하고 있었는지 드물게도 제노시아가 날 위로하는 말을 했다.

"그렇겠지. 세레나는 생각이 많고 차분한 애니까 아무 이유 없이 결정하지는 않았겠지."

난 씁쓸히 웃었다.

이제 독립할 시기인가?

작게 한숨을 내쉬었다.

그런데 설마 내 생일도 안 되어서 가는 건 아니겠지?

설마…….

올해는 내가 성인이 된다고 생일 파티를 꽤 화려하게 하려는 모양이던데 보고 가겠지.

'윽, 생각났다.'

성년식이라… 보통은 결혼을 하고 황제가 되었거나 어릴 때 즉위를 해도 정혼자가 있었기 때문에 이런 문제가 없었지만 난 좀 다르다.

어릴 때 유폐의 탑에 갇혀 있던 내게 정혼자가 어디 있겠는가?

그러니 이번 생일은 내가 성년이 되는 날인만큼 화려하기도 하지만 이제 성인이므로 황비를 들여야 한다는 이유로 내 신부 후보들이 꽤 올 거라고 들었다.

귀찮은 일이야.

"제노시아, 조사는 어떻게 되어가?"

그 '후보' 라는 여자들이 최소한 어떤 평가를 받고 있는 여자들인지 알고 싶어서 제노시아와 그림자에 알아놓으라고 일러놓았었다.

내 이상형이라든가 혹여 후에 생길 좋아하는—난 첫사랑도 아직이란 말이다—여인을 비로 낯이할 수는 없겠지만 적어도 인격적으로 문제가 있는 여인이 황비가 되면 지금 샤이나 황태후처럼 될 테니 조심해야 하는 문제다.

그래서 나라에서 하는 대략적인—정말 대충 쓰여진—보고 말고도 아랫사람들의 평가, 그리고 얼마나 현명한지를 알아보고 싶었다.

그리고 덧붙여서 미리 황비를 정해둘 생각이다.

황태후나 장로들이 멋대로 결정하지 못하게끔 말이다.

"대략적으로 끝나갑니다. 내일까지는 보고서를 받아 보실 수 있으실 겁니다."

두서없이 한 말에도 잘 알아듣고 대답해 주는 제노시아.

"그래……."

하지만 그 대답에 더 기운이 빠진다.

원하지 않는 일, 지금은 얼굴도 모르는 누군가와 하게 될지도 모르는 결혼이 나날이 다가오고 있어서인가?

에잇, 몰라.

미리 고민해 봤자 뭐 하겠어?

시간이 아직 남았으니 그때 생각해야지.

혹시 알아, 그때 그 누군가를 사랑하게 될지?

오늘이 아리아가 약혼식을 하는 날이기는 한데 이하라 정원에는 사람이 별로 없었다.

아리아와 디트레이는 참 특이하게도 약혼식을 말 그대로 저희들끼리 할 생각이었던 거다.

"조금 미안하군."

내가 참석해야 한다는 이유 때문에 친구들도 없이 여기서 약혼식을 하게 만들다니 말야.

내가 여기서 하라고 한 것이 아니라 아리아가 그러겠다고 주장했지만…….

다른 이유도 있는 것 같으니 크게 마음 쓸 필요는 없겠지만 그래도 미안한 마음이 들었다.

아무리 단출하지만 그래도 약혼식이라고 평소와 다르게 예쁘게 드레스를 차려입은 아리아는 즐겁게 대답해 준다.

"아, 걱정 마세요. 어차피 전 약혼식에 올 만한 친구가 없잖아요. 디토의 친구들도 제가 다 알고 하니까 저녁때 주점에서 술이나 한잔 돌리기로 했어요."

"그래? 그럼 따로 약혼식 할 생각이 없었다는 건가?"

"아뇨, 형식만 갖추려고요."

기분이 좋은지 아리아의 목소리가 무척 밝다.

아까와는 달리 왠지 심통이 난다.

난 조만간 억지 결혼을 해야하는데 이것들은 이렇게 느긋하다니 말야.

어쩐지 억울하다.

그래도 내 누나 같은 사람의 좋은 날이니까 뭐 심술 부릴 순 없지.

"조금 뒤에 디토가 어머님을 모시고 올 거예요."

"아아, 그래?"

오늘 잘됐다고 느낀 건 단 하나다.

내 어머니와 친했다는 리아나 프 리튼을 만날 수 있다는 것.

꼭 보고 싶었던 건 아니지만 그래도 누구와도 친하게 지내지 않았던 어머니의 하나뿐인 친구라니까 한 번쯤 보고 싶다는 생각이었다.

가희로서 성에 들어온 후 성안에서만 지내던 어머니와 어떻게 알게 된 건지 궁금하기도 하고 정확히 어떻게 알게 된 사이인지도 궁금했었다.

그리고 유폐의 탑에서 지낼 때 어느 날 갑자기 날아왔던 편지를 보낸 사람일 가능성이 가장 높은 사람이니까.

그런데…

"세레나가 늦네?"

오늘 들르겠다고 했는데 말야.

내가 걱정이 되어 중얼거리자 이상하게도 아리아의 얼굴이 희미하게 굳더니 이내 태연한 척한다.

"곧 오실 겁니다."

제노시아가 걱정 말라는 듯 이야기했지만 지금 내 시선은 아리아에게 가 있었다.

언제부터인지 잘 모르겠지만 이상하게 아리아는 세레나를 피하고 있는 것 같았다.

그 언제부터인가 지금처럼 세레나의 이야기만 나오면 얼굴이 약간 굳는다.

이유를 모르겠단 말야. 그전에는 서로 무척 친해서 매일같이 날 놀리곤 했었는데 왜 저러는 거지?

"저, 아리……."

"오라버~ 니~"

아리아에게 물어보려는 순간 뒤에서 세레나의 명랑한 목소리가 들렸다.

그리고 바로 나에게 달려들어 매달린다.

"기다렸지?"

"아니, 별로."

난 세레나가 신관이 되기 전에 그랬듯이 세레나를 살짝 안아주었다.

"기분이 좋은가 보네?"

이상하게 들뜬 세레나에게 웃으며 말하자 세레나는 꺄르르 웃으며 왼손을 불쑥 내밀었다.

왼손 팔목에 걸린 정교한 무늬가 새겨진 은색의 팔찌를 보자 기분이 좋은 이유를 이해할 수 있었다.

"신관의 증명… 이구나."

"응, 어제 받았어."

정말 기분이 좋은 듯 내 앞에서 빙그르르 한 바퀴 돌면서 환하게 웃었다.

정말 기쁜 모양이다.

"축하해."

"축하드립니다."

나와 제노시아의 축하 인사에 귀엽게 고개 숙여,

"고마워요, 오빠~♡ 제노시아."

안 쓰던 존칭까지 쓰며 답했다.

"저기… 축하드립니다."

그 뒤에서 아리아가 머뭇머뭇 축하 인사를 건넸다.

"아, 고마워요."

세레나가 아리아를 돌아보며 인사하자 아리아가 움찔한다.

'정말 왜 저러지?

이번에는 물어보려고 말을 뗄 사이도 없이 내 한쪽 팔에 세레나가 매달렸다.

"세레나?"

"응, 조금 있으면 이렇게도 못하잖아."

귀엽게 웃으며 한 세레나의 말에 나도 부드럽게 미소 지었다.

하긴 내 생일이 지나고 난 후면 난 결혼이니 뭐니 바쁠 것이고, 세레나는 잠시 동안 여행을 떠날 테니 한동안 얼굴 보기 힘들겠지.

그리고 나이가 들면 이렇게 지내기 힘든 것도 사실이고.

그런 생각에 동생을 살짝 감싸주었다.

한동안 이렇게 평화롭게 앉아 있는데 한쪽에서 소리가 들리더니 디트레이가 레비스와 어떤 차분해 보이는 여성과 함께 나타났다.

"늦었습니다."

아마 레비스와 함께 온 저 여성이 리튼 부인, 즉 리아나겠지.

"들어보니 할 것도 없다며?"

"예, 반지 교환만 할 겁니다."

레비스가 웃으며 묻자 디트레이가 대답했다.

정말 간단한 약혼식이다.

이럴 바에는 그냥 집에서 조용히 해도 될 텐데 왜 여길 잠시 빌려달라고 아리아가 3일 밤낮을 졸랐는지 알 수가 없네.

"아리아, 그렇게 대충 할 건데 왜 여기서 하고 싶다고 한 거야?"

내가 은근슬쩍 물어보자 아리아가 당황했다.

"아, 그건……."

"제가 그렇게 말씀 올려보라고 했습니다, 황제 폐하."

뒤에서 레비스와 조용히 대화 중이던 리튼 부인이 앞으로 조금 나오면서 부드럽게 말했다. 하지만 은연중에 만만치 않은 사람이라는 것이 강하게 느껴졌다.

"그렇습니까? 그 이유를 여쭤봐도 될까요?"

처음 보는 상대가 은근히 강하게 나오는데 내가 숙일 이유는 없겠지?

리튼 부인과 나 사이에 이상한 긴장감이 감돌자 아리아와 디트레이는 당황한 모양이었지만 레비스는 이미 짐작했던, 혹은 알고 있던 일인지 태연했다.

"예, 당연히 대답할 것입니다. 그전에 저희 둘만 이야기할 장소가 필요할 것 같습니다만?"

얼굴은 부드럽게 살풋 웃고 있었지만 눈은 웃음기 하나 없이 진지했다.

"그렇게 하지요."

"아, 우리는 신경 쓰지 말거라, 애야."

리튼 부인이 아리아와 디트레이에게 부드럽게 당부했다. 아마 부인이 여기까지 온 이유는 나 때문이었던 모양이다.

난 레비스에게 대충 손짓으로 양해를 구하고—누가 먼저 청했든 남의 아내를 데려가는 거니까—제노시아도 떼어놓고 리튼 부인과 함께 정원 한가운데로 들어갔다.

정원의 가운데쯤 되는 곳에 있는 이야기할 만한 작은 공간에 멈춰 섰다.

난 몸을 돌려 리아나 부인의 눈을 마주 보았다. 부인은 눈을 피하지도 않고 당당하게 정면으로 날 바라보았다.

"자, 이제 하고 싶으신 말을 하시지요."

나도 모르게 좀 날카롭게 말했지만 리튼 부인은 전혀 당황하거나 하지 않았다.

오히려 자식을 나무라듯 부드러운 어조로 입을 열었다.

"어머니를 많이 닮으신 것 같군요. 그 날카로움은 안 닮아도 좋았을 텐데 말이에요."

내가 알아듣지 못할 말에 미간을 찌푸리자 부인은 부드럽게 웃었다.

"그런 표정 짓지 말거라. 참, 이걸 가지고 있니? 아니면 그저 알고 있을 뿐인가?"

갑자기 좀 긴장한 음성이기는 했지만 말을 편히 하면서 내 앞에 작은 펜던트를 불쑥 내밀었다.

그 펜던트를 받아 보니 작은 원형의 열 수 있게 되어 있는 금 펜던트였다. 예전에 어머니가 가지고 계시던, 그리고 탑에서 나오기 전에 미쳐 버린 와중에도 나에게 쥐어주신 그것과 같은 모양이었다.

"이걸 어떻게?"

미간을 찌푸리며 물어보았다.

"알고 있어서 다행이구나. 그런데 가지고 있으면서도 안은 열어보지 않았니?"

리아나 부인은 내 표정에는 전혀 신경 쓰지 않고 그저 내가 그 펜던트를 알고 있다는 데 조금 안도한 듯 방금 전의 긴장한 어조가 다시 처음처럼 부드러워졌다.

그런 부인의 말에 내 머리 속에서 섬광이 스치고 지나가듯 드는 생각이 있었다.

"이모님이신가요?"

어머니의 펜던트 안에 작게 쓰여 있던 글귀.

나의 동생 유니, 널 정말 사랑한단다.

그걸 보고 어머니에게 혈육이나 의자매가 있다는 사실은 알았지만 리튼 부인이었을 줄이야.

아니, 사람이라는 존재 그 자체를 싫어하는 어머니의 유일한 친구라고 했을 때부터 알아봤어야 하는 건가?

나도 멍청하군.

“그래, 알아서 다행이야.”

부인은, 아니, 이제 이모님이라 불러야겠지. 이모님은 전혀 안 그래 보였지만 속으로는 무척 긴장했었는지 안도의 한숨을 내쉬며 이제 편안한 모습을 보였다.

이모님의 펜던트를 열자 안에는 ‘나의 언니 리아나, 날 잊지 말아요’라는 글귀가 새겨져 있었다.

“그런가……?”

내가 중얼거리자 이모님은 펜던트를 들고 있는 내 손을 꼭 잡았다.

어쩐지 눈물이 날 것만 같았다.

어머니가 남기신 흔적, 자신이 살아 있었음을 말하는 흔적이었다.

“세레나에게는 몰라도 너에게는 사실을 말해 주어야 한다고 생각해서…….”

좀 당황해하며 설명하는 말이 이어졌다.

“설마…….”

‘잊지 말라’ 라는 글귀로 짐작하건대 어머니께서 유폐의 탑에 계실 때 나누신 건지도 모르겠다.

그렇다는 건… 설마…….

“네 어머니이자 나의 동생 유니는 정신이 이상해졌던 게 아냐. 계속 나와 편지를 주고받았단다.”

“그럴 리가…….”

늘 초점없는 눈으로 멍하니 노래만 흥얼거리셨는데.

그럴 리가 없어. 절대 아냐. 절대…….

“자신이 그런 노래를 부른다면… 너에게 해가 되니까.”

“그래서 선택하신 방법이라는 건가요? 거짓말이야! 어떻게 당신과 편지를 주고받을 수 있었죠? 불가능하잖아요!”

거의 울부짖듯이 소리쳤다.

인정할 수 없는 일이다.

거긴 사람들이 드나들거나 편지를 주고받을 수 없는 곳이다.

그런데 무슨 수로? 어떻게?!

"유니는 머리가 무척 좋았어. 그 탑을 드나들며 식료품을 가져다 주는 사람을 이용했지. 그리고 미친 척하면 행동이 무척 자유로워지니까."

내 이런 반응을 예상했었는지 이모님은 담담한 어조로 설명해 주었다.

그 대답에 다음으로 머리에 스치는 생각.

"그럼 그 편지의 주인공은……?"

난 내가 유폐의 탑에 있을 때 갑자기 날아들었던 편지에 대해 물었다.

"그래, 내가 쓰고 유니가 네 방에 가져다 놓았어."

하하하… 난 전혀 모르고 있었다.

당시 나에게 온 편지의 내용은 좀 부드럽게 말하기는 했었지만 '여기서 계속 썩어가고 싶냐'는 내용이었다.

믿을 곳도, 의지할 곳도 없었던 나는 좀 무모했지만 어차피 계속 이곳에 있어도, 이 편지가 함정이어도 죽는 건 마찬가지인지라 모험하는 기분으로 내 생각과 마음을 적어 보냈었다.

그 편지를 어머니가 보고 이모님께 전하신 건가?

이모님의 눈을 바라보자 이모님은 덧붙여 설명하셨다.

"네가 쓴 편지 역시 네 어머니를 통해 나에게 왔어."

리아나 이모님은 쓸쓸한 표정이었다.

"그런가요……."

내가 펜던트를 만지며 중얼거리자 이모님은 안타깝다는 듯 날 위로하려고 노력했다.

"네 어머니는 네가 자신이 미쳤다고 생각하도록 무척 노력했어. 못 알아챈 건 자책할 필요없단다."

아니, 이모님은 잘못 알고 있다.

난 지금 나 자신을 자책하는 게 아니다.

지독히도 이기적인 나는 그런 방법으로 잔인하게 날 혼자 둔 어머니를 생각하고 있었다.

순간 내 머리 속을 스치는 것이 있었다.

어머니께서 돌아가시기 전에 말했던 '가끔 들른다' 는 사람, 혹시 리아나 이모님이 아니었을까?

"혹시 제가 황제의 자리에 오른 후 유폐의 탑에 들른 적이 있으십니까?"

이 질문은 의외인 듯 의아한 표정을 지으며 대답하셨다.

"아니, 없다. 유니는 네가 황제의 자리에 오른 후로는 편지조차 쓰지 않았어. 그러다가 네가 황제가 되고 2년쯤 후에 온 편지 한 통이 마지막이었다."

그럼 아니군.

이건 중요한 문제가 아니니 지금은 덮어두자.

"그럼 레비스가 날 만나러 오게 한 것 역시 당신이겠군요?"

"그렇다고 할 수 있어. 황제가 될 사람을 찾기에 너에게 가보라고 했었지. 하지만 레비스를 잡아 황제가 된 건 네 재량이고."

머리가 좋은 여인이다.

하지만… 이모라는 여자의 말 중에 미심쩍은 것이 한두 가지가 아니다.

어째서 어머니는 그런 선택을 한 것일까?

정말 저주가 내릴지 아닐지 모를 그런 이상한 노래 하나 때문에 계속 그렇게 지내기로 결심하셨던 걸까?

어째서 그래야만 했을까?

그리고 이모님은 왜 어머니를 말리지 않았던 걸까?

아니, 그전에 귀족 출신인 리아나 이모와 성의 가희 출신인 어머니가 어째서 혈육이라는 건지…….

모든 게 미궁 속이다.

"어째서죠?"

"응?"

"어째서 어머니를 말리지 않으셨습니까? 그 노래라는 게 정말 효과가 있는지 없는지는 아무도 모르잖아요."

차갑게 가라앉은 내 목소리에 그녀는 난처하다는 듯, 하지만 그 질문을 할 줄 알았다는 표정을 짓더니 날 보며 조용히 읊조리듯 말했다.

"말리고 싶었지만 그럴 권리가 없는걸. 난 그 애가 그런 지경이 될 때까지 보고만 있었으니까."

"말도 안 돼."

내 말에 리아나 이모는 슬픈 눈을 했다.

"그건 우리 둘만의 사연이었단다. 유니가 죽기 전에 날 용서한다는 편지를 보내지 않았더라면 난 계속 내가 유니의 언니라는 걸 밝히지 않고 조용히 있을 생각이었지. 그래서 네 대관식에도 몸이 불편하다며 참석하지 않았었고."

묻고 싶은 건 꽤 있었지만 여기서 그만두기로 했다.

리아나 이모가 너무 슬퍼하는 것도 이유였지만 꼭 알 필요가 없다는 생각이 들어서였다.

'그래, 알 필요없는 일이다.'

이미 끝난 거나 다름없는 일이니…….

“여기까지만 하죠.”

한 손으로 이마를 지그시 누르며 말하자 리튼 부인은 의외라는 표정이었지만 난 모른 척했다.

“혹시 레비스가 이 사실을 알고 있나요?”

“그건 아닙니다. 유니와 제가 마음이 맞아 의자매를 맺은 줄 알고 있습니다.”

내 질문의 의도를 간파했는지 바로 존칭을 쓰며 예의 바르게 대답한다.

“그럼 우리만 알고 있기로 하죠.”

그러면서 어머니와 그녀의 펜던트를 그녀의 손에 쥐어주었다.

내가 가지고 싶기는 하지만 그녀에게도 소중한 펜던트일 테니까.

“저도 그럴 생각이었습니다. 알려져 봤자 그리 환영받을 일이 아니니까요.”

난 고개를 끄덕이고 다른 나라에서 남자가 레이디에게 하듯이 리튼 부인을 에스코트하기 위해 손을 잡았다.

제국에서는 여성에게 에스코트하거나 그런 일이 없기는 하지만 앞으로 절대 ‘이모’ 라고 부르지 못할 이모님에 대한 작은 예의였다.

“가실까요?”

“네.”

아마 이번 일 이후로 리튼 부인은 영원히 나와 ‘남’ 이 되겠지.

하지만 리튼 부인의 말대로 알려질 필요는 없는 말이다.

그러니 묻어두어야겠지. 그래야겠지.

난 앞으로 지금 이 결정에 후회하지 않기만을 바랄 뿐이다.

아까와는 달리 조금은 편한 분위기에서 그녀를 에스코트해서 아리아들이 있는 곳으로 가자 세레나가 달려와 나에게 매달렸다.

“오빠, 늦었네?”

"응, 조금."

난 리튼 부인을 한번 보고 손을 놓았고 그녀는 곧바로 레비스에게 갔다.

다른 나라 식의 예법대로라면 내가 레비스에게까지 에스코트해야 하지만 그럴 필요까지는 없겠지.

제국에서 여성은 보호받고 에스코트받아가며 다니는 존재가 아니니까.

"오빠?"

내가 리튼 부인을 에스코트해 온 게 이상하다고 생각했는지 세레나가 눈을 동그랗게 뜨고 날 올려다보았다.

"아무것도 아냐."

나중에 말해 주기는 해야겠지만 지금 이 자리에서 말할 필요는 없는 일이다.

여긴 기분 좋은 자리여야 하니까.

"생각보다 꽤 오래 걸리셨군요."

제노시아의 말에 난 그저 조금 웃을 뿐이었다.

'나중에, 나중에.'

우리가 빠져나간 후에 반지 교환식을 해버렸을까?

"반지 교환은 끝났어?"

"그럴 리가 있겠습니까?"

디트레이가 그렇게 말하고 나서 자신의 주머니에서 작은 상자를 꺼냈다.

우리 모두가 지켜보는 가운데 상자에서 반지를 꺼냈다.

"흠흠."

어색한지 헛기침을 몇 번 하더니,

"아리아… 저기……."

"응?"

제국의 관습에 따라 약혼식 자리에서 한 번 더 프로포즈를 한다.

여자가 해도 상관없고 남자가 해도 상관없으니 디트레이가 해도 되지만… 아리아가 먼저 했으면 재미있었을 텐데.

"나와… 평생을 함께해 줘."

한참을 머뭇거리다가 겨우 저 말 한마디를 하고 아리아의 손에 반지를 끼워주었다.

저런 밋밋한 청혼이라니.

약혼식의 재미가 없잖아.

약혼식의 묘미는 괴상하고 재미있는 청혼인데 말야(직접 본 적은 없지만).

아리아는 자신의 손에 끼워진 반지를 내려다보다가 살짝 웃으면서 자신이 가지고 있던 디트레이의 반지를 꺼내 그의 손에 끼워주었다.

"바람피우면 죽어."

라는 말과 함께.

"윽."

디트레이는 살짝 식은땀을 흘리며 웃었다.

'바람피우면 죽는다' 라, 아리아다운 말이로군.

행복하겠지?

그런데 약혼식은 이걸로 끝인가?

"어쨌든 축하해야 하는 건가?"

내 말에 아리아가 살포시 웃으면서 한마디 덧붙였다.

" '어쨌든' 이 아니라 당연히 축하해 주셔야 하는 거예요."

아무리 그 '약혼식' 이 끝났어도 차라도 한잔하며 좀 이야기하다 갈

줄 알았더니 금방 모두 가겠다고 한다.

“이럴 바에야 왜 여기서 한 거야?”

“폐하의 축하를 받고 싶어서요.”

“그리고 이유는 잘 모르겠지만 어머니께서 이렇게 하라고 시키셨습니다.”

딱 부러지는 디트레이의 말.

납득할 만한 말이었다.

다른 데서 하면 내가 못 볼 테니 함께하고 싶었다는 이유, 그리고 그 이면으로는 참 철저하기도 한 리튼 부인의 계획이었던 것이군.

내가 고개를 끄덕이고 잠시 리튼 부인에게 눈을 돌리니 그녀도 내 쪽을 보고 있었다.

그리고 곧 그녀가 고개를 살짝 숙여서 인사를 했고 나도 눈으로 인사한 다음 세레나를 데리고 몸을 돌렸다.

내가 살짝 어깨를 끌어안자 세레나는 기분 좋은 듯 내 팔에 안겨왔다.

“신관의 일은 힘들지 않아?”

“겨우 어제 받았는걸. 아직 잘 모르겠어.”

“이제 신관이 되었으니 얌전해져야겠네.”

“노력 중이야.”

일상적인 이야기를 하며 세레나를 내 서재로 데리고 갔다.

시녀들을 전부 내보내고 진지한 표정을 짓는 나를 세레나가 이상하다는 듯 보고 있었지만 거기까지 신경 써줄 여유가 없었다.

내 말을 듣고 충격받지 않을지 걱정되었다.

아니, 전부 해주지는 말자.

리튼 부인에 대한 말만 해주어야겠군.

“세레나.”

“응? 왜 그래?”

그나저나 어떻게 시작해야 할까?

암담하다.

일단 운을 한번 띄웠다.

“예전에 어머니가 주신 펜던트 알고 있어?”

“응, 알아.”

당연히 알고 있겠지. 나와 같이 보고 안의 글귀도 읽었으니까.

“그러니까… 그게…….”

어떻게 시작해야 할지 몰라서 내가 난처해하자 세레나는 의외로 담담하고 태평하게 웃으며 입을 열었다.

“거기에 새겨진 글귀로 볼 때 어머니께 혈육이나 의자매가 있는 것 같던데 그게 리튼 부인이었어?”

거기까지 말해 주니 좀 편해진다.

하지만 세레나도 꽤 눈치가 빠르구나. 겨우 운만 띄웠는데 금방 말하는 걸 보면 말야.

“그래, 친자매라고 하더군.”

좀 마음이 편해져서 의자에 기대 편하게 앉자 내 뒤에 서 있던 제노시아가 좀 불안하고 걱정스러운 어조로,

“전 나가 있는 것이 더 낫지 않겠습니까?”

하고 물어온다.

하지만 난 너도 알고 있으면 좋겠단 말야.

어차피 나에 대한 건 거의 다 알고 있으면서 새삼 묻는 제노시아 덕에 쓴웃음이 절로 나왔다.

정말 세심하다고 해야 할지, 아니면 날 멀리 느끼는 건지.

“상관없어. 아니, 오히려 알고 있으면 더 좋아.”

내 고민이든 뭐든 다 알고 있어서 늘 편하게 대화하고 뭔가 부탁하기 쉬운 사람이니까.

난 눈으로 그에게 자리를 권하고 다시 세레나에게 눈을 돌렸다.

"그 말 하려고 부인이랑 둘이서 '회담' 한 거야?"

내가 너무 진지하게 고민하자 세레나가 농담을 섞어서 먼저 말을 한다.

그렇게 내가 말하기 쉽도록 배려해 주는 세레나가 고마웠다.

"그런 셈이지. 리튼 부인이… 아니지, 리튼 부인께서도 같은 펜던트를 가지고 계시더군. 안에 새겨진 문구는 달랐지만."

"어라? 어머니의 언니라고 존칭 쓰는 거야?"

정말 예리하게도 내가 말을 높인 걸 집어낸다.

그 말에 난 왠지 찔려서 변명을 늘어놓았다.

"그래야 할 것 같아서. 그리고 나이도 어느 정도 있는 분이시고……."

이건 핑계라는 걸 나도, 세레나도 잘 안다.

세레나와 있을 때는 어지간한 사람들에게는 절대 존칭 안 붙이고 아무렇게나 말하니까.

"알았어. 그렇다고 해둘게."

…하여간 그냥 넘어가는 법이 없다.

이런 건 그냥 넘어가 줘도 괜찮은데.

내가 속으로 투덜거리는 걸 눈치 챘는지 세레나는 피식 웃었다.

"알았어. 그런데 친자매라니? 어머니는 가희 출신이셔. 귀족가의 여인과 혈연이 될 수는 없을 텐데?"

"리튼 부인은 어릴 때 귀족가에 입양된 모양이야."

이건 순전히 내 생각이지만 아마 입양되어서 집안의 계승권도 없었으니 결혼하며 성을 바꿔 버린 모양이었다.

내 말에 세레나는 잠시 생각에 잠겼다.

'혼란스러운 걸까, 아니면 다른 생각이 있는 걸까?

어릴 때부터 느낀 거지만 세레나는 의외로 냉정한 면이 많은 것 같다.

늘 나보다 차분하게 사물을 응시하곤 하니 내가 참견하는 것보다 혼자 생각해서 결론을 내리는 것도 좋겠지.

난 생각에 잠긴 세레나를 조용히 응시했다.

잠시간 침묵이 흐른 뒤 세레나가 좀 차가운 눈을 하고 진지하게 입을 열었다.

"그럼 혹시 서로 사이가 별로 좋지 못했던 거 아닐까?"

의외의 말에 난 좀 황당해했다.

"무슨 생각을 했는데 그런 결론을 내린 거야?"

"그렇잖아. 어머니는 유랑 극단에 있다가 성에 오게 된 케이스야. 그런데 그 부인이 친자매라면 어린 시절을 같이 보냈을 텐데 어째서 리튼 부인만 입양된 걸까? 그리고 어째서 그녀와 어머니가 자매라는 사실을 모두 모르고 있었을까? 친자매라면 서로 자주 만났을 텐데 말야."

듣고 보니 그렇군.

하지만…….

"그건 아닐 거야."

리튼 부인은 진정 어머니를 사랑했던 것 같았다.

그렇지 않고서야 자신이 위험해질지도 모르는데 유폐의 궁에 계셨던 어머니와 편지를 주고받거나 펜던트를 나누실 리가 없지 않은가?

"어째서 그렇게 생각하는데?"

세레나의 눈빛이 기묘해졌다.

"그야……."

대답할 수가 없었다.

어머니가 정상이었다는 말을 들으면 세레나가 받을 충격을 생각하고 말을 잇지 못했다.

"그냥 그렇게만 알아둬. 이모님으로 대우할 일은 거의 없을 것 같으니."

어찌할까 하다가 결국 그냥 말을 흐려 버렸다.

세레나는 잠시 생각하더니 고개를 끄덕이고 한숨을 내쉬었다.

"오빠, 너무 사소한 데 고민하지 마."

세레나가 지나가는 듯이 한 그 한마디가 정말 기뻤다.

며칠간 좀 서먹했던 관계가 없어지고 정말 '내 동생'이라는 느낌이 들었다고나 할까.

정말로 사소한 말 한마디였지만 말이다.

"노력하지."

세레나가 늘 쓰는 말을 흉내 내며 슬쩍 미소 지었더니 세레나도 편하게 웃어주었다.

그리고는 내가 별로 생각하기 싫은 문제를 물어온다.

"오빠, 제노시아 오빠를 시켜서 황비 후보 조사했다며?"

"그… 래."

세레나는 흥미로워하고 있는 모양이지만 난 별로 대답하고 싶지도 않다.

그냥 독신으로 지내다가 죽으면 안 되려나?

황비라는 게 정말 필요하지도 않은데…….

뭐, 후에 후계자 문제를 생각하면 절대 안 될 말이지만 말이다. 내게 자식이 없게 되면 나 이후의 황제 자리, 즉 나의 후계자 자리를 놓고 한바탕 난리가 날 게 뻔하니까.

"조사는 끝났습니다. 지금 보시겠습니까?"

제노시아의 말이 왠지 죽음의 천사의 선고로 들리는 기분이 든다.

"나중에 줘."

되도록이면 나중에 보고 싶다.

그래 봐야 저녁에 보게 되겠지만 싫은 일은 조금이라도 미루고 싶은 게 당연하지 않은가.

"흐… 웅……?"

세레나가 날 이상하게 보더니 씩 웃는다.

그렇게 대충 보고서를 읽어보니―세레나의 재촉으로 결국 같이 보게 됐다―그나마 문제 안 일으킬 여성은 딱 셋.

거기서 세레나가 괜찮다고 뽑은 사람은 하나다.

스라트의 제8공주인 뮤리아 어쩌고저쩌고―왕족의 이름은 왜 이리 긴 건지―라는 여자.

나보다 한 살 아래인 십칠 세이고 현 스라트 왕의 3번째 후궁의 자식이고 여자이니―우리 쪽을 제외한 다른 나라에서는 여성이 왕이 되는 경우는 없다고 봐야 할 정도이다―왕위 계승권은 없는 거나 다름없다. 당연히 정치적인 걸 배웠을 리 없으니 정치 문제에 간섭 안 할 것이고 또 그런 류의 정치적인 문제는 일어날 일 없으니 좋고.

성격적으로 좀 소심하다니 내 일에 뭐라 간섭하지도 않을 것이니 좋겠지.

그런데 이런 류의 여성은 시녀들에게 가끔 히스테리 부리는 경우도 있는데 괜찮을까?

다른 걱정되는 부분도 좀 없지 않지만 그런 문제들은 여기서 머무는 동안의 행동으로 알아보면 되겠지.

"흠, 정말 답답한 여자일 것 같애."

옆에 앉아서 조사 결과가 적힌 종이를 들면서 세레나가 중얼거린다.

"네가 이 여자가 좋겠다며?"

"그야 오빠가 정치하는 데 방해 안 될 사람을 고른 거지. 하지만 오빠는 같이 살려면 고생 꽤 하겠는걸?"

세레나가 방긋이 웃었다.

세레나도 나와 비슷한 생각을 했던 모양이다.

'황비는 정치적인 문제이니 있어야겠지만 방해될 사람은 필요가 없다.'

이게 내 생각이다.

자칫해서 지금의 황태후 꼴 나게 만들고 싶지 않으니까.

"그래?"

"걱정 마. 내가 이번 순례 마치면 어떻게 사는지 구경하러 와줄게."

장난기 가득한 말.

"눈물나게 고맙구나."

정말 이게 동생이라고…….

동생이라는 존재가 지금 바로 앞에서 오빠라는 사람이 강제 결혼— 이것도 엄연한 강제 결혼이다—을 하게 되었는데도 너무 즐거워하고 있다.

'난 불행한 걸까?'

장난을 걸려고 세레나를 보는 순간 언뜻 눈이 마주쳤다.

그리고 그때 세레나의 눈에 잠시 스쳐 간 감정, 쓸쓸함과 슬픔.

금방 명랑하기 그지없는 동생으로 돌아오긴 했지만 아까 세레나의 눈이 쓸쓸해 보인 게 기분 탓이었으면 싶을 뿐이다.

내가 살짝 웃으면서 세레나의 머리를 쓰다듬어 주었더니 나에게 슬쩍 기대어온다.

“꼭 돌아와라.”

“알았어.”

나는 별로 행복할 수 없을 것 같으니 세레나라도 정말 행복해졌으면
한다.

이 세상 어느 누구보다도.

비야, 내려라. 폭풍아, 몰아쳐라

아리아와 디트레이의 약혼식도 지나고 조금 시간이 흐르자 내 성년식이 한 달 정도 앞으로 다가왔다.

아무리 황비를 빨리 들여야 한다지만 내 성년식에 결혼할 수는 없다고 한다. 정확히 말하자면 장로들이 그런 건 경우가 아니네 뭐네 하면서 반대했다.

그냥 파티를 하나라도 늘려서 즐기고 싶은 것뿐이면서 별소리를 다 한다니까.

그래서 그 사형 같은 행사─결혼─가 좀 연기되어 성년식, 내 생일 한 달 뒤쯤으로 잡기로 했다고 멋대로 통보해 왔다.

아직 신부도 확실히 결정 안 했으면서 다른 분야에 너무 빠른 거 아닌지 모르겠다니까.

"폐하, 혹 마음에 둔 분은 계십니까?"

결혼할 상대가 확실히 결정 안 난 덕분에─나 혼자서만 뮤리아로 결정해

둔 거다, 장로들 몰래—지금은 세 명의 장로들과 아.주. 화.목.한. 대화 중
이다.

"아뇨. 그런 사람은 없습니다."

있다고 한들 허락해 줄 것도 아니면서 물어보기는.

장로들과 샤이나 황태후는 아주 사이가 좋아서 지금 함께 그들의 취
미—날 괴롭히는 것—를 즐기고 있는 중이다.

"호호호호, 벌써 나이가 있으신데 설마 없으려구요. 말씀해 보세요."

장로들 옆에서 샤이나 황태후가 너무 즐거워하는 음성으로 입을 열었
다.

나이가 있으면 뭐 하겠는가.

유년기는 홀로 지낸 거나 다름없고, 지금은 일에 치여서 성 밖으로 나
간 일이 세튼과의 전쟁 때를 포함해서 딱 다섯 번인데 누굴 만나서 마음
에 있고 없고 하겠는가.

"없습니다. 아니, 있을 수가 없지요."

대답하고 싶지도 않았지만 '어머니' 에 해당되니 대답 안 할 수가 없
어서 여러 가지 의미를 담아서 대답해 주었다.

"호호호, 그런가요?"

그러면서 장로들과 계속 내 결혼에 대한 이야기를 했다.

어디의 공주가 센스가 있네, 어디의 공녀가 아름답네 하면서 말이
다.

으… 정말 누군가가 여기서 날 구해주면 좋겠다.

평소에는 질색이긴 하지만 이럴 때는 할 일이라도 하나 생겼으면 좋겠
다니까.

난 이미 누구를 황비로 맞을지는 정해놓은 상태이다.

내 측근에 해당하는 사람들만 알고 대신들도 모르는 일이지만.

황태후와 장로들이 자기들 쪽의 사람을 앉히지 못하게끔 미리 준비를 꽤 해두었다.

그러니 지금 장로들은 헛고생하고 있는 중이라고나 할까?

시끄러운 이곳에서 누군가가 날 구원해 주기만을 빌고 있는데,

"황제는 어떻게 생각하시오?"

구원은 안 오고 이상한 질문만 왔다.

"무슨?"

안 듣고 있었으니 대답할 수가 없어서 되묻자 장로 한 명이 간사한 표정으로 말했다.

"세레나 황녀 말입니다. 그 아이와 결혼하는 건 어떻겠습니까?"

이라고.

황당했다.

세레나는 나의 친동생이다.

어머니가 다르거나 아버지가 다른 이복 동생도 아니고 어머니와 아버지가 같은 친동생.

그런데 뭐라고?

"진심으로 하는 말씀이십니까?"

"선례로 보아도 황가의 피를 짙게 하기 위해 남매 간의 결혼은 가끔 있어왔습니다. 새삼 왜 그리 놀라시는지?"

저 입을 찢어버리고 싶다는 충동을 느꼈다.

지금 저자는 내가 황족의 피가 흐리다는 소리를 돌려 할 생각이었겠지만 난 세레나와 결혼하라는 부분에서 화가 치밀었다.

도대체 저놈들은 생각이라는 걸 하고 사는 걸까?

"그걸 지금 제정신으로 하는 소리요?"

"어머, 무슨 그런 천한 말을……."

“역시 피는…….”

뭐라고 쨍알대는 장로들.

샤이나 황태후는 어느 정도 예상한 일인지 재미있다는 눈으로 보고 있을 뿐이었다.

지금 내가 그 예상대로 화내며 움직인다면 샤이나 황태후만 즐겁게 해 주겠지만 이런저런 생각할 것도 없이 폭발해 버렸다.

“당신들이 그렇게 위하는 그 하찮은 피를 위해 인류을 저버리라는 것인가? 말도 안 되는 소리. 혹여 세레나가 나의 이복 동생이라면 이런 말이 나온 것을 약간이나마 이해할 수 있겠지만 세레나는 나의 친동생이오. 그대들이 말하는 그 위대하다는 황실을 더러움으로 가득 채우고 싶은 모양이군. 정말 그대들다운 더러운 생각이야.”

내 차가운 말을 듣고도 장로들은 아직도 헛소리를 늘어놓았다.

“나, 나는 황실의 장로요. 아무리 황제라고는 하나 아직 성년도 되지 않은 어린아이가 함부로 말해도 되는 사람이 아니오!”

화가 나서 바들바들 떨면서 한 말이 겨우 저거다.

한심하기는.

“그대들의 말대로 성년식이 겨우 한 달 남짓 남았다지만 성년은 아니지.”

‘내가 성년식을 치른 그 후를 생각해 보기는 하셨나?

이 말은 속으로 삼켰다.

미리부터 견제받아 암살자들을 늘일 필요는 없으니까.

아니, 이런 것도 암살자를 늘이기는 마찬가지인가?

하지만 상관없어. 난 지금 내 화를 푸는 게 중요할 뿐이다.

“하나 어떻게 할까? 난 지금도 모욕을 받고는 그냥 넘길 생각이 없소.”

지금은 내가 장로들을 어떻게 할 수가 없다.

장로들의 말대로 성년이 아닌지라 아직은 손을 댈 수 없으니까.

하지만 장로들도 참 멍청해.

언제까지나 지금의 상황이 계속되리라 믿는 걸까?

'어리석은 것들……'

난 한껏 비웃어주었다.

"장로님들께서 쉬고 싶다 하시는구나."

좀 낮은 어조에 돌려 말하기는 했지만 이 정도를 못 알아들을 사람은 없는 듯 방 안에 있던 기사들이 움직였다. 그리고 무슨 신호라도 주고받았는지 밖에 있던 기사들도 들어왔다.

"네놈이… 감히 장로들에게 이런 짓을 하고도 무사할 줄 아느냐?!"

아직도 아무것도 모르는 바보들이다.

"당연히 무사할 테니 이렇게 할 수 있다는 것도 모를 정도로 어리석으신가?"

이렇게 일을 저지르는 건 계획에도 없었고 좀 이르긴 하지만 이미 너희들의 권한은 사라진 지 오래이니 내 심기를 건드린 지금 침묵하게 해도 괜찮겠지.

어리석어. 조용히 있었다면 내 성년식 후로도 얼마 동안은 성안에서 편하게 지냈을 텐데 말야.

마지막으로 비웃음을 날려주었다.

그리고 기사들은 정중히 장로들을 데리고 나갔다.

난 그 모습을 지켜보다가 샤이나 황태후에게 눈을 돌렸다.

"즐기고 계시는 건가요?"

"그럴 리가 있나요. 그저 한심할 뿐입니다."

샤이나 황태후는 느긋한 태도를 보이며 살며시 웃었다.

"그런가요?"

우리는 서로를 마주 보며 부드러움을 가장한 웃음을 지었다.

샤이나 황태후와는 요즘 이런 냉전 관계다.

가장 큰 이유는 샤이나 황태후가 예전과 다름없는 척하고 있지만 최근에는 독기가 많이 빠진 상태라는 거다.

언젠가 내가 전장에서 돌아온 후 딸인 시에라와 약간의 마찰을 빚었던 일로 꽤 충격을 받아서 그런 모양이었다.

그 일에 관해서는 자업자득이랄까, 어쨌든 조금도 불쌍하지 않았다.

우리 나라의 경우 원칙대로라면 왕위 쟁탈을 할 때 보통 여성, 즉 딸인 황녀를 앞세운다. 그런데 샤이나는 무슨 배짱으로 그랬는지 자신의 아들을 세웠다. 그 일에 딸인 시에라가 분노했던 건 당연한 일이었는지도.

샤이나 황태후의 생각은 어떨지 모르지만 내 눈에는 그 사건으로 원래부터 위태로웠던 그 모녀라는 아주 가는 끈이 없다면 '적'이라고 불러야 했을지도 모를 그 기묘한 시에라와 샤이나 황태후의 관계가 깨져 버렸다.

평소와 다름없이(?) 레비스와 집무실에서 열심히 일하고 있는데 잠시 내 심부름으로 자리를 비웠던 제노시아가 어떻게 보면 평소와 다름없는 정보를 가지고 왔다.

"폐하, 샤이나 황태후께서 미묘한 움직임을 보이고 있습니다."

"미묘한 움직임? 움직이면 움직이는 거지 무슨?"

레비스와 함께 들어와서 정세를 토론 중이던 도리스─노턴 대신관과 부부 사이이자 외무대신. 하네인 부인이라 부르지 않는 것은 외무대신인 도리스 자신의 직위로 부르기 때문이다. '도리스 대신'이나 성에 작위를 붙여 불러야 하지만 현재 합의 하에 공식 석상 이외의 자리에서는 이름만 부르기로 했다—가 아무 생각 없는 듯한 표정을 하고 말했다.

"제노시아, 혹시 그 문제 말인가요? 샤이나 황태후의 지능이 슬라임보다 못하다는 생각이 들게 할 일 말이에요."

도리스의 저 독설은 여전하다.

아무 생각 없다는 듯 멍한 표정으로 내뱉는 독설. 가끔은 노턴이 불쌍하다니까.

정말 도리스는 자신의 일을 아주 잘 선택했다. 웃으면서 본심을 감추고 멍하니 독설을 하는 것이 외교적인 일에 딱 맞는 성격이다.

"무슨 뜻이지?"

도리스의 독설 덕분에 힘이 빠진 내 목소리에 그녀는 방긋 웃었다.

"역시 다른 나라에서 시집온 여인다운 모습을 보이고 있다는 걸 말씀드리는 겁니다."

"저희는 지금까지 샤이나 황태후가 차후로 생각하는 이는 시에라님이라고 생각하고 있었습니다. 그런데 그게 아닌 모양입니다."

"에? 아니었어?"

시에라는 여성인데다 장녀이고 능력도 있는 데다가 시에라와 황태후와의 사이도 나쁘지 않았다. 그래서 당연히 시에라이리라 생각하고 조사도 안 했었는데.

아니라고?

말고 안 되는 소리다. 분명 황태후에게 딸은 시에라뿐인데?

"샤이나 황태후는 시에라가 아닌 아들 아스티안을 생각하고 있는 모양입니다."

어쩐지 굉장히 즐거워하고 있는 도리스가 제대로 된 말을 해주었다.

난 순간 할 말이 없어져 버렸다.

그 정도로 정말 한심한 소리였다.

이 나라에서는 거의 모든 계승(繼承)이 여성을 우선으로 한다.

최근에는 첫째 아이가 남자인 경우는 그 아이에게 넘겨주기도 하지만 그건 아주 일부의 경우일 뿐 여성이 더 유리하다.

딸이 없거나 바보라 황제가 되지 못한다면 모를까 능력있는 딸, 그것도 장녀에다 정치적인 분야에 엄청난 능력을 발휘할 수 있는 딸을 제쳐두고 아들이라.

이걸 알게 되면 샤이나 황태후를 지지하던 귀족들이 망설이게 될 텐데. 아니면 그들은 황태후가 생각하는 이가 시에라가 아니라는 걸 알고 있었나?

"제노시아."

"네."

"이걸 샤이나 황태후를 도와주는 자들도 알고 있나?"

여러 가지를 함축한 질문에 제노시아와 도리스가 번갈아가며 대답한다.

"절대 아닙니다."

"그들 역시 최근에 알게 된 모양입니다. 아는 사람 하나가 저에게 난처해하며 언뜻 그런 기색을 비쳤기에 잘 알고 있습니다."

"별말이 없었기에 당연히 시에라님이라 여기고 있었던 모양입니다."

한마디로 하자면 앞으로 어떻게 될지는 아무도 모른다는 소리로군.

"재미있는 일이 될지도 모르겠습니다."

황당해하던 레비스가 오랜만에 장난감을 얻은 아이 같은 반응을 보였다.

진지하게 생각해야 할 일을 전혀 진지하게 여기는 것 같아 보이지 않는 게 여기 모인 사람들의 공통점이다.

"저들이 어떻게 움직일지 좀 주시해야겠군."

샤이나 황태후라는 자는 아직도 이 나라를 모르는 건가?

나의 아버지라 하는 선황에게도 해당됐던 일이지만 내가 기반이 약한 이유 중 하나가 '여성이 아니라서' 라는 것도 모르고 있었나?

황당한 사건이라는 생각이 들 뿐이었다.

예전 자신의 고향인 왕국에서야 남자들만이 계승했으니 여기도 그렇게 하면 유리하다고 생각했다면 대체 이 나라에서 몇 년을 산 건지가 궁금할 뿐이었다.

그리고 문득 머리에 스치는 생각.

현재 내가 사망하면 황위를 계승할 시에라에 대한 생각이었다.

특별히 다른 곳처럼 '제1왕위 계승자' 니 뭐니 해서 계승 순위가 정해져 있는 건 아니다. 하지만 원래는 내가 사망하면 세레나가 계승했을 테지만 지금 세레나는 신관이라 황제가 되지 못하니 이제 시에라가 제1순위였다.

'시에라는 알고 있을까?'

만약 알고 있었다면 시에라도 자신의 동생인 아스티안이 황제가 되길 바란다는 뜻일 테니 좀 조심해야겠고, 지금까지 모르고 있었거나 샤이나 황태후를 이용할 생각이었다면 이제 본격적으로 움직이기 시작할 테지.

지금처럼 암살자들만 쓰는 진부하고 별 생각 없는 계획이 아니라 더한 암계(暗計)를 쓰며 정식으로 덤빌지 모르니 더욱 조심해야 한다.

"제노시아, 시에라는?"

"현재 리랜스 가에서 평소와 다름없이 지내고 있습니다."

"이건 잘하면 우리 쪽은 팔짱만 끼고 즐거운 일을 구경할 수 있게 되겠습니다."

"잘하면이 아니라 그럴 것 같습니다."

진정으로 즐거운 듯한 도리스와 레비스였다.

그런데 도리스는 우리보다 뭔가 많이 알고 있는 모양이다.

"그럴 것 같다니?"

"제가 외무, 외교적인 일을 담당하다 보니 정보가 필수입니다. 그래서 폐하 직속의 '그림자'에는 미치지 못하지만 제 휘하의 정보 수집자들을 데리고 있습니다. 그리고 사교계에서도 빼놓지 않고 여러 이야기를 듣고 있다 보니 여러 가지 일들을 보게 된다고 해야 할지… 좀 미묘한 것도 보고 있습니다."

장황한 설명이었다.

저걸 요약하자면 사교계에서 떠도는 소문이라는 건가?

"사교계에서?"

사교계에서 떠도는 소문을 믿으란 말야?

미심쩍다는 반응을 보이자 도리스는 사악해 보이는 미소를 지으며 고개를 저었다.

"소문은 아닙니다. 시에라님께서 직접 사교 파티장에서 황태후께서 아스티안님을 생각하고 계신다는 말을 흘렸습니다."

"호오~"

레비스가 흥미롭다는 반응을 보였다.

그러고 보니 내 정보망에 취약점이 있었군. 사교계의 일에 너무 무관심했어.

"폐하께서는 사교계에서 일어났던 일은 무관심하시기에 모르시리라 생각하고 한 말입니다만 혹 불쾌하셨습니까?"

조심스럽지만 당연히 내가 기분 나빠하지 않을 거라는 걸 알고 있어서 대답도 듣지 않고 그대로 말을 잇는 도리스.

"지금까지 간접적인 말로 표현하고 있었습니다만……."

그건 나도 어렴풋이 알고 있다.

그래서 그 모녀 관계가 참 불안한 관계라는 걸 잘 알고 있었고 또 언젠가 깨질 거라고 예상했었다. 그래서 내심 빨리 깨지라고 빌었으니까.

"'아쉽지만 어머니께는 제가 자식으로 보이지는 않는 모양입니다' 말인가?"

시에라 누.님.은 자주 그런 말을 했었지.

내 말에 도리스는 고개를 끄덕였다.

"예."

"그렇다면 시에라가 움직일 거라는 말이로군."

지금까지 간접적으로만 말하며 드러내지 않다가 갑자기 드러낸 이유는 자신은 모든 준비가 되었다는 뜻이겠지.

"나름대로 다행인 건가?"

일단 황태후와 일전을 치른 다음에 나와 다툴 모양이니.

한숨 같은 말에 다른 이들도 쓴웃음을 지었다.

얼마 남지 않은 내 성년식.

그때가 지나고 나면 나도 정식으로 움직일 수 있다.

제국은 황제가 아직 '성인'이 되지 않았을 경우에는 제국의 자랑이기도 한 '황제의 절대권력'을 마음대로 휘두르지 못하게 한다.

그러니 성년식이 지나고 나면 지금까지 어리다고 주어지던 핸디캡이 없어지는 거다.

말 그대로 이제부터는 황제의 절대권을 휘두를 수 있게 된다.

하지만 혹여 시에라가 그전에 나를 향해 움직인다면 난 소극적인 반응밖에 못하니 그만큼 불리하고 힘들겠지.

"내일은 하늘에서 피가 내릴지도 모르겠군."

피의 구름이 내리더라도 나에게 오는 피의 구름이 아니라면 굳이 참견할 생각 없다.

도리스가 그 일을 가르쳐 준 지 한 일주일쯤 지났을까.

시에라가 갑자기 나의 집무실로 찾아왔다.

"폐하, 시에라님께서 뵙기를 원하십니다."

밖에서 알려온 시녀의 말에 내 귀를 의심할 정도였다.

나와 얼굴 마주치는 걸 싫어하면서 제 발로 왔다라. 무슨 이유로 왔을지 불안하군.

"무슨 일일지……."

나와 비슷한 심정인지 레비스가 작게 중얼거리는 게 들려왔다.

의심스럽다고 해서 세워둘 수도 없으니 들여보내야겠군.

"들어오라."

내 허락이 떨어지자 문이 열리고 드레스 차림에 허리에 얇은 검신의 검을 차고 있다가 집무실에 들어오기 위해―회의실이나 파티장, 혹은 이런 장소에서는 가디언 외에는 검을 휴대할 수 없다―풀어서 자신의 호위기사 중 한 명에게 건네준 뒤 시에라가 우아하게 걸어 들어와서 인사했다.

"시에라 아멜리아 펠 아스힌드, 폐하를 뵙습니다."

"새삼 격식 차려 인사하실 필요는 없소. 나에겐 누님 되시니 이런 인사는 맞지 않은 것 같군."

"앞으로는 조심하지요."

시에라는 레비스에게 고개를 돌려 다시 인사했다.

"오랜만에 뵙습니다, 리튼—레비스의 성—공작."

"예, 평안하셨습니까?"

그러면서 은근히 제노시아를 무시하며 날 빤히 본다.

보아하니 제노시아에게는 인사하지 않을 듯싶다.

늘 은근히… 가 아니라 노골적으로 제노시아를 무시하는 게 더 마음에 안 드는 사람이다.

"무슨 일로 왔소?"

"말이 조금 길어질 듯합니다만……."

한마디로 자리를 권해달라 이거로군.

나도 계속 세워둘 생각은 없지만 기분 나빠.

"그럼 좀 앉으십시오, 누.님."

그러면서 나도 집무실 책상 앞을 벗어나 테이블이 있는 자리에 앉았다.

"감사합니다, 폐하."

그런데 어쩐지 오늘은 늘 느껴지던 독기가 느껴지지 않는다.

좋아할 일이기는 하지만 평소와 다르니까 어색하고 허전한걸.

'윽, 내 성격이 이상해졌나 봐. 그런 걸 허전하다고 하다니.'

"폐하, 그럼 전 이만……."

분위기 파악에 빠른 레비스가 재빨리 집무실에서 나갔다.

그리고 집무실 내에 자리 잡고 앉은 침묵.

"…용건이 있어 오신 게 아닌지?"

이 침묵을 못 참은 건 나다.

그래도 입을 열지 않는 시에라.

결국 난 테이블을 손가락으로 톡톡 두들기며 계속 기다리는 수밖에 없었다.

"오늘 제가 어머니와 만났다는 걸 아십니까?"

한참 만에 꺼낸 말이 그거였다.

"그런가요?"

"그리고 동생인 아스티안도 만났습니다."

도대체 무슨 말을 꺼내려고 저렇게 서론이 긴지 모르겠다.

"어머니께서는 전혀 생각지 못하신 일인지 많이 놀라셨습니다. 하지만 큰일을 위해서는 어쩔 수 없는 일이지요."

그렇게까지 말해 주자 사태가 대충은 이해가 됐다.

아마 오늘 시에라와 샤이나 황태후 사이에 충돌이 있은 모양이다.

정치적인 문제로, 즉 쉽게 말해서 아스티안을 밀고 있는 황태후에게 정식으로 덤빈 거겠지.

하지만…

"그런데 왜 나에게 그런 이야기를?"

"글쎄요, 어차피 알게 되실 테니 제가 직접 말하는 것도 좋겠지요."

그리고 잠시 날 똑바로 보며 입을 다물고 있더니,

"그리고 일단은 선전 포고를 하러 왔노라 해두겠습니다."

그 소리에 내 뒤에 서 있던 제노시아가 작게 움찔한 걸로 보아 많이 놀란 모양이다.

나도 무척 놀라긴 했다.

지금 저 말은 내가 여기서 즉결 심판—반란—이니 뭐니라는 이유로 죽여 버릴 수도 있는 발언이기 때문이었다.

"많이 놀라신 모양입니다, 폐하."

장난스러운 어조의 시에라.

평소와 너무 다른데?

"무슨 생각인지 모르겠군, 시에라."

손으로 이마를 짚으며 말했다.

상대는 내 반응이나 생각을 짐작하고 있는 데 반해 난 전혀 모르겠기에 좀 신중해지려고 하는데,

"정당한 시작을 위해 찾아왔습니다. 설마 비겁자가 되진 않으시겠지요?"

여전히 당당한 시에라의 말에 기가 막혔다.

한마디로 정정당당히 황제가 되겠다는 건가? 어떻게?

그리고 나에게 비겁자라 함은 방금 시에라가 한 말을 빌미로 한 숙청을 말하는 걸 텐데 전적으로 내가 불리하지 않은가?

하나 걸어온 싸움은 받아주어야겠지.

"지금까지로 볼 때 별로 정당할 것 같지 않지만……."

사실이다. 시에라가 지금까지 보낸 암살자들이 몇 명이며 음식에 독을 탄 게 몇 번인데.

"받아들여야겠군. 하지만 그전에……."

"……?"

시에라는 내가 받아들인 걸 짐작하고 있었던 듯 태연히 미소 짓고 있었지만 내가 덧붙인 말에 좀 의아한 듯했다.

"무슨 심경의 변화인지?"

시에라는 입을 다물었고 다시 침묵이 내려앉았다.

그리고 이상하게 슬픈 눈빛을 한 시에라가 자리에서 일어나며 조용히,

"그건 곧 아실 겁니다. 머리 좋은 분이시니 금방 추리해 내실 테니 전 그냥 물러가겠습니다."

라고 말하고 나갔다.

"하아, 열심히 추리해 보지."

의자에 등을 기대며 혼잣말로 중얼거렸다.

오늘 시에라의 이상한 행동은 아무래도 자신이 아까 말한 내용, 황태후와 아스티안과의 일과 관계가 있겠지.

"제노시아, 오늘 황태후궁에서 무슨 일이 있었는지 '그림자'에게 알아봐."

"알겠습니다."

대충 짐작은 되지만 확실히 알아보는 게 좋겠지.

제노시아가 잠시 '그림자'의 수장과 만나기 위해 나가고 난 다시 내게 올라온 서류들을 훑어보았다.

얼마간의 시간이 지나고 제노시아와 짧은 흑발의 여성이 들어왔다.

"얼굴을 마주하기는 오랜만이구나, 카나이."

"평안하셨습니까?"

그녀의 이름은 카나이 할리, '그림자'의 수장이다.

그런데 평소에는 제노시아를 통해서 보고하더니 어쩐 일로 직접 온 걸까?

"시에라에 대한 일입니다."

카나이가 나 말고 다른 이에게 존칭하는 일은 거의 없다.

지금도 엄연히 황족, 그것도 직계 혈족인 시에라에게 존칭도 없이 마구 말하는 걸 보면 정말 성격이 굉장하다.

가끔은 나한테도 마구 말한다. 무섭게시리…….

"오늘 황태후의 정원에서 아스티안과 함께 있던 황태후에게 정식으로 선전 포고를 했다고 생각할 만한 일이 있었습니다. 아직 세세한 부분까지는 조사하지 못했지만……"

말을 요약해 보면 내 짐작대로 황태후와 한판 한 모양이다.

어리석은 황태후.

계속 시에라를 무시하고 아스티안을 세워도 그녀가 가만히 있으리라 생각했던 걸까?

시에라가 오늘 보인 태도는 아마 두 가지 경우겠지. 어머니를 그리 대우하며 피를 몰고 황제가 되었을 때 다른 나라나 백성들의 시선을 의식해서이거나 혹은 어머니에게 그리한 데 대한 죄책감.

그런데 설마 그 시에라가 죄책감 때문일까? 첫 번째 이유라고 생각해야겠군.

그나저나 시에라가 정식으로 '선전 포고'를 했으니 좀 주의를 기울여야겠군.

"시에라의 움직임을 더욱 주시해라. 그리고 오늘 일은 좀 더 상세히 적어 보고하도록."

"예, 알겠습니다."

아직은 몸조심해야 할 때이니 죽고 싶지 않다면 몸을 움츠려야겠지.

"물러가겠습니다."

"그래."

카나이가 공간에 녹아들어 가듯 사라지고—늘 사라지는 방법이 너무 특이하다는 생각이 든다—나니 그녀와 교대하듯이 아리아가 들어왔다.

"폐하, 아까 시에라님이 여기서 나가시던데……."

빨리도 오는군. 시에라가 나간 지가 언젠데.

"말 그대로 아. 까. 왔었지."

"혹시 오늘 황태후님과의 다툼 때문입니까?"

내가 장난치는 걸 모른 척하고 얼굴 가득히 걱정스럽다는 표정을 짓고 있었다.

"다툼이라기에는 스케일이 크지 않아?"

그 모습에 피식 웃으면서 장난치듯 가벼운 어조로 말했지만 아리아는 혼자 뭔가를 납득한 듯 고개를 끄덕였다.

"그렇긴 합니다만 왠지 걱정됩니다."

"무엇이?"

아리아는 얼굴 가득히 고민과 걱정을 띠고 있었지만 난 슬며시 웃음이 나왔다.

아리아의 생각을 어느 정도 짐작할 수 있었기 때문이다.

"아까 복도에서 잠깐 시에라님을 뵈었는데 아무래도 평소와 너무 다르기에……."

정말이지, 아리아는 이상한 데서 마음이 여리다니까.

평소에는 단단하기 그지없으면서 이런 데서 여리단 말야.

"시에라를 걱정할 필요는 없다."

"하지만……."

아리아가 신경 쓰일 수밖에 없는 이유는 짐작하고 이해한다.

분명 열받은 황태후가 시에라와 의절한다는 거와 다름없는 말을 했을 테니 자신과 비슷하다는 생각이 들어 동정하는 걸 테지.

시에라의 경우에는 스스로 그 고리를 끊었고 아리아는 버림받았다는 게 다를 뿐.

아리아의 마음을 안다고 해서 그게 옳다거나 그르다고 생각하지는 않지만 난 적어도 그녀를 동정하지는 않는다. 그리고 그럴 필요도 없다고 생각하고. 그건 어찌 보면 시에라를 모독하는 일이다.

"시에라 스스로 선택한 길이다. 게다가 난 적을 걱정할 만큼 마음이 넓지 않아."

내가 질책하는 어조로 말하자 아리아는 입을 다물었다.

'냉정하게 느껴져도 할 수 없어, 아리아. 이게 사실이니까.'

오히려 이런 류의 싸움에서 남을 걱정하는 건 자신의 목에 칼을 대는 짓이다.

그런 상대에게 동정하는 건 자만이고 어리석은 짓일 뿐.

"그런 것보다 내가 시킨 건?"

"네? 예, 다 전했습니다."

내 말에 충격을 받았는지 멍하니 있던 아리아가 화들짝 놀란다.

하여튼 다 전했단 말이지.

이제 준비는 거의 다 된 거로군.

다음날 아침에 보니 황태후와 시에라 사이의 일을 좀 더 자세히 적은 종이가 내 방에 놓여 있었다.

아마 어제는 사건 직후 세세히 모르는 상태에서 말로만 알려주어 제대로 전하지 못했을 수도 있다고 생각해 상세히 적어온 모양이다.

아니, 내가 적어서 보고하라고 하긴 했지만.

황태후와 아스티안의 티타임에 시에라가 자신의 호위기사들을 대동하고 나타나 자신의 검을 황태후의 찻잔 앞에 꽂은 뒤 '더 이상은 당신을 두고 보지만은 않습니다. 이건 그 선전 포고입니다'고 말하자 황태후는 몹시 흥분해서 날뛰었고 아스티안은 의외로 담담한 모습을 보였음.

혼자 흥분하다 지친 황태후는 '카마엘—죽음의 천사—이 너를 만나러 갈 것이다'라는 말을 했고 시에라는 '재미있군요, 황태후마마. 하나 저보다는 당신께 먼저 갈 것입니다'라고 말하고 검을 거두어 돌아감.

이후 바로 폐하께 찾아갔습니다.

꽤 자세히 써놓았군, 했던 말까지 곁들여서.

카나이에게 상세히 알려달라고 한 건 사실이지만.

카나이는 정말 어떻게 다루어야 할지 감이 안 잡히는 사람이다.

그 일 이후로 황태후는 겉으로야 평소와 다름없이 태연한 척하고 있지만 좀 힘든 모양이었다.

매일같이 날 향해 내뿜던 독기가 싹 사라진 걸로 봐서 말이다.

"전 가보도록 하지요, 어. 머. 니."

내 말에 황태후가 미세하게 떨고 있는 모습이 정말 즐겁다.

특히 얼마 전까지는 '어머니' 라고 불러야 한다는 점을 황태후가 너무 좋아하고 내가 불쾌해했었는데 지금은 상황이 역전되었다는 점이 너무나 즐겁다.

혼자 바들바들 떠는 황태후를 내버려 두고 제노시아와 함께 방을 나서려는데 황태후의 허탈한 어조의 말이 들렸다.

"폐하께선 자신의 선택에 후회라는 걸 해보신 적 있으신지요?"

넋이 빠진 듯한 느낌이 드는 어조였다.

'그걸 말할 거라 생각하고 물어본 건 아니겠지. 정말 어리석어졌군.'

난 절대 후회하고 싶지 않다.

그래서 지금까지 결정한 어떤 것도 후회하지 않을 거다.

과거를 후회만 하며 앉아 있으면 지금의 미래를 준비할 수 없으니.

"글쎄, 알 수 없지."

아주 재미있는 질문에 비웃음을 날려주고 방을 나왔다.

황태후가 요즘 독기는 물론이고 정신까지 좀 빠져나간 모양이다. 저런 말을 다 하다니.

우스운 일이야.

시에라와의 싸움이 그렇게 충격이었나?

방을 나와 복도를 죽 걸어가며 내가 해야 할 일을 정리했다.

“제노시아, 카나이에게 오늘 저녁에 내 방으로 잠깐 오라고 전해.”

“예.”

‘일’ 을 실행하기 전에 철저한 준비를 위해 체크할 일을 생각하다 보니 머리가 복잡해져서 정원에서 느긋하게 걷고 싶어 걸음을 옮기려고 했다. 그런데 저쪽에서 아스티안이 오는 것이 보였다.

고민이 가득한 얼굴로 걷고 있던 아스티안이 날 보더니 깜짝 놀라 인사했다.

“폐하를 뵙습니다.”

“오랜만이오. 어딜 가시는지?”

“어머님을 뵈러…… 아…….”

형식상으로 물었더니 멍하니 대답하다 뭔가 생각났는지 나에게 물었다.

“혹시 어머님을 뵙고 오는 길이십니까?”

“그렇소만.”

“아… 저… 폐하, 잠시 시간을 내어줄 수 있으십니까?”

어쩐지 막다른 길에 몰려 탈출구를 찾는 이같이 다급한 어조여서 홀로 정원을 느긋하게 산책하려던 계획을 변경했다.

시에라는 마음에 안 들어도 아스티안은 싫어하지는 않으니까 일단 시간을 내준 거다.

“같이 정원에서 산책하지 않겠소?”

아스티안이라는 아이는―벌써 스물한 살이기는 하지만 아이로 보인다―정말 어쩔 수 없는 사람이었다.

그 말에 얼굴이 환해지면서 열심히 고개를 끄덕이는 걸 보니 아직 성년식도 치르지 못한 아이같이 보였다.

‘응? 성년식? 그럼 나도 아이라는 건가?

엉뚱한 생각 덕에 복잡한 표정을 짓고 정원으로 향하는 날 아스티안은 걱정스럽게 보면서 따라왔다.

지금, 5월에 한창 피어나는 장미들이 가득히 피어 있는 정원에서 느긋하게 걸으면서 차마 먼저 입을 열지 못하는 아스티안 덕분에 내가 먼저 화제를 꺼냈다.

"여기까지 왔으니 하고 싶은 말을 하시오."

먼저 입을 열고도 한참을 주저하던 아스티안은 내가 너무 지루해져서 다른 말이라도 꺼내볼까 하는데 많이 망설인 듯 어렵게 입을 열었다.

"누님과 저 사이에 있었던 일을 알고 계실 거라 생각합니다."

"어떤 일 말이오?"

무슨 일을 말하고 있는 건지는 잘 알고 있지만 순박한 어린애 같은 그를 보자 놀리고 싶은 욕구를 억누를 수가 없었다고나 할까, 장난을 치고 싶어져 짓궂은 질문을 했다.

그의 성격상 이런 말에 쉽게 대답하지 못할 거라는 걸 잘 알면서도 말이다.

예상대로 아스티안은 입을 빠끔거리다가 당황해하기 시작했다.

그 모습을 너무 재미있어하는 날 책망하듯 제노시아가 헛기침을 해서 눈치를 주었을 때야 나는 아스티안을 그 상태에서 구해주었다.

이제야 말뜻을 알아챈 듯이 하면서.

"혹시 시에라 누… 님께서—누님이라고 불러주고 싶지 않아서 말이 잘 안 나온다—황태후와 약간의 마찰이 있었던 것과 연관된 일을 말하는 거요?"

"예, 예."

열심히 고개를 끄덕이는 아스티안.

가끔 저런 모습을 보면 나보다 나이가 많다는 게 믿어지지가 않는다.

'귀엽다니까.'

상념을 훌훌 털어버리고 진지하게 상담에 임해주었다.

"그 일이 왜?"

"폐하께서는 누님과 친하시니까 누님께서 왜 갑자기 절 미워하게 되셨는지, 왜 어머니께 화를 내시는 건지 아실 거라 생각되어서……."

순간 황당해서 말소리가 나오지 않았다.

어떤 소리를 듣고 어떻게 해석했기에 저런 말이 나오는 건지.

"시에라와 친하다고?"

워낙 특이한 어감의 말을 들어 표정 관리를 못해 버렸다. 덕분에 표정이 좀 기묘했는지 아스티안이 고개를 갸웃거렸다.

"아, 아닌 겁니까? 전에 누님께서 폐하와 무척 친하다고 하셔서……."

"정확히 어떻게 말했는지?"

지끈거리는 머리를 누르면서 묻자 아스티안은 잠시 생각하더니 이내 원하는 대답을 해주었다.

"'폐하와는 좀 가깝게 지내지, 여러 가지로' 라고……."

정말…….

"흠, '여. 러. 가. 지' 의미로 친하다고? 맞는 말이겠군."

순박한 건지 바보인 건지 모르겠군. 저러고도 학자가 될 수 있을까?

저런 말에 숨은 뜻도 알아채지 못하다니, 바보 아냐?

"공부는 잘 되시오?"

"예? 예. 열심히 하고는 있습니다만……."

갑작스런 화제 전환에 아스티안은 어리둥절해하면서도 대답했다.

아스티안은 어릴 때부터의 꿈인 학자가 되기 위해 공부하고 있지만 이런 모습을 보면 머리가 좋을 것 같지는 않다.

아니면 정치적인 데 약한 걸 수도 있겠지만.

"뭐, 좋겠지. 계속 말해 보시오."

"저기… 제가 무슨 실수라도?"

제노시아는 간신히 무표정을 유지하고 있지만 웃음을 참고 있다는 게 느껴진다.

"시에라와 왜 사이가 벌어졌는지 물으셨소?"

난 거의 필사적으로 화제 전환을 시도했고 다행히 먹혀들었다.

"예, 얼마 전 갑자기 오셔서 어머니와 싸우셨는데 전 전혀 짐작 가는 일이 없어서……."

"후우……."

갑자기 답답한 게 한숨이 저절로 나온다.

정말 짐작 가는 일이 하나도 없다니 말도 안 되는 소리다.

하지만 저 아스티안이라면 가능한 말이기도 하다.

주위에서 일어나는 일에 워낙 무관심하니까. 특히 정치적인 일에는.

"아스티안, 시에라는 당신을 싫어하지 않소."

다시 한숨을 한 번 더 쉬고 말을 이었다.

"그리고 싸운 이유에 대해서는 시에라에게 직접 물어보시오. 나도 정확히는 모르는 일이니. 아마 그대에게는 잘 가르쳐 줄 것이오."

라고 말하며 슬쩍 발뺌하자 순진하게 말 그대로를 믿은 아스티안은 밝은 표정으로 내게 인사하고 갔다. 그리고 남겨진 난 황당함과 허탈함을 느끼며 잠시 그대로 서 있었다.

그리고 뒤에서는 제노시아가 킥킥거리며 웃고 있었다.

"제노시아, 그만 웃어."

"예에……."

하지만 역시 재미있는 모양이다.

시에라에게 떠넘겨서 좀 미안하지만 아스티안은 상대하기에 좀 벅차니까 어쩔 수 없지.

그들의 문제이기도 하고… 그리고 자업자득이라는 거야.

"좀 진정됐어?"

"예, 폐하."

여전히 즐겁다는 눈빛을 한 제노시아를 곱게 노려봐 주고 천천히 서재로 걸음을 옮겼다.

혼자서 느긋하게 책이라도 읽을 생각으로 들어섰는데 아리아가 책을 가득히 쌓아놓고 뭔가를 열심히 하고 있다가 인사를 했다.

"뭐 하고 있어?"

"그게… 오전에 세레나님이 갑자기 오셔서 자료를 찾아달라고 부탁하고 가셔서……."

"세레나가?"

왔었다면 어째서 날 만나지 않고 그냥 간 거지?

놀라 되묻자 아리아가 내가 좀 섭섭해한다는 걸 눈치 채고 말을 이었다.

"급한 일이 있다고 용건만 전하고 가셨습니다. 저녁때에 다시 온다고 하셨습니다."

"그래?"

그렇다면 오늘 예정을 좀 변경해서 저녁에는 세레나와 있어야겠군.

"제노시아, 키나이에게 저녁때가 아니라 지금 여기로 오라고 전해 줘."

"예."

제노시아가 키나이를 부르기 위해 나가고 나서 아리아가 뒤적이던 책더미로 가서 무슨 자료를 찾는 건지 구경했다.

"전부 지리와 풍습 관련이군."

"예, 얼마 뒤면 여행을 하실 테니 미리 좀 알아두려고 하시나 봐
요."

"그래, 그런가?"

씁쓸한 기분이다.

떠난다니.

"저……."

"폐하, 들어가겠습니다."

아리아가 뭐라고 말하려는 순간 제노시아가 키나이를 데리고 들어왔
다.

"아아, 빨리 왔군."

"예, 평안하셨습니까?"

새삼스럽게 격식을 차린 키나이의 인사에 실소가 나왔다.

의자에 편히 앉으며 용건을 꺼냈다.

"그래, 왜 부른 건지 아는가?"

"예, 주변 각국의 움직임 때문이 아니십니까?"

역시 눈치가 빠른 키나이는 아주 우등생같이 대답해서 어쩐지 웃음이
나왔다.

알고는 있지만 한 번도 이렇게 얼굴을 마주하고 있었던 적이 없었던
아리아를 의식해서 그런지 나와 제노시아만 있을 때보다 훨씬 굳어져서
우등생 같은 태도를 보이는 데 은근히 웃음이 나왔다.

게다가 아리아도 좀, 아니, 많이 굳어져서 자료를 찾아야 할지, 아니면
자신도 참여해야 하는지 당황해하고 있었다.

둘은 사이가 좋은 편도, 나쁜 편도 아니다. 그저 서로 함께 있는 게 이
번이 처음일 뿐.

“그래, 이야기가 길어질 테니 앉게.”

“예, 폐하.”

제노시아와 키나이가 자리에 앉고 아리아가 재빨리 차를 내어왔다.

아리아는 가디언이 된 지 시간이 꽤 지났는데도 아직 시녀일 때 습관이 남아 있는지 이런 상황이 되면 재빨리 차를 내어온다.

“우선 최근 전쟁이 있었던 세튼부터.”

“예.”

키나이는 대답을 하고 주머니에서 작은 구슬을 꺼냈다.

저 구슬은 ‘그림자’에서 정보를 수집해서 보고할 때 자주 쓰는 영상 보존석—마법이 걸린 수정구. 영상을 저장하고 볼 수 있다—이다.

“우선 세튼에서는 얼마 전의 전쟁 이후 일들 때문에 그것을 복구하기 위한 움직임 외의 것은 보이지 않습니다.”

그렇겠지.

본국의 땅이 전쟁터는 아니었다 해도 전쟁 기간 동안 내버려 두어 황폐해졌을 것이다. 그리고 전쟁 직후이니 민심이 흉흉해 사고가 많을 테고.

“폐하의 성년식 때는 현 왕의 동생이 되는 시이크라는 사람이 참석할 모양입니다.”

“그자의 성격은?”

사신으로 올 자의 성격이나 능력을 파악해 놔야 상대하기 편하지.

교섭이야 원래 도리스의 일이니 직접 나서지 않아도 된다지만 알아두면 혹여 내가 하게 되더라도 편하니까.

“소심합니다. 머리는 좋지만 일의 추진력이 없고 자국 내의 세력도 없습니다.”

“그런가?”

키나이가 영상 보존석을 움직여 그자의 얼굴을 보여주었다.

그럭저럭 평범하게 생겼지만 맹해 보이는 게 카리스마를 전혀 볼 수 없는 걸로 보아 세력이 없을 만도 하다는 생각이 든다.

"흠, 별로 경계할 건 없다는 거로군."

"예."

그럼 세튼에서는 별문제가 없겠군.

"그럼 스라트에서는?"

스라트는 원래부터 그렇게 강한 나라는 아니지만 최근에는 왕자들이 투자를 많이 하더니 군사 수가 꽤 늘었다.

고로 경계 대상.

하지만 그 왕자들의 투자라는 게 자신의 세력을 늘리려고 하는 것, 즉 내란 준비에 여념이 없어서 그렇게까지 큰 위험 상대는 아니다.

"스라트에서는 군대를 늘리고 있지만 현재까지는 위험할 정도는 아닙니다. 그리고 지금은 국내의 정세가 불안정하니 한동안은 괜찮을 겁니다."

불안정하다라……. 왕자들에 대한 말이로군. 이런 일은 왕의 재량에 따라 그 해결이 얼마나 걸리느냐가 결정된다.

현 왕의 상태로 볼 때 다른 이들, 즉 왕자나 대신들이 쿠데타를 일으켜서 정리하는 게 더 빠르겠고.

"그리고 사신으로는 제1왕자인 레이르 왕자와 뮤리아 공주가 올 듯합니다. 뮤리아 공주가 오는 이유는 아마도 폐하의 비가 되기 위해서라고 생각됩니다만."

이 말을 꺼내면서 슬며시 내 눈치를 살폈다.

난 그저 쓰게 웃을 뿐이었다.

비(妃)가 되고 싶었나 보군. 자신을 비로 생각할 수도 있다는 말에 달려오는 걸 보면.

아니, 이런 경우에는 주변에서 뭐라 그럴까? 어느 경우든 상관없지만 잘못하면 골치 아프겠는걸.

"스라트 내에서 그 공주의 영향력은 어느 정도지?"

"없다고 보시면 됩니다. 후궁의 자식인데다가 제8공주입니다. 특별히 아버지인 왕의 사랑을 받지도 못했고 성격도 당당하지 못해서 그리 알려져 있지 않은 사람입니다. 그러니 정략결혼 이외에 일이라면 거론될 일이 없는 공주입니다."

그 공주도 불쌍하군.

정략결혼이 아니면 거론조차 되지 않을 이라니……. 결혼해 버리는 게 거기서 썩어가는 것보다는 나은 거지만.

뮤리아 공주와는 나중에 대화를 좀 나눠봐야겠군.

그녀를 비로 맞이할 생각이니 제대로 된 사람이 맞는지 확인해야 하니.

"알겠다. 다른 나라들에는 큰 움직임이 없는가?"

"예, 특별히 눈에 띄는 움직임은 없습니다."

그렇겠지.

세튼이 그렇게 지고 배상금을 물며 고생한 지 얼마 되지 않았으니 서로 몸을 사리느라 한동안 조용하겠지.

그동안 난 집안일을 후닥닥 해치우는 거야.

집안 정리도 다는 어림없고 조금밖에 못하겠지만.

그 정도라도 할 수 있을 때 빨리 해치워야지. 썩어버린 곳을 계속 두면 썩어가는 부분이 커질 뿐이니까.

"시에라만 한동안 조용하면 정말 좋은데……."

혼잣말처럼 웅얼거리고 피식 웃었다.

"별다른 일은 없지?"

"예."

"알았어."

대화가 끝난 것을 눈치 챈 키나이는 고개를 깊이 숙여 인사한 후 나갔다. 난 잠시 눈을 감고 등을 기댄 채 여러 가지 일들을 생각했다.

시에라와 황태후, 그리고 이제 내 곁을 떠날 세레나, 아스티안과 시에라…….

후, 요즘은 머리가 아플 정도로 주변이 복잡해져 버렸다.

혈우(血雨)가 내릴 때가 다가오는 지금 세레나가 신전에 있는 게 잘 되었다는 생각도 들지만 한편으로는…….

천천히 눈을 뜨니 서재의 천장이 보였다.

"제노시아, 시간이 정말 안 가는군요."

빨리 성년식이 지나서 후닥닥 집안 청소를 해버려야 되는데 계속 두니 정말 지독한 악취를 풍기고 있다.

'안 그래도 이렇게 머리 아플 정도로 할 일이 많은데 그자들은 쓸데없는 데 신경 쓰게 만들고…….'

이런저런 생각을 하고 나니 잠시 울컥해서 살짝 미간을 찌푸리며 장로들을 향해 욕을 하다 자리에서 일어났다.

"아리아, 세레나가 오거든 이하라 정원으로 오라고 하세요."

"알겠습니다."

자료 수집과 정리로 정신없는 아리아에게 말을 던지고 복잡해진 머리를 식히기 위해 다시 정원으로 향했다.

이번에는 아름답다는 이하라 정원으로.

그리고 아무 생각 없이 느긋하게 걸을 생각이었는데 끊임없이 오늘 거론된 정책이라든가 장로들과의 일, 황실 청소—라고 해야 될려나?—에 대한 생각이 머리 속을 휘저었다.

이런 걸 보면 난 편히 살 운명은 아닌 듯싶다.

늘 마음 편히 살고 싶거늘…….

'아, 그러고 보니…….'

"장로들이 가만있지 않을 텐데, 괜찮을까?"

성질 부리고 가둬 버렸는데 얌전히 있진 않겠지.

난 왜 이렇게 문제만 만드는 걸까?

매일매일 스스로 무덤 파는 기분이 들 정도지만… 그래서 늘 조심해야 한다는 생각을 하면서도 막상 닥치면 아무 생각 없이 일을 벌이고 만다.

이번 정리는 장로들이 타깃인만큼 조심해야 하는데.

'나, 혹시 무지 단순한 놈일까?'

자기 반성의 시간을 가지고 있는데 문득 이상한 느낌이 들어서 뒤를 돌아보니 세레나가 서 있었다.

갑자기 돌아봐서 놀랐는지 눈이 동그래져 있었다.

"세, 세레나?"

"아… 오빠……."

그리고 제노시아는 좀 떨어져 서 있었다.

이 상황으로 보건대 내가 상념에 사로잡혀 있을 때 세레나가 날 놀래키려고 뒤에서 살금살금 다가왔고 제노시아는 슬쩍 묵인해 준 모양인데…….

제노시아, 넌 날 지켜야 하는 거라고.

"세레나?"

"헤헤헤."

생긋 미소를 띠면서 동생을 부르자 멋쩍게 웃고 넘어가 버린다.

"그래그래, 내가 널 어쩌겠니."

결국 머리를 쓰다듬어 주며 한숨같이 중얼거리고 이마에 살짝 키스해 주었다.

늘 져주게 된다니까.

가끔은 야단을 쳐야 될 텐데.

"아리아한테 갔다가 오는 거야?"

"응."

웃는 모습이 정말 귀엽다. 역시 내 동생이랄까.

누가 들으면 팔불출이라고 하겠지만 귀여운 걸 어쩌겠어.

이 아이가 여행 떠나면 한동안 보지 못할 거라 생각하니 벌써부터 쓸쓸한걸.

쓸쓸하게 웃으면서 운을 띄웠다.

"여행 준비하고 있더구나?"

"응, 좀 준비해 둬야 고생을 덜하지 않겠어? 재미있을 거 같아."

맑게 웃고 있는 모습이 보기는 좋다만… 하아… 그게 너의 진심이라고 믿을게.

'그렇지 않으면 난 정말 날 용서하지 못할 거야.'

머리가 조금 아파오는 듯하다.

영원히 내 동생이라는 이름으로 옆에 있어주면 좋으련만.

세레나와 정원에서 가벼운 대화를 나눈 지 며칠이 지나고 나서 초대장에 첨부했던 '좀 일찍 와달라'는 부탁대로 뮤리아 공주가 도착했다.

그 전갈을 받았을 때는 집무실에서 열심히 일하는 중이라서 너무 반가웠다.

일하는 도중에 잠시 하는 휴식이 얼마나 달콤한지.

이건 휴식이라 볼 수 없는 일이기는 하지만 그래도 서류들만 상대하는 것보다는 훨씬 좋다.

"스라트 국의 뮤리아 공주가 도착했다고?"

"예, 폐하."

'오호, 기분 좋은 일이로군. 공식적으로 땡땡이칠 수 있다니.'

기쁜 마음에 바로 일어나서 뮤리아 공주가 기다린다는 곳으로 가려고 하는데 문득 귀찮다는 생각이 들었다.

그리고 직접 맞으러 가기에는 '입장'이라는 게 있어서… 마치 이쪽이 더 급하고 아래라고 보일 수 있으니까 직접 가서 만나는 것보다 이리로 부르는 게 훨씬 낫다.

"뮤리아 공주를 이리로 안내하도록 해라."

"예, 폐하."

그리고 커다란 집무용 책상에서 빠져나와 이야기할 때 쓰는 의자로 가 앉았다.

뮤리아 공주…….

어머니가 스라트 왕의 3번째 후궁이고 자신은 8번째 왕녀. 물빛 머리칼에 물빛 눈동자를 지닌 꽤 미인형의 여자라던데 그건 봐야 아는 거고.

그리고 본명이 꽤 길던데… 다 외울 필요는 없겠지?

그런데 8번째라니, 스라트의 왕은 자식이 어지간히 많은 모양이군.

뒤에 서 있던 제노시아는 조금 걱정이 되는 모양이다.

"폐하, 부디 적당히 하시기를……."

"무슨 뜻이야?"

이상한 말에 미간을 모으며 되묻자 제노시아는 슬쩍 다른 곳을 보며 딴청을 부리고 있다.

내가 뮤리아 공주라는 애를 잡아먹을 것도 아닌데 무슨 말이람?

투덜대려고 하는데 밖에서 시녀의 목소리가 들렸다.

"폐하, 스라트 국의 뮤리아 공주께서 오셨습니다."

젠장.

"들어오라."

문이 살짝 열리더니 물빛의 머리카락을 가진 좀 멍해 보이는 여자가 들어섰다.

저 여자가 뮤리아 공주로군.

"스라트 국의 뮤리아 에우레시아 페리넬 시아 스라트가 아린드 국의 황제 폐하를 뵙습니다."

'뭔 이름이 저렇게 길다냐?'

"그래, 반갑소. 일단 이리 앉으시겠소?"

"배려에 감사드립니다."

오랜만에 일일이 예의 차려서 대화하려니 무지하게 힘들다.

그건 그렇고, 저 공주는 저렇게 긴 이름을 말하면서 숨도 한 번 안 쉬는 구나. 대단해.

박수라도 쳐주고 싶군.

"돌려 말할 필요는 없다고 생각하고 바로 말하겠소."

"예……."

뮤리아 공주가 눈을 살짝 내리깔고 앉은 모습이 아주아주 여린 아가씨처럼 보인다.

하아… 세레나도 저렇게 얌전하면 좀 좋을까.

아니지. 지금 저 모습은 내숭일 수도 있는 거니까.

"그대는 스라트 국에서 어느 정도 지위를 가지고 있는가?"

"그저 이름뿐인 왕족임을 아시리라 생각합니다만……."

호오… 꽤 머리도 있군.

그렇다면 더 쉽게 풀리겠군.

"어째서 좀 일찍 도착해 달라고 한 건지도 알겠군."

"…예, 오는 중에 절 데리러 오셨던 아린드 국의 한 분께 어느 정도 언질을 받았습니다."

마중 갔던 이가 아마 도리스였지? 잘 행동해 주었군.

입 아프게 설명할 필요가 없으니 아주 좋아.

*   *   *

오늘 드디어 아린드 국의 국경에 들어섰다.

들어서자 날 마중 왔다는 여인이 기품있게 웃으며 우리를 맞이했지만 난 이제 아무 도움도 바랄 수 없는 곳으로 들어선다는 마음에 너무 무서웠다.

"제 이름은 도리스 켈 하네인이라고 합니다, 뮤리아 공주님."

"예, 반갑습니다."

머뭇머뭇 인사하자 자신을 하네인이라고 소개한 그녀는 내 긴장을 풀어주기 위해서인지 화사하게 웃었다.

그러면서 도리스라고 불러달라고 했다.

하지만 난 그 모습에 주눅이 들었다.

어째서 아린드 국의 황제 폐하씩이나 되는 분께서 나 같은 것에게 긴히 할 이야기가 있다고 하시는 걸까?

난 도리스가 가져온 마차로 옮겨 타고 다시 출발했다.

그리고 여기서 내 시녀 몇몇을 제외한 다른 이들은 다시 스라트로 돌려보냈다.

난 지금 사절이 아니고 1왕자께서 사절이시니 황제 폐하의 성년식에 맞춰 나중에 도착하실 그분을 호위하기 위해서이기도 하지만 내가 지금 황성에 가는 것을 숨기기 위해서였다.

이해는 하지만 난 점점 불안해질 수밖에 없었다.

어째서 내가 황성에 가는 걸 숨겨야 하는지 불안했다.

"불안하신가요?"

"예?"

갑작스런 도리스의 말에 내가 깜짝 놀라자 그녀는 부드럽게 웃었다.

"놀라게 했다면 죄송합니다만… 의외라서……."

"무엇이… 말씀이십니까?"

"폐하의 불확실한 편지 한 장에 황비가 되기 위해 오시는 분이라 믿기 어려워서……."

"……?!"

난, 난 그런 말을 전혀 듣지 못했다.

그저… 날 거의 찾지 않으시던 아바마마께서 날 찾으시기에 갔더니 아린드 국의 황제 폐하를 뵙고 오라고 하셨을 뿐인데.

그게 대체…….

"…모르셨습니까?"

내 얼굴에 생각이 다 드러났는지 도리스가 의아한 표정을 지었다.

"네에, 전혀."

내가 혼란스러워하자 도리스는 날 부드럽게 안아 등을 쓰다듬어 주었다.

내가 안심할 수 있도록.

"그럼 제가 놀라게 해드렸군요. 하지만 황제 폐하께 되물으시는 것보단 나을 테니……."

혼잣말처럼 중얼거린 그 말에 난 다시 몸이 떨려왔다.

선황제였던 자신의 아버지를 힘으로 몰아내고 황제가 되신 분.

게다가 얼마 전의 세튼과의 전쟁까지.

싫다.

정말 싫어. 그런 무서운 분께 시집가야 한다니…….

도리스가 살며시 내 뺨을 닦아주었다.

나도 모르게 눈물이 흘렀나 보다.

"도리스님……."

"너무 무서워하지 마세요. 황제께서는 좋은 분이십니다."

하지만 너무 무서운걸요.

도리스에게 그런 말을 하려고 고개를 들어 바라본 순간 도리스에게 무척 재미있어하는 표정이 아주 잠깐 스치고 지나갔다.

설마 잘못 본 거겠지?

갑자기 더욱 불안해졌다.

"뮤리아 공주님, 선택은 당신에게 달렸어요. 당신이 결혼하고 싶지 않다고 하시면 폐하께서도 굳이 강요하지는 않으실 겁니다. 그러니 너무 두려워하지 마세요."

역시 아까는 내가 잘못 본 게 틀림없었다.

도리스는 여전히 상냥하게 날 달래주었다.

하지만 도리스의 말은 틀렸어요. 저 같은 것에게 거부당하고 괜찮으실 리 없잖아요.

그리고 어머님께서 여길 올 때 '꼭 해내라'고 말씀하셨는데 지금 와서 제 의견 같은 게 무슨 상관이 있겠어요.

이런 일인 줄 알았더라면 이런 식으로 바깥 구경할 수 있다는 생각도 하지 않았을 텐데.

계속 그곳에서 평안히 있었을 텐데.

그렇게 불안에 떨며 며칠간을 마차를 타고 이동했다.

도리스는 그동안 무서워하는 나를 열심히 달래주었다. 계속 마음 써주는 도리스에게는 너무 미안하지만 무서운 건 무서운 거였다.

그리고 결국은 아린드 국의 황성에 도착했다.

햇살에 비친 황성은 정말 아름다웠지만 나에게는 무엇보다 무서워 보였다.

떨리는 다리를 억지로 움직여 시녀의 안내에 따라 작은 응접실에 도착했다.

안내해 준 시녀가 방을 나가자 도리스가 내 손을 꼭 잡았다.

"너무 걱정하지 마세요. 알았지요?"

"예."

"그럼……."

억지로 대답하자 도리스는 살짝 포옹해 주고 나갔다.

아아, 이제 어쩌지?

설마 오늘부터 후궁이 되거나 하는 건 아니겠지?

혼자 당황해서 어쩔 줄 모르고 있는데 아까 나갔던 시녀가 다시 들어왔다.

"폐하께서 모셔오라 하십니다."

그 말에 흠칫 놀랐지만 그 시녀를 따라가는 수밖에 없었다.

'설마 침실로 데려가거나 하는 건…….'

시녀를 따라간 곳의 문 앞에는 기사 둘이 지키고 있었다.

"폐하, 스라트 국의 뮤리아 공주께서 오셨습니다."

시녀의 고하는 소리에 안에서 부드러운 목소리가 들렸다.

"들어오라."

그리고 문이 조용히 열리고 안의 풍경이 보였다.

한쪽에 있는 커다란 집무용 책상으로 보아 이곳은 집무실인 모양이었다.

집무실임을 확인하자 아까 내가 했던 생각들이 너무 부끄러워졌다.

"스라트 국의 뮤리아 에우레시아 페리넬 시아 스라트가 아린드 국의 황제 폐하를 뵙습니다."

예의를 갖추어 상대에게 인사하고 살며시 보니 두 사람이 있었다.

한 명은 의자에 앉아 있고 다른 한 명은 그 뒤에 서 있었다.

앉아 계신 분이 황제시겠지?

"그래, 반갑소. 일단 이리 앉으시겠소?"

내 생각대로 앉아 있던 분께서 나에게 자리를 권했다.

"배려에 감사드립니다."

황제는 무섭게 생겼을 거라는 내 생각과는 전혀 다른 사람이었다.

보기 드문 청은발에 깊은 청보랏빛의 눈동자를 가진 너무 아름다운 분이었다.

"돌려 말할 필요는 없다고 생각하고 바로 말하겠소."

"예……."

좀 차가운 어조에 혹시 내가 자신을 훔쳐보는 것이 불쾌했나 싶어 난 저절로 움츠러들었다.

"그대는 스라트 국에서 어느 정도 지위를 가지고 있는가?"

무슨 대답을 원하시는 걸까?

"그저 이름뿐인 왕족임을 아시리라 생각합니다만……."

일단 입을 열어 되는대로 생각없이 대답했는데 너무 무례한 말이 새어나와서 고개를 더욱 숙였다.

“어째서 좀 일찍 도착해 달라 한 건지도 알겠군.”

“…예, 오는 중에 절 데리러 오셨던 아린드 국의 한 분께 어느 정도 언질을 받았습니다.”

머뭇거리며 대답하자 그분은 의자에 몸을 깊숙이 기대시더니 한동안 날 주시하셨다.

그렇게 한동안 침묵이 흐르고 나서 그분은 작은 한숨과 함께 질문을 하셨다.

“그대는 이 나라를 어떻게 보시오?”

“저, 저는……..”

의외의 질문이었기에 당황해 대답을 하지 못했다.

그분은 그것을 어떻게 해석했는지는 모르겠지만 얼굴에 비웃음 같은 걸 띄우시더니,

“황비가 되고 싶소?”

라고 물어오셨다.

어찌 대답해야 하나 망설이는 사이 그분은 계속 말을 이으셨다.

“나의 황비가 될 이는 정치적으로 절대 무관해야 하오. 한마디로 정치에 간섭하지 말아야 한다는 소리지. 그리고 어리석지 않아야 하오.”

그제야 난 황제께서 무슨 말씀을 하시는지 간신히 이해할 수 있었다.

전 황비, 즉 황태후와 현 황제의 대립은 성안에서만 지내던 나에게도 들릴 정도의 것이었으니.

아마 다음에는 이런 일을 만들고 싶지 않다는 뜻이시겠지.

어떻게 해야 하나……..

*　　　*　　　*

뮤리아 공주가 혼란스러워하는 것 같아서 일단 생각해 보라 하고 내보내고 나니 곧 이어 도리스가 찾아왔다.

"폐하, 그 귀여운 아가씨와의 대화는 잘 이루어지셨습니까?"

너무 즐거워하는 모습에 절로 한숨이 나왔다.

"귀여워?"

빈정거림이 담긴 말에 도리스는 너무 재미있다는 듯 허락도 구하지 않고 내 앞의 의자에 앉아 개구쟁이가 그날 있었던 일을 어머니에게 시시콜콜 말하듯 입을 열었다.

"폐하께서 황비 후보로 생각하고 계신다는 말에 정말 까무러칠 듯 놀라더니 눈물까지 흘리며 무서워하면서 제 품에서 펑펑 울었답니다. 어떻게 생각하십니까?"

"뭐어?"

내가,

이 내가 무섭다고?

지금까지 만만해 보인다는 소리와 약해 보인다는 소리는 지겨울 정도로 많이 들었지만 그런 소리는 처음 듣는다.

내가 미간을 찌푸리자 도리스는 더 신이 난 듯했다.

"어머어머, 왜 그런 표정을 지으십니까?"

다 알면서 물어보는 심보가 너무 얄밉다.

"내 평판이 그렇게 나쁜가… 싶어서."

"호호호! 그 아가씨, 아니, 공주님께서 너무 순진하신 모양입니다."

도리스는 한동안 무척이나 즐거워하더니 이내 진지한 모습으로,

"이제 어찌할 생각이신지요?"

차분히 가라앉은 음성으로 물어왔다.

"결정권은 이제 그 공주에게 넘어갔네만?"

도리스가 묻고 싶은 걸 알고는 있지만 슬쩍 딴청을 폈더니 도리스는 그녀의 특기나 다름없는 부드러운 미소를 띤 채 날카롭게 말했다.

"다 아시면서 다 아는 상대에게 그런 말씀은 좀……."

"글쎄, 스라트 국은 어찌할 생각일까?"

"그 국왕은 권력욕을 채우기 위해서라면 뭐든지 합니다. 전형적인 어리석은 지배자라고나 할까요?"

그 딸은 꽤 괜찮던데, 생각하는 거나 외모로 보나 말이지.

바로 앞에 앉은 도리스는 내 생각 따위는 다 짐작한다는 듯 생긋 웃고 있었다.

"그 공주의 결정은 뻔하겠지."

"물론입니다."

마음이 약한 여자 같았으니 이런 은근한 압박으로도 충분하겠지.

그 심약함이 앞으로 방해가 되거나 하면 곤란하겠지만.

"도리스가 앞으로 잘해주어야 된다는 것도 잘 알고 있겠지?"

"예, 폐하."

그 여인이 의지하는 자가 내 쪽 사람이라면 거의 걱정할 일은 없겠지.

그래서 일부러 도리스에게 맞으러 가라고 했던 것이고 도리스도 충분히 내 의도를 알고 있으니 잘해줄 것이다.

내가 손짓으로 도리스에게 나가라는 신호를 보내자 그녀는 조용히 일어나 집무실을 나갔다.

이제 다른 남은 일들을 처리해야겠지.

힘차게 자리에서 일어나 제노시아를 향해 씩 웃어주었다.

"이제 슬슬 좀 움직여야지?"

집무실을 나서서 레비스 재상의 집무실로 향했다.

자주 가지는 않았지만 근래 들어 좀 자주 가는 편이었다.

최근에는 소위 말하는 '집안 청소' 를 위해서, 한마디로 '숙청' 에 관한 문제 때문에 레비스 재상뿐 아니라 다른 대귀족들과도 거기서 만나 여러 가지의 무의미한 토론을 벌이고 있다.

지금까지는 내가 '성인' 이 되지 못해 마음대로 할 수 없었지만 일단 성년식이 지나고 나면 늘 내 목숨을 노리고 있는 자들을 그냥 내버려 두고 싶지 않다.

당연하게도 난 내 목숨을 담보로 그들을 잘살게 내버려 둘 만큼 자애로운 사람이 아니니까.

마음 같아서는 전부 정리해 버리고 싶지만 한편으로는 그렇게까지 할 형편이 아니었기에 몇 가지만 정리할 생각이다.

재상의 집무실 앞을 지키고 있던 기사가 열어준 문을 통해 들어가자 레비스는 당연히 있었고 디트레이와 치하트가 와 있었다.

"오셨습니까, 폐하."

레비스 재상이 있는 거야 당연하고 디트레이도 그렇다지만 치하트는 좀 의외였다.

검을 휘두르는 사람이면서도 어지간히 마음 약한 그는 이 계획에 대한 말을 듣는 순간부터 자신의 집에서 나오지 않았다.

이 나라의 속담에 있는 '큰일은 남자와 의논하는 게 아니라' 는 말은 저런 사람 때문에 나왔을 거라는 생각을 들게 만들 정도로 마음이 약하고 정이 많은 사람이다.

그래서 난 치하트의 성격으로 볼 때 며칠 더 고민하리라 생각했는데 의외로 빨리 결심했나 보다.

"치하트 경, 결심하고 온 건가?"

의자에 앉으며 장난스럽게 말을 던지자 장난기가 가득 담긴 나와 달리 진지하게 고개를 끄덕였다.

"저는 당연히 폐하를 따를 뿐입니다."

그러면서 왜 며칠간 집에 박혀 있었던 건데?

라는 생각에 피식 웃어버리자 내 앞의 순진남은 얼굴이 빨개져 버렸다.

자신이 생각해도 부끄러운 모양.

"큭큭큭! 그래, 뭐, 친구들과 싸울 수도 있으니 어찌 보면 망설이는 게 당연하겠지."

별로 지금은 큰 싸움을 일으킬 생각은 없지만 앞으로 어찌 될지 모르는 거 아니겠어?

치하트가 진지하게 고개를 끄덕이는 모습을 보고 피식 웃는데 옆에서 레비스가 날 대화 속으로 끌어들였다.

"오늘 장로들이 공작의 칭호를 가진 자들을 포함해서 대귀족들을 호출했었습니다."

"호오, 그래?"

목적은 역시 날 몰아내기 위해서겠지?

정말이지, 나이가 있어서인지 날 얕잡아봐서인지 반응이 너무 느리다니까.

내가 이미 대귀족들은 한동안 무슨 일이 있어도 움직이지 않게 해두었는데 말야.

"별 이야기는 없었습니다만 되도록 며칠 전 같은 일은 없게 하십시오. 거사 전까지만이라도 말입니다."

레비스가 드물게 잔소리 같은 푸념을 했다.

"하하하, 조심하지."

"괜히 경계당해서 거사가 잘못될 수 있습니다."

"뭐, 거사라고 칭할 것까지야 있나?"

내 태평한 말에 레비스는 한숨을 쉬며 고개를 흔들었다.

그런데 며칠 전부터 장로들을 자신들이 기거하는 곳에서 못 나오도록 가두어두고—좋은 말로 근신이다—있었는데 그 장로들은 잘도 '밖'과 연락을 취하는구나.

어떻게 감시를 피했나 몰라. 늙어서 잔머리만 늘었나?

노인 공경에 위배되는 생각을 하며 고심하다 손뼉을 쳐 주위를 환기시켰다.

"어쨌든 '별일' 들은 없지?"

"예."

금세 진지한 모습으로 돌아온다.

"되도록 각국의 사신들이 눈치 채지 못하게 해달라구."

일단 시기가 내 성년식 후이니 눈치 빠른 사신들이 낌새를 눈치 챌지도 모른다.

"당연합니다."

국내의 정세가 불안정하다는 걸 광고하며 보여줄 필요 따위는 없으니까 조심, 또 조심.

즐거움을 위해서는 그전에 힘든 일을 감수해야 하는 법.

"참, 시에라는?"

"아직은 움직일 생각이 없는 듯합니다. 아마도 아스티안님께서 리랜스 가에 머물고 계셔서라고 생각됩니다."

아스티안이? 얼마 전에 시에라를 만나러 가서 그대로 머물러 있는 모양이군.

그 녀석이 거기 있는 한 큰 움직임은 없겠지. 아스티안이야 아무 생각 없다 해도 시에라는 아스티안을 경계하는 것만으로 피곤할 테니 말야.

이제…

"얼마 안 남았어……."

*　　　　*　　　　*

도리스는 황제의 집무실을 나온 뒤 자신에게 맡겨져 있는 일을 하기 위해 뮤리아 공주가 있을 방으로 갔다.

일부러 얼굴에 걱정의 빛을 띠며 문을 열었을 때 뮤리아 공주가 무척 불안해하며 방 안을 서성이고 있는 모습을 보니 자신도 모르게 웃음이 나올 것 같았다.

도리스는 지금 표정을 유지해야 된다는 생각이 들어 간신히 참았지만 속으로는 임무고 뭐고 없이 한바탕 웃어버리고 싶을 정도로 재미있었다.

하지만 그런 기색을 전혀 보이지 않으며 살며시 그 공주를 안아 토닥거렸다.

도리스는 자신의 마음을 숨기는 데는 익숙해져 있었다. 외교 쪽의 일을 하다 보니 자연스럽게 속마음 감추는 방법을 익힌 것이다.

"도, 도리스 씨……."

'씨'라고 부르니까 정말 간지럽네.'

"공주님, 불안하세요?"

"예에."

풀이 죽어 대답하는 모습이 귀여웠다. 정말로.

이런 심약한 사람을 상대로는 교섭하기가 얼마나 쉬운지 모른다.

그러니 얼마나 귀엽고 예쁜지.

도리스는 공주가 좀 진정되기를 기다렸다가 상냥한 어조로 입을 열었다.

"공주님, 전 공주님께서 이곳에 머물러 주셨으면 해요."

"하지만 전……."

"공주님께서는 부드럽고 따뜻한 마음을 지니셨으니 지금 홀로 계신 저희 폐하를 감싸주셨으면 좋겠어요."

'좀 헛소리해도 괜찮겠지? 어차피 목적만 이루면 되니까.'

도리스는 겉으로는 한없이 자애로운 어머니 같은 연기를 하면서 속으로는 너무 순진하게 자신의 의사대로 움직여 주는 공주를 비웃었다.

'바보 같네, 이 정도에 넘어오다니.'

"하지만 여기에 있으면 전… 혼자인데……."

"제가 곁에 있잖아요."

어린아이 달래듯 공주를 상대한 지 얼마간의 시간이 흐른 후 도리스는 자신이 원하는 답을 얻을 수 있었다.

더불어 공주에게 늘 옆에서 가르쳐 달라는 '부탁' 도 받았다. 자신과 자신이 모시는 황제께서 원하시는 대로.

그리 힘들이지 않고 성공한 도리스는 이 일의 성공을 노턴과 함께 축하하기 위해 자신의 저택으로 향했다.

*　　　*　　　*

스라트 국 왕성.

이 왕국의 국왕은 한낮인데도 자신의 침실에서 술잔을 기울이고 있었다.

"흠, 그 계집이 아린드 국의 황비가 되면 이제 좀 편히 지낼 수 있겠지."

욕심 많은 왕은 폭군이기도 했다.

권력을 마음대로 휘두르며 원하는 것이라면 무엇이든 손에 넣고도 늘 부족하다며 더 많은 것을 원하는 결과로 최근에는 자리가 위태로워져 있었다.

"그 불온한 무리들도 내가 아린드 국 황제의 장인인 이상 어쩌지는 못하겠지. 케케케케."

괴상한 웃음을 흘리며 술잔을 비우고 혼잣말을 중얼거렸다.

"그래도 좀 아깝군, 예쁘장한 계집이었는데. 좀 맛을 보고 보낼 걸 그랬나?"

그래도 한 나라의 왕이라는 사람이 딸을 생각하며 말하는 거라 생각할 수 없을 정도로 천박한 말이었다.

그는 금방 술병 하나를 말끔히 비워 버리고는 술을 더 가져오라고 소리치려 했다.

하지만 이상하게도 목 안이 타는 듯 뜨거워 말을 할 수가 없었다. 놀라서 허둥대며 일어나려다가 그만 탁자에 넘어지고 말았다.

너무 술을 마셔서 그렇다고 생각하며 일어나려고 했지만 몸은 자신의 말을 듣지 않았고 서서히, 어둠이 찾아왔다.

국왕의 침실 밖에 제1왕자 레이르가 도착했다.

"어떻게 되었느냐?"

좀 조급함이 느껴지는 말에 기사들은 서둘러 보고했다.

"예, 평소처럼 술을 찾으시기에 말씀하신 그것을 가져다 드렸습니다. 그리고 아까 방 안에서 요란한 소리가 난 걸로 보아 아마 쓰러지신 것 같습니다."
　"그래?"
　왕자의 얼굴에 희색이 돌았다.

집안 청소

아침에 눈을 뜨자마자 피곤하다는 생각이 먼저 들었다.

각국의 사신들이야 어제까지 전부 도착해서 만나봤고 영주들이나 귀족들도 다 봤다.

그런데 왜 오늘 또 인사를 해야 하는 건지.

게다가 오늘 하루 종일 정식 예복을 입고 지내야 한다.

차라리 안 입고 돌아다니는 게 낫다는 생각이 들 정도로 거추장스러운 그 예복!!

언젠가 불살라 버리겠다고 생각한 적도 있을 정도였다.

침대에서 일어나 오늘 일정을 생각하며 음침하게 꿍얼대고 있는 사이 시녀들이 들어와서 날 세워놓고 인형 옷 갈아입히듯 잽싸게 예복을 입혀 주었다.

그리고 바로 아리아가 들어와서,

"어머~ 폐하, 예쁘시네요."

호들갑을 떨었다.

"예뻐어?"

'불쾌하다' 는 어조로 되물었지만 아리아는 전혀 신경 쓰지 않고 혼자서 물어보지도 않은 말들을 주절주절 늘어놓았다.

"정말 예뻐요. 역시 그 옷감을 선택하길 잘했지요? 호호호. 참, 그 옷은요, 세레나님이 디자인해 주셨어요. 평소에 꼭 입혀보고 싶으셨다면서. 입고 계신 걸 보면 좋아하실 거예요."

그래, 그렇군.

이상하게 옷자락들이 펄럭대는 데다가 선이 좀 가늘다 싶었더니 나에게 매일 '여자가 되었으면 좋겠다' 고 노래를 부르는 동생의 작품이란 말이지?

안 그래도 황제의 예복은 좀 선이 가늘어서 싫어 죽겠는데 뭐 하는 짓이야아!!

"벗을래."

말과 동시에 행동으로 들어가려 했지만 제노시아에게 붙들려 실행하지 못했다.

"제노시아아아아?"

너도 한편이었냐?

"폐하, 옷 때문에 실랑이하실 시간이 없을 듯싶습니다."

엥?

내가 어리둥절해하자 원하는 걸 이루어서인지 즐거운 기색이 가득한 아리아가 답해주었다.

"네, 일부러 갈아입으실 시간이 없게끔 좀 늦게 왔거든요."

저, 저 사악한!!

"자자, 빨리 가자구요."

가기 싫어. 절대로 이 옷 입고는 안 가!

속으로 절규했지만 결국은 아리아에게 질질 끌려서 걸음을 옮기는 수밖에 없었다.

'으아아아아아아, 내 의견도 좀 존중해 줘!'

결국 갈아입지 못하고 터덜터덜 걸어가면서 아리아에게 오늘 일정을 들었다.

"이제 어른들께 인사하시고 오전에 각 신전의 대신관들과 만나실 겁니다. 생신이신 것 때문에 만나는 것이니 별 이야기는 없을 듯합니다. 그 뒤에는 북쪽의 궁 한쪽에 있는 기도실로 가서야 합니다. 성년이 되는 황족으로서의 의식인 셈이죠. 아시다시피 저녁에는 각국의 사신들까지 함께하는 파티가 있습니다."

그러냐?

오늘 일 안 해도 된다는 거 말고는 전혀 위안되는 게 없군.

일단 오늘이 생일인데다 성년식이다 보니 평소에는 전혀 하지 않았지만 어른들께 인사드리러 가봐야 한다.

그 '어른' 이란 것들은 황태후와 장로들이다.

하.하.하. 얼마 전에 내가 가둬놨는데—장로들은 근신 중—만나러 가면 참 좋은 소리 듣고 나올 수 있겠구나.

생일 아침부터 말야.

"그러게 왜 일을 벌이셨어요?"

내 생각을 눈치 챈 아리아가 한심하다는 어조로 한마디 던져 주었다.

나도 안 하고 싶었어.

하지만 내 성격이 그렇게 생겨먹은 걸 어떡하리.

내가 키득거리며 웃자 어째서인지 아리아는 걱정스러운 표정이었다.

“아리아는 꼭 따라올 필요없어.”

“아닙니다. 저도 가디언이니 따라가겠습니다.”

내가 문제를 일으킬까 봐 어지간히 걱정되나 보군.

일단은 순서에 따라 그 세 명의 장로들을 먼저 찾아갔다.

재미있는 상황이 벌어지지 않기를 빌어야 하려나?

오늘은 좀 참아야 하니까.

장로들이 있을 방문 앞에서 짧게 한숨을 쉬고 난 뒤 문 앞을 지키는 기사들에게 문을 열라고 지시했다.

“오랜만에 뵙습니다.”

인사는 했지만 장로들은 날 싹 무시한다.

너무 단순한 장로들을 보자 아까의 마음은 싹 가시고 또 찔러보고 싶은 기분이 드는 이유가 뭘까?

“이거이거, 너무하시는군요.”

그래서 일부러 조금 도발하는 어조로 말해 버렸다.

하하, 뒤에서 아리아가 날 노려보는 게 느껴지는구나.

나중에 잔소리 좀 듣겠는걸?

“장로들을 이리 대우하고도 무사할 줄 아시오?!”

독기 어린 말.

저 장로는 아직도 상황 파악이 안 되는 모양이다.

“글쎄요. 그건 그렇고, 너무 사소한 데까지 신경 쓰시면 빨리 늙으실 텐데요.”

“무…….”

“전 물러가겠습니다.”

결국은 신경을 박박 긁어주고 나왔다.

내가 인사하러 온 건지 약 올리러 온 건지…….

그리고 문을 나서자마자 시작되는 아리아의 잔소리 열전.

"일부러 장로들을 자극할 필요는 없었습니다. 어째서 그러시는……."

"저 사람들은 미리 성질 죽이는 연습을 해야 돼."

앞으로는 조용히 지내야 할 테니까.

"그. 러. 니. 까. 자극하실 필요는 없었다는 겁니다. 무슨 짓을 하게 될지 모르니까 너무 궁지에 모는 건 좋지 않습니다."

"알았어. 앞으로는 조심하지.

잔소리는 조금만 듣는 게 정신 건강상 이로울 거라는 생각에 마음에도 없는 대답을 했지만 아리아의 잔소리는 거기서 끝나지 않았다.

아, 피곤하다.

황태후가 있는 곳까지 걸으면서 계속 아리아의 잔소리를 들어야 했다.

"아무 생각 없이 도발하지 마십시오. 특히 황태후에게는 좀 조심해서……."

자리에 멈춰 서서 계속되는 잔소리를 끊고 물었다.

"알았어. 다 왔는데 계속할 건가?"

그러자 아리아는 실수했다는 표정으로,

"죄송합니다."

라고 말하고는 입을 닫고 무표정으로 돌아갔다.

아까 같은 행동은 나와 편히 있을 때는 상관없지만 친하지 않은 다른 이들이 있을 때는 그런 태도가 좀 곤란하다.

"문 열어."

난 아리아가 입을 다문 후에 황태후의 방을 지키던 기사들에게로 시선을 돌려 명령을 내렸다.

아무리 지금은 독기가 좀 빠졌다지만 황태후는 경계 대상 제1호다.

황태후는 아주 우아한 척하며 앉아 있었다.

"어서 오너라."

"오랜만이군요."

일단 그 앞의 의자에 앉으며 인사를 건넸다.

"네가 아스티안에게 시에라한테 가보라 했었다고 들었다."

"그런 비슷한 말은 했었습니다."

기분 나쁜 미소를 입가에 띤 황태후는 날 비웃듯이 말했다.

저 표정, 오랜만이군. 어쩐지 불길한데.

"아스티안'이 시에라를 설득해 주었단다."

설마 그 말뜻은……

제길, 내가 실수했군.

그때 아스티안을 시에라에게 가게 하는 게 아니었는데.

"내 귀여운 시에라가 오늘 아스티안과 날 만나러 오겠다더군."

자신의 우위를 과시하는 황태후를 보니 불쾌해질 수밖에 없었다.

"딸과 화해했다는 건 다행한 일이군요."

젠장, 그때 귀찮아만 할 게 아니라 좀 더 생각하는 거였는데.

정말 오랜만에 큰 실수를 했다.

"고맙구나. 너에게 별로 좋은 일은 아닐 텐데 말야."

최악의 소리를 들었군.

"평안하신 듯하니 전 이만 가보죠."

"그러렴."

내가 일어나자 황태후는 웃으며 고개를 끄덕인다.

지금은 도망치는 것 같기도 하겠지만 어서 이 일을 수습해야 한다.

그리고 그 계획도 좀 수정해야 한다.

방을 나서서 좀 걷고 나자 아리아가 걱정을 가득 담아서,

“시에라와 황태후가 화해하려는 걸까요?”

라고 말했지만 난 제대로 대답해 줄 정신이 아니었다.

“아스티안이 시에라에게 가서 무슨 말을 했기에 이렇게 된 건지 모르겠군.”

“예?”

“아스티안이 리랜스 가에 시에라를 만나러 갔었어.”

더 이상의 설명도 없이 거의 뛰다시피 걸어서 내 집무실로 들어갔다.

“아리아, 레비스를 데려와. 키나이도 오라고 하고.”

“예.”

오늘 시에라가 여기 와서 황태후의 생각대로 풀리게 된다면 처음 계획을 대대적으로 변경해야 할지도 모른다.

그리고 황태후와 시에라가 앞으로 같이 움직인다면 방법도 달라져야 하고.

내 명령에 아리아가 다급히 나가는 걸 보자 저절로 욕이 나왔다.

“젠장.”

“계획을 좀 변경해야겠군요.”

뒤에서 들려온 제노시아의 차분한 목소리에 침착함을 좀 되찾을 수 있었다.

“그래야겠지.”

의자에 털썩 주저앉았다.

좀 냉정해지자 그렇게 급한 문제는 아닐지도 모른다는 걸 깨달았다.

잘못된다면 처음부터 다시 계획을 세워야 할 수도 있겠지만 원래부터 이런저런 상황을 고려해서 세운 계획이니 시기만 조정해도 될지 모른다.

그리고 그 시에라가 자신의 의사를 굽혀 다시 황태후와 함께 일을 추진할 가능성은 별로 없었다.

키나이에게 시에라의 근황을 알아본 다음 계획을 어느 정도 수정할지, 아니면 시기만 앞당겨도 될지 결정해야 하는데 늦는군.

기다리며 슬슬 초조해질 무렵 레비스와 함께 키나이가 들어왔다.

"부르셨습니까?"

"어째서 같이 와?"

황당하다는 내 질문에 여전히 표정이 없는 키나이가 무뚝뚝하게 대답했다.

"재상의 집무실에서 함께 이야기 중이었습니다."

"아, 그래?"

아리아는 무슨 일이 크게 잘못되어 간다고 생각하는지 얼굴에 걱정이 가득하다.

뜻밖의 말을 들어 좀 놀라서 흥분하는 바람에 걱정을 끼쳤군.

"무슨 일로 부르셨습니까?"

언제나 침착한 레비스가 자리에 앉으며 물었다.

"시에라의 일인데……."

서두를 꺼내자 키나이가 그럴 줄 알았다는 듯 알고 싶었던 걸 줄줄 읊었다.

"아스티안이 리랜스 가에 머물면서 시에라에게 황태후를 만나서 다시 이야기해 볼 것을 설득했다고 합니다. 차후의 방향은 만나서 이야기한 후 정할 것으로 예상하고 있습니다."

그렇단 말이지?

그렇다면… 장로들은 빨리 묶어두어야겠군.

"계획을 예정보다 좀 앞당겨 한 달 후쯤에 시행한다. 그리고 키나이."

"예."

"오늘 시에라가 황태후와 만나 뭐 하는지 알려줘."

"예."

계획을 당겨서 빨리 해치우는 게 나을 것 같아.

시에라가 황태후와 같이 일을 꾸미려면 시간이 좀 걸릴 테니 그전에 장로들을 묶어두는 게 낫겠지.

혹시나 나중에 시에라와 황태후, 장로들까지 다 설치게 되면 곤란하니 까.

시에라도 쓸데없이 끼어드는 장로들을 정리하고 싶어하니까 이 일에 는 끼어들지 않을 거라는 생각도 들고.

그런데 리랜스 가에서 시에라가 움직인다면 어째서 리랜스 백작이 나 에게 연락하지 않았을까?

리랜스 백작가는 6대 세력가 중 하나로 현 가주는 시에라의 남편이 다. 몇 년 전부터는 나에게 시에라의 근황을 보고하는 역할을 하고 있었 다.

리랜스 백작이 이 일을 알고도 모른 척 보고하지 않은 건지, 아니면 자 세히 몰랐던 건지 알아봐야겠군.

"키나이, 리랜스 백작이 이 일을 알고 있는지도 알아봐."

"알겠습니다."

리랜스 백작이 배신을 했는가 아닌가 하는 건 굉장히 중요한 문제다.

지금까지 리랜스 백작이 보고해 온 게 다 거짓일 수도 있다는 거니까.

이제 대충 정리했나?

자, 그럼 난 식사나 해야겠군.

"그럼 오후에 보지.

"예."

나는 일방적으로 말한 뒤 집무실을 나와 신관들을 찾아가 축복을 받았다.

솔직히 말만 축복일 뿐 함께 이야기하다가 나온 것뿐이다.

그리고 이것저것 하다가 친족들과 정찬을 하고 나니 금방 기도실에 가야 할 시간이 되었다.

제국은 신의 뜻에 지배되는 교국도 아니고 정해진 국교도 없다.

그런데 웬 기도실이냐 하면… 그저 말만 기도실일 뿐이다. 내 생각에는 붙일 이름이 없어 그렇게 붙인 거 아닌가 싶다.

그 기도실이란 실제로는 황족이 18세 생일이 되면 거기서 오후 시간을 보내며 명상하는 장소다.

보통 안에서 4, 5시간은 보낸다고 하던데 대체 무슨 생각을 하며 보내는지 모르겠다.

게다가 왜 이런 절차가 있는 건지 그 자체를 모르겠다. 전혀 필요가 없는데.

"하아, 여기인가?"

기도실은 방 하나 정도의 크기에 온통 새하얀 건물이었다.

"갔다 올게."

기도실에는 혼자 들어가야 하므로 제노시아에게 인사를 하고 문을 열었다.

내부 역시 깨끗하게 하얀색으로 되어 있고 가운데 푹신해 보이는 쿠션 비슷한 게 있었다.

누워도 될 정도의 크기에 잠들어도 괜찮을 정도로 푹신푹신했다.

"하아, 여기 앉아서 시간 보내라는 건가?"

그 가운데 앉았다.

…가 아니라 누워버렸다.

천장도 하얗군.

여기서 얼마 정도 있어야 되는 걸까?

시간 감각이 느껴지지 않는다.

사위가 조용한데다 홀로 있으려니 오래 산 것도 아닌데 옛일이 생각난다.

유폐의 탑에서 홀로 있을 때는 방 안의 의자를 창가에 끌어다 놓고 매일 밖을 보며 시간을 보냈었다.

그리고 제노시아가 나에게 오고부터는 그와 함께 이런저런 대화를 하고.

제노시아가 오기 전에는 내가 이렇게 누워서, 혹은 창가에 앉아서 멍하니 있으면 세레나가 와서 해맑게 웃어주곤 했다.

그래서 이렇게 홀로 있은 적이 별로 없었는데.

외로움을 느낄 시간 따위 없었으니까.

…젠장, 혼자 조용한 데 있으려니 별 생각이 다 드는군.

벌떡 일어나 앉았다.

자, 생각을 하자, 생각을.

이제 숙청의 준비는 다 되었고 실행만 남았다.

시에라야 건드릴 명분이 없으니 그냥 두어야겠지만 언젠가는 꼬리를 잡아 어찌할 수 있겠지.

황태후야 혼자서는 아무것도 못할 여자이니 쓸데없는 짓만 하지 않으면 내버려 두고.

하아, 근데 여기는 언제 나갈 수 있는 거지?

있기 싫은데.

할 것도 없고.

다시 벌렁 누워버렸다.

"뭐 하고 계신 겁니다?"

"그야 할 게 없어서 잠이라도… 어?"

갑자기 들린 목소리에 벌떡 일어나 앉자 앞에 키나이가 서 있었다.

"여기 혼자 있어야 하는 거 아니었어?"

얼떨떨해서 물어보자 키나이는 내 앞에 앉았다.

"들키지 않는다면 상관없습니다. 그저 당신을 혼자 두면 불안해서 왔습니다."

내, 내가 어린애냐?

불안하긴 뭐가 불안해?

"혹시나 암살자가 들어올까 봐 왔다는 뜻입니다."

또 내 생각을 읽은 듯한 키나이의 부연 설명에 기분이 좀 풀렸다.

"여기가 그렇게 드나들기 쉬운 곳인가?"

"아닙니다. 문도 하나뿐이고 다른 출입구는 전혀 없습니다."

암살자? 설마. 하나뿐인 문 앞에도 기사들이 지키고 서 있는데 무슨 수로. 그러고 보니 키나이는 어떻게 들어왔을까. 당당히 들어오진 않았을 텐데.

의아해져서 키나이를 올려다보자 그녀는 내 앞에 앉으면서 말을 이었다.

"그리고 보고할 것이 있어서 왔습니다."

하아, 보고라면 오전에 지시한 것들 말이로군.

자세를 바로잡고 말하라는 뜻으로 고개를 끄덕였다.

"우선 리랜스 백작은 아스티안이 시에라를 설득한 줄은 몰랐던 모양입니다. 폐하의 성년식 때문에 오는 줄 알고 있는 것 같습니다."

여전히 눈치가 둔한 사람이야.

그만큼 우직한 사람이니 쓰고 있는 거지만 가끔 답답하다니까.

"시에라가 황태후와 나눈 대화는 별것 아니었습니다. 일상적인 대화를 조금. 그 후에는 시에라가 별말없이 나가 버렸습니다.”

“그래? 그럼 황태후와 공동 전선을 짤 생각은 없는 건가?”

“그렇다고 생각은 되지만 아직 주시 중입니다.”

키나이의 말에 난 생각에 잠겼다.

그렇다는 건 계획은 수정하지 않아도 된다는 뜻이렸다?

그럼 별로 걱정할 것 없겠군.

“참, 키나이, 바쁜가?”

“아닙니다. 왜……?”

거야 뻔하지.

“좀 놀아줘.”

“네?”

아, 키나이의 표정이 바뀌는 거 오랜만에 본다.

내 말이 너무 특이했는지 키나이는 당혹스럽다는 표정이었다.

하지만 심심한걸.

“상관없잖아. 난 여기서 앞으로 더 시간을 보내야 해.”

“하아… 뭘 하고 싶으신 건지는 잘 모르겠습니다만 전 말주변이 없어 함께 있어도 별로 즐겁지 않으실 겁니다.”

오, 그 말은 놀아준다는 뜻이지?

“뭘 하고 싶으십니까?”

난처해하고 있다.

저 키나이가 난처해하고 있다.

호, 이거 재미있는데?

흠칫.

한참 흥미로워하고 있는데 내가 눈을 빛내며 보고 있다는 걸 키나이가 눈치 채버렸다.

"아하……."

멋쩍은 웃음으로 때우려고 했지만 키나이가 노려보고 있었다.

"지금 절 갖고 노신 겁니까?"

"그럴 리가아~"

슬쩍 시선을 피했다.

"폐… 하… 아……."

우왓, 너무 무섭다.

"키나이, 화났어?"

"제.가. 감.히. 어.찌. 폐.하.께."

아, 화났구나.

"그냥 넘어가 줘. 키나이가 평소에 표정이 너무 없어서 말이지."

아부하며 때우려고 했는데 키나이가 딱 잘라 버린다.

"이건 제 개성입니다."

그런데 뾰로통한 표정이 너무 귀엽다.

키나이에게 저런 면이 있을 줄은 몰랐는걸?

"…깜빡했는데 디트레이가 일을 끝냈는지 얼마 전에 황성으로 돌아왔습니다."

"아아, 그래?"

디트레이는 얼마 전에 장로들에게 빌붙어 있는 가문들 중 수도에 없는, 영지에 있는 자들의 움직임을 보러 갔었다.

정보야 들어오긴 하지만 확실히 해두고 싶어서였다.

그건 그렇고, 이제 디트레이가 돌아왔으니 아리아에게 덜 뜯기겠군.

은근히 눈치 주는 게 장난이 아니었는데.

"폐하, 지금쯤이면 나가도 괜찮을 겁니다."

"하?"

순간 갑자기 무슨 소리를 하는 건지 전혀 못 알아들었다.

"이 방은 원래 한번 들어오면 어느 정도의 시간 동안은 나가지 못하게 되어 있는 방입니다. 그러니 보통 서너 시간 동안 있게 되는 겁니다. 지금은 어느 정도 시간이 지났으니 나갈 수 있을 겁니다."

"특이한 방이네?"

특이하다기보다 황당한 방이다.

이런 방을 왜 만들어서 이런 용도로 쓰고 있는 걸까?

그 이전에 이런 방을 어떻게 만든 걸까? 아무리 제국에 마법사들이 남아돈다고 해도—덕분에 이전의 황제들이 마법을 이용해서 쓸데없는 것도 많이 했다—이건 정말 쓸데없는 일을 한 것 같다는 생각이 드는데.

"건국 초에는 황제의 말썽꾸러기 황자, 황녀들의 반성실로 쓰였던 곳입니다. 그게 좀 용도가 변질되어 성년식에 쓰이게 된 겁니다."

뭐, 뭐얏?

그럼 이거 아무 이유 없이 하는 거란 소리잖아!

그럴 거라고 생각은 했지만 어쩐지 억울한데.

"그럼 전 물러갑니다."

날 놀리고 다시 기분이 좋아진 키나이는 사라져 버렸다.

쳇, 나 지금껏 반성실에 있었다는 거잖아.

왠지 억울하고 기분 나쁜 게 영…….

투덜대며 밖으로 나가니 기다리고 있던 제노시아와 아리아, 디트레이가 보였다.

격식 차려 인사하려는 걸 손을 들어 막고 내 방으로 향했다.

"디트레이, 시킨 일은 어떻게 됐나?"

"예, 의도하신 대로 될 것 같습니다."

'것 같다'라, 별로 좋은 말은 아닌데.

난 확실한 게 좋아.

"'것 같은' 게 아니라 그렇게 되어야 하네."

"예에……."

디트레이가 움찔한 모양이지만 난 전혀 신경 쓰지 않고 시간을 재어보았다.

잠시 뒤면 그놈의 생일 파티에 가야겠군.

슬슬 준비할 시간이기는 하지만 방에 들어서며 아리아에게 시킬 일이 있어 돌아봤다. 그리고 순간 실수했다는 생각이 머리를 스쳐 가면서 아리아가 무척 빠르다는 걸 새삼 깨달았다.

아리아는 어느새 시녀들에게 옷을 가져오게 하곤 씨익 웃으며 날 보고 있었다.

웃, 재빠른 것 같으니.

"자, 폐하, 준비하셔야 합니다. 늦으시면 안 되잖아요."

퍽도 즐거워하는구나.

"알았어."

레비스를 불러서 토론이나 하려고 했는데 연회장에서 해야겠군.

여러 겹으로 입어야 하는 예복을 입으니 정말 죽을 맛이라는 단어를 실감할 만하다.

움직이기 이렇게나 불편한 걸 입어야 하는 이유가 뭘까?

제노시아가 날 에스코트하듯이 이끌어 연회장으로 데려가고 있었다.

"싫다, 정말. 다른 나라의 공주들처럼 에스코트받아야 하다니."

황실의 예법상 이런 공식 석상에서 이렇게 가디언에게 에스코트받아 가는 것이 맞긴 하지만 싫을 수밖에 없다.

다른 나라에서야 에스코트라는 게 흔하긴 하지만 제국에서는 여성은 물론이고—당당히 기사 예복을 입고 오는 여성이 많다—남성들도 에스코트라는 걸 받지 않으니 당연히 어색하고 싫을 수밖에.

아, 남자들이 에스코트받는 경우는 가끔 있는 것 같았다.

한숨과 함께 연회장으로 들어서니 공기가 영 불편하다.

자리에 앉자 4대 공작가의 가주들로 시작해서 인사를 하기 시작했다.

그 인사들에 대충 응해주며 연회장을 훑어보았는데 그러다가 묘한 공기를 형성하는 무리들을 발견했다.

연회장의 공기가 이상한 게 저들 탓인가 싶어서 자세히 보니 스라트 국의 사신들이었다.

흥, 며칠 전에 자신의 아버지를 독살한 왕자도 보이는군.

일을 벌여놨으니 한창 바쁠 텐데 잘도 왔네.

대충 귀족들의 인사가 끝나고 각 나라 사신들의 인사도 끝났다.

난 잔에 있던 와인을 비우고 벌떡 일어나 슬금슬금 움직였다.

첫 타깃은 저기 모여 있는 4대 공작가의 가주들.

"폐하."

다가가자 레비스가 별 인사 없이 맞이했다.

"무슨 이야기 중이었나?"

"별 이야기는 아닙니다만 최근 스라트 국의 정세에 대해 알고 계십니까?"

여전히 멍해 보이는 시르 공작이 자신의 드레스를 만지며 최근 유행하는 보석을 묻듯이 가볍게 물어왔다.

"알고야 있소만?"

여전히 파악하기 힘든 사람이라 생각하며 대답하자 이번에는 카난 공작이 끼어들었다.

“스라트 국의 공주를 황비로 맞으실 거라는 게 사실입니까?”

“그렇소.”

“장로들이 시끄럽게 굴지도 모르겠습니다.”

어쩐지 모두 이 상황을 즐기고 있는 것 같은데 착각이겠지?

착각이어야 해.

왜 다들 내가 난처해지는 걸 좋아하는 걸까?

‘난 정말 불행해.’

“장로들이 정치나 다른 것에 관여하지 못하게 하실 테니 그리 큰 걱정은 않습니다.”

시르 공작이 나에게만 들릴 정도의 목소리로 말했다.

“원래 그렇게 하는 것이 옳지.”

선황제가 하도 멍청해서 장로들이 정치에 관여하게 되었던 것뿐인데 그 장로들이 거기에 맛을 들여서 황실의 어른입네 하며 아직까지 계속 끼어들고 있다.

빨리 근절해야지.

와인을 입에 털어 넣다가 우연히 시르 공작과 눈이 마주쳤는데 살며시 웃고 있는 게 보였다.

“왜 그러시는지?”

의아해하자 시르 공작은 가볍게 말했다.

“장로들의 문제야 생각하시는 대로 풀리시겠지만 황비의 문제는……..”

어라? 무슨 뜻이지?

“네, 다른 나라의 여자가 황비가 된다면 국내의 귀족들이 너무 좋아할 것 같습니다.”

카난 공작이 덧붙여 말하자 그 말을 알아들을 수 있었다.

그러고 보니 그 문제를 깜빡하고 있었군.

다른 나라의 여인이 황비가 된다면 국내 귀족들이 곱게 보지 않을 것이다. 아마 국내의 여성 중 한 명을 뽑아서 내 신부로 하려 할 테지.

장로들에게 빌붙어 있는 가문의 여인일 확률도 엄청나군. 아니아니, 장로 쪽 사람들은 조만간 쓸어버릴 거니까 그럴 리는 없겠지.

내가 요새 왜 이렇게 멍청해졌지?

아마 한꺼번에 여러 가지를 하려다 보니 전부 정리가 안 되고 있는 것 같다는 생각이 든다.

"그렇군."

"생각해 두지 않으셨다면 내일부터 고생 좀 하실 겁니다."

여러 의미가 담긴 말에 머리가 아파온다.

"나름대로 생각해 두지."

어려운 이야기는 거기까지 하고 즐겁게 이야기하고 있는데 스라트 국의 사신으로 온 레이르 왕자가 다가왔다.

"오랜만이군."

"예, 폐하. 탄신일을 경하드립니다."

정말 뮤리아 공주도 그렇고 남매들이 똑같이 낯간지러운 말을 눈 하나 깜짝 않고 한다.

그 나라의 예법이겠지만 늙은이도 아닌 청년이 저런 말을 쓰니까 간지럽기 그지없다.

안 그래도 내가 쓰는 어투도 느물느물한데.

"뭐, 그건 그렇고, 스라트 국내에 안 좋은 일이 있었다는 소식은 들었소. 참으로 유감이오."

에잇, 말을 꼬아 하는 건 정말 나에게 안 맞는다.

피곤해. 다른 사람들은 무슨 수로 저렇게 혀에 기름 칠한 듯이 말을 잘할까?

생일 같은 날 이런 말을 하는 게 아니긴 하지만 난 그런 데 신경 안 쓴다.

"예, 아바마마께서 그리 갑작스레 돌아가실 줄은 몰랐는지라……."

라고 말하면서 슬픈 표정을 짓는다.

정말 웃기는군.

자신이 죽였으면서 말야. 연기력이 최상급이야.

그리고 이상하게 나에게 친한 척을 하는 걸로 보아…….

"뮤리아 공주와는 만나셨소?"

"예, 아끼는 동생인지라 걱정되어서……."

오, 정말 연기력이 아주 좋군.

그게 아니라 정말 나의 황비가 되는 건지 알고 싶어서 만난 거겠지.

웃겨, 정말.

뮤리아 공주가 이렇게 되기 이전에는 만난 적이 거의 없다는 걸 다 알고 있다.

난 슬며시 미소를 띠고 공작들과 떨어져 그자와 대화를 나누었다.

"스라트 국왕의 사망으로 바쁘실 텐데 어찌 오셨는지 모르겠군."

시커먼 속셈을 빨리 드러내게 만들고 싶었지만 역시 쉽게 넘어오지 않았다.

"아바마마께서 미리 유언장을 남기셨기에 혼란은 없습니다."

"다행이구려."

"예."

그 조작된, 자신을 왕으로 만들어줄 종잇조각 말인가?

참 철저하게 만들어놨군, 자신이 왕이 될 수 있게.

저 왕자, 아무래도 오랫동안 왕 노릇하기는 틀린 것 같군.

하는 행동을 보니 일인자가 될 수 있는 인물이 아냐.

"참, 뮤리아 공주는 스라트 국으로 가지 않고 계속 여기서 머물 것이오."

"하지만 결혼 지참금은……."

"지참금은 꼭 공주가 가서 가져와야 하는 게 아닐 텐데?"

그렇게만 말하고 레이르 왕자를 두고 걸었다.

제노시아의 에스코트를 받아 한쪽 구석에 앉아 도리스와 이야기 중인 뮤리아 공주에게 갔다.

"탄신을 경……."

"됐소."

요상한 인사는 적게 받을수록 기분 좋은 법이지.

내가 인사를 중간에 잘라 버리자 뮤리아 공주는 움츠러들었다.

저런 면은 없었으면 좋겠는데 말야.

"피곤하신 모양입니다."

유난히 부드러운 도리스의 말이 너무 어색했다.

평소와 너무 다르군.

아아, 저렇게 변신이 가능하다니 무서울 정도야.

"좀……."

대답을 하지 않으면 안 될 것 같은 느낌에 대충 얼버무리고 나서 뮤리아 공주와 대화를 시도했다.

그래도 일단은 황비가 될 여인인데 친하면 좋을 것 같아서 대화를 시도했지만 이상하게 날 많이 어려워했다. 그렇긴 해도 나름대로 괜찮은 대화를 나눌 수 있었다.

그래 봤자 보석에 그림 얘기 같은 쓸데없는 말이었지만.

그리고 곧장 일어섰다.

이런 데서 시간 보낼 생각은 별로 없었기 때문에 뮤리아 공주와 대충 대화가 끝난 다음 연회장을 빠져나왔다.

정말이지, 이런 곳에서 쓸데없이 시간을 보내는 것보다 차라리 한가하게 책이나 뒤적이는 게 훨씬 나을 거라고 생각된다.

생일 축하로 왔던 사신들은 물론 떠났고 국내 귀족들도 다 자신의 영지로 가버렸다.

그리고 그 생일이 지난 지 한 달이 다 되어갈 무렵 난 레비스와 키나이, 그리고 디트레이를 불렀다.

슬슬 '때'가 된 것 같아서였다.

"…이런 상태들로 볼 때 시에라는 황태후와 손잡을 생각이 없습니다."

키나이의 보고가 끝난 후 모두를 차근차근 돌아보았다.

"슬슬 시작해도 될 것 같지?"

씩 웃으며 말하자 레비스가,

"볼마르프 후작과 비텐 백작이 얼마 전에 장로들을 찾아간 모양입니다만……."

걱정스러워하며 말했다.

볼마르프 후작은 눈치가 빠르니 어느 정도 낌새를 눈치 채고 있는 모양이다.

하지만 늦었어.

"눈치 챈 모양이군. 상관없어. 이틀 후 새벽에 시작한다."

"예."

기대되는 순간이야.

"폐하, 볼마르프와 비텐 둘 다 벌할 생각이십니까?"

내 생각을 어느 정도 알고 있는 제노시아가 물어왔다.

비텐 백작은 학문에 관심이 더 많고 심약하기도 해서 움직이기 쉽다.

난 피식 웃었다.

"하나는 살려야지. 그게 더 효과적이니까."

박쥐 같은 놈―배신이라는 걸 하면 박쥐로 찍히는 거다―을 하나 살려두려니 좀 걱정스럽기는 하지만 말야.

*　　　*　　　*

아직 해가 뜨지는 않았지만 동쪽 하늘은 어렴풋하게 밝아오고 있었다.

비텐 백작은 이틀 전쯤 장로들을 만나고 온 후부터 볼마르프 후작의 연락을 기다리느라 잠도 제대로 못 잘 지경이었다.

"이거야 원."

잘못하면 가문이 몰락할지도 모를 일이니 초조할 수밖에 없었다.

"어린 꼬마가 집권한다고 설칠 무렵부터 눌렀어야 했는데."

후회막급이었다.

'차라리 시에라님이 황제라면…….'

조종할 수 있었을지도 모른다.

비텐 백작은 초조하게 앉아서 생각에 잠겼다.

분명히 이틀 전에 볼마르프 후작은 장로들과 만난 후 자신이 연락할 때까지 은신하는 것이 좋을 거라고 말했다.

그러고 나서 그 후 연락이 없으니 미칠 것만 같다.

황제가 숙청하려 한다는 소식을 들었을 때 정말 심장이 멎는 줄 알았다.

'어떻게 하면…….'

살아날 방안을 모색해야 한다.

죽고 싶지는 않으니…….

하는 걸로 볼 때 장로들은 더 이상 자신의 방패가 되어줄 수 없다. 이미 황제가 근신하도록 만들어두지 않았는가.

그리고 볼마르프 후작 역시 이미 자신을 버렸는지도 모른다.

누구든지 자기 자신이 가장 소중한 법이다.

덜컹!

비텐 백작은 갑작스런 소리에 화들짝 놀라 창을 보고는 피식 웃어버렸다.

'열린 창문이 바람에 흔들린 소리였군. 괜히 등 뒤가 불안해서인가? 요새는 작은 소리에도… 응?'

비텐 백작은 다시 창문을 보고 벌떡 일어났다.

'창이 열려 있어?'

그 순간 뒤에서 누군가가 비텐 백작의 목을 잡았다.

"비텐 백작, 잠시 우리와 동행해 주셔야겠어요."

한 여성이 비텐 백작의 목을 잡고 있는 자의 어깨에 손을 올리며 웃음기를 담은 장난스러운 어조로 말했다.

"가자."

다른 여성의 차가운 목소리가 들리고 비텐 백작은 곧 정신을 잃어버렸다.

비텐 백작이 다시 눈을 떴을 때는 촛불 몇 개만이 빛을 내고 있는 어두운 방 안이었다.

그리고 자신이 묶여 있음을 자각했다.

“여기는……?”

“어머, 정신이 들었네?”

자신을 놀리는 듯한 어조에 고개를 돌려 소리가 난 곳을 보고 깜짝 놀랐다.

“사아라 후작…….”

6대 세력가 중 마법사로 이름이 높은 가문의 가주였다.

“나만 있는 게 아니라 미스트 백작도 지금 여기 있어.”

그제야 주변을 자세히 보았는데 그 순간 미스트 백작과 눈이 마주쳤다.

미스트 가는 기사의 가문 중 명가이기도 하고 6대 세력가 중 하나였다.

이제 머리가 좀 움직이기 시작한 비텐 백작은 겁에 질려 버렸다.

그런 모습에 사아라 후작이 생글 웃었다.

“너무 무서워하지 마. 몇 가지 물어볼 게 있어서 데려온 거니까.”

비텐 백작은 일단 허세를 부려보기로 했다.

“아, 아무리 6대 세력가의 하나인 사아라 후작이라 해도 나 역시 작위를 가진 귀족이오. 지금 이 처사는…….”

“시끄럽군.”

쓸데없는 허세에 미스트 백작이 귀찮다는 듯 앞으로 나섰다.

“이걸 꼭 살려야 하는 건가?”

차가운 미스트 백작의 말에 비텐 백작은 얼어버렸다.

“폐하를 거역하려 한다는 증거가 필요하잖아. 어쩔 수 없어.”

사아라 후작도 귀찮다는 티를 팍팍 내며 말했다. 그러면서,

“어째서 우린 이런 귀찮은 일을 해야 하는지 몰라.”

투덜거렸다. 그러자 미스트 백작이 한심하다는 눈초리로,

“폐하께서는 당연한 선택을 하신 거야. 너는 ‘적당히’ 라는 걸 모르

니까 당연히 바깥 일을 시키기는 불안하니 이런 일을 맡기게 되신 거지.”

“뭐야? 지금 나 욕하는 거지?”

자신을 완전히 무시하고 둘이서 티격태격하자 비텐 백작은 주변을 둘러보며 도망갈 방법을 궁리하기 시작했다.

아무리 지금은 저들이 자신을 무시하는 게 잘된 일이라 해도, 묶어놓았다지만 이렇게 완전히 무시하고 있다는 건 마음에 들지 않았다.

마음이야 어쨌든 잘된 일임은 분명하므로 묶어놓은 끈을 풀기 위해 꿈지럭거리고 있는데 바로 옆으로 화염 마법이 스쳐 지나갔다.

“헉!”

비텐 백작이 고개를 들어보니 앞에서 그 두 여자가 싸움을 하고 있었다.

미스트 백작은 검을 빼어 들고 있었고, 사아라 후작은 양손에 파이어볼을 하나씩 시전해 놓고 있었다.

비텐 백작은 단숨에 겁에 질렸다.

지금 꼼짝도 할 수 없는데 바로 앞에서 저런 싸움이 벌어진다면 무사할 리 없었다.

침을 삼키며 말리려고 했다.

일단 탈출보다 생명이 소중했으니까.

하지만 벌써 사아라 후작이 움직여 버렸다.

쾅!!

막 사아라 후작이 마법을 던지려는 순간 큰 소리로 문이 열리더니 한 여자가 뛰어들어 왔다.

“미스트 백작님, 사아라 후작님, 그만 하세요옷!”

그 소리에 둘은 움찔하며 마법을 취소하고 검을 거두었다.

그리고는 한마음 한뜻으로 아무 일 없었다는 듯이 모른 척했다.

"아리아, 웬일이야?"

"여기, 우리 전담 아니었어?"

'호호' 거리며 딴청 피는 둘을 한동안 보던 아리아는 비텐 백작에게 고개를 돌렸다.

그리고 차분한 표정으로 손을 뻗어 비텐 백작의 턱을 잡아 자신의 눈과 맞추었다.

"비텐 백작, 우리가 왜 당신을 초청했는지 아나요?"

"무슨……?"

비텐 백작은 어렴풋이 상황은 짐작하고 있었지만 일단 모른 척했다.

그런 비텐 백작의 반응에 아리아는 고개를 확 돌려 뒤에 서 있는 두 여자를 보았다.

"두. 분. 이자를 여기로 데려오신 지가 언젠데 아직 시작도 안 하셨어요?"

질책 어린 말에 사아라 후작은 귀엽게 웃었다.

"헤헤… 그게 말야……."

"여기가 빨리 풀려야 나머지가 쉽단 말입니다."

아리아는 둘을 혼낸 뒤 다시 비텐 백작에게 눈을 돌렸다.

"백작님, 우린 지금 백작님의 도움이 필요해요."

그런 말을 하며 살짝 미소 짓는 표정이 두려움을 만들었다.

"당신이 조금만 협력해 주시면 당신께는 별 해가 가지 않게 해드리지요."

"무슨 뜻인지 모르겠소. 그리고 지금 이 상황은……."

비텐 백작이 떨리는 입을 열어 억지로 뭐라고 하자 아리아는 순간 미간을 찌푸리더니 손에 힘을 주어 턱을 세게 잡았다.

“지금 장난칠 시간이 없거든요? 얼마 전에 장로들과 만나 저희 황제 폐하를 해하려는 생각을 나누셨던 걸 말하는 거예요.”

그 말에 비텐 백작은 사실이 아니었음에도 자신도 모르게 움찔했다.

“그, 그건……”

아리아는 다시 생긋 웃으며 계속 말을 이었다.

“별 이야기는 아니랍니다. 당신께서 볼마르프 후작의 생각과 그와 같은 편에서 장로들의 후광에 기대려는 사람들의 이름만 가르쳐 주시고요……”

“그리고 폐하께 해를 가하려 했다는 진술이 필요하다.”

미스트 백작이 아리아의 뒤를 이어 말했다.

그 말에 비텐 백작은 벌벌 떨기 시작했다.

지금 모든 걸 알고 물어오는 거라면 차라리 자신이 입을 여는 게 가문의 몰락을 막는 방법이다.

하지만 저들이 지금 대략적인 예상만으로 말하는 거라면 입을 닫아야 한다.

게다가 우린 아직 해를 가하려는 모의를 한 적이 없다.

“어머, 우린 이미 다 알고 말하는 거야. 그저 증거가 필요할 뿐이지.”

사아라 후작은 비텐 백작의 생각이 눈앞에 보인다는 듯 웃었다.

킥킥거리며 웃는 후작을 보며 비텐 백작은 어렵게 결심하고 입을 열었다.

“우리 가문의 안전은… 보장하시는 겁니까?”

저들이 말하는 것 중에 자신들이 하지 않았던 일도 있겠지만 자신과 자신의 가문만 무사하다면 상관없었다.

“그야 당연하지. 넌 우리 쪽에서 그 파에 심어놓은 스파이라는 게 우리들의 설정이거든."

사아라 후작의 말에 미스트 백작이 미간을 찌푸렸지만 말을 가로막지는 않았다.

'이래서 남자가 가주가 되면 가문이 빨리 망한다고 하는 거야.'

라고 속으로 비텐 백작을 비난하면서.

＊　　　　＊　　　　＊

사람들에게 일을 시켜놓고 서재에서 놀고 있었다. 그런데 제노시아가 사아라 후작이 마법을 쓰는 것 같다고 한 걸로 봐서 아무래도 내가 시킨 건 하지 않고 미스트 백작과 놀고 있는 것 같아서 아리아를 보냈다.

정말 사아라 후작과 미스트 백작은 너무 사이가 좋아서 문제야. 그렇다고 따로 떨어뜨려서 일을 시키자니 불안해서 붙여두었지만.

"볼마르프 후작의 저택은 고립시켰겠지?"

"예, 폐하. 디트레이가 가 있습니다. 신호와 동시에 시작할 겁니다."

제노시아의 보고에 이제 내 일이 바빠질 차례라는 생각이 든다.

하지만 지금 이게 말이 숙청이지 죽을 사람은 없다.

그저 정치 개편 정도랄까?

생각 같아서는 거역하는 놈들은 싸잡아서 없애 버리고 싶은 마음이 굴뚝같다.

하지만 난 혁명, 즉 반란으로 황제가 된 사람이다.

그런데 몇 년 되지 않아 다시 황실에서 피를 보게 할 수는 없는 노릇이므로 차선책으로 유배나 작위 박탈을 할 생각이다. 최대로 한다 해도 국외 추방 정도일 것이다.

그렇지 않으면 타국에서 내 평가가 엄청나게 나빠질지도 모른다.

안 그래도 피를 몰고 왕이 되면 좋은 시선으로 보는 자가 없는데, 거기다 내 경우는 등극에 덧붙여서 얼마 전에 전쟁까지 있었으니 더하고.

나야 상관없지만 하나의 국가로서 황제의 이미지가 나쁘면 영향이 있으니까 조심할 수밖에.

그러니 어쩔 수 없지 뭐.

문득 눈을 돌리니 레비스가 찻잔을 움켜쥐고 있는 게 보인다.

걱정이 있을 때의 버릇.

"레비스, 초조한가 보군."

재미있다는 어조의 말에 레비스는 힘없이 고개를 들었다.

"폐하께서는 전혀 긴장하지 않으신 것 같습니다?"

"내가 긴장할 이유가 뭐가 있겠는가?"

웃으며 말하자 레비스는 다시 고개를 숙여 찻잔을 본다.

저런저런.

저 철혈재상이 마음 약한 소리를 하기는…….

그들은 별다른 반항은 하지 못할 것이고 장로들 편에 있는 자들 중 멀리 있는 영주들은 치하트가 곧 데려올 것인데 뭐가 그리 염려스러울까?

그리고 그 귀족가들이 사라진 후의 대책도 다 세워두었는데.

"레비스, 뭐가 그렇게 초조해?"

"그저… 너무 쉽게 풀리는 것 같아서……."

아하, 그러니까 함정일지도 모른다는 건가?

레비스는 걱정을 사서 하는 타입이로군.

"걱정 말게. 시에라도, 황태후도 절대 움직이지 않을 테니까."

"그걸 어떻게 장담하십니까?"

"그야 내 직감이지… 가 아니라……."

헛소리하다가 레비스의 눈총을 받았다.

다 근거가 있는 말이다.

"지금은 장로들이 더 이상 정치에 간섭하지 못하게 하는 것뿐이지 시에라나 황태후 쪽은 전혀 손대지 않았어. 그런데 그들이 먼저 위험을 감수할 리 없지."

내 말이 맞다니까아~

그래서 일부러 시에라는 아직 건드리지 않는 거란 말야. 아직 나에게 확실한 힘이 없으니까. 덧붙여서 시에라 쪽은 아직 확실한 명분이 없기 때문에 건드릴 수도 없고.

게다가 시에라로서도 자신이 만약 황제가 되면—날 죽이고—장로들을 정리해야 하는데 내가 지금 미리 해주고 있으니 좋다고 박수를 치고 좋아하면 했지 방해하지는 않을 것이다.

그런데 아리아가 늦네?

비텐 백작은 별 야심도 없는 평범한 사람이라서 금방 끝날 줄 알았는데…….

그런 생각을 하며 비텐 백작 일은 내버려 두고 디트레이 먼저 움직이게 할까 생각하는 찰나 아리아가 들어왔다.

"폐하, 끝났습니다. 비텐 백작이 볼마르프 후작의 일에 대해 입을 열었어요."

그래?

쿡, 입을 열었다 해도 우리가 짜준 스토리를 그대로 말한 거겠지만.

그럼 이제,

"디트레이에게 움직이라고 해."

당장 볼마르프 후작을 위시한 장로들의 뒤에 숨어 있던 자들을 잡아오라고 말야.

그리고,

"사아라 후작에게 움직이고 싶으면 적당한 선에서 놀아도 된다고도 전해."

너무 심하게 할까 봐 빼두었지만 지금 시간이 너무 지체되었으니 빨리 끝내야 한다.

"예."

아리아가 다시 서재를 나갔다.

사아라 후작은 굉장한 마법사이긴 하지만 자신과 자신의 친구 외에 다른 이들을 너무 하찮게 여기는 경향이 있어서 때때로 필요 이상으로 일을 크게 만들기도 한다.

하지만 이럴 때 나서주면 빨리 끝낼 수 있다.

친구인 미스트 백작이 같이 가면 별 걱정은 없으니까.

빨리 잡아오라고.

오늘 장로들의 수족을 잘라 버리고 나면 그들은 더 이상 힘이 없다.

장로들은 본시 정치에 관여해서는 안 되는 법.

이 정도면 숙청이라고 할 것까지도 없는 일이다.

황실의 기강을 세우는 것뿐인 정도다.

*   *   *

디트레이는 아침부터 볼마르프 후작의 저택을 감시하고 있었다.

그리고 이제야 시행 명령이 떨어졌다.

디트레이는 기사들에게 명령을 내렸고 기사들은 바로 후작의 저택으로 쳐들어갔다.

"빨리 움직여라! 볼마르프 후작을 잡아!"

"옛!"

아침부터 포진하고 있었으니 낌새를 눈치 채고 있었을 터.

하나 저택 밖을 빠져나가지는 않았으니 곧 잡을 수 있을 터였다.

디트레이의 예상대로 금방 볼마르프 후작이 기사들에게 끌려 나타났다.

"놔라! 감히 누구에게 이런 짓을 하는 것이냐?!"

디트레이는 헛소리를 늘어놓는 후작에게 다가갔다.

"그야 물론 반역을 꾀하고 있는 어리석은 후작에게 하고 있는 거지."

그리고 기사들에게 손짓했다.

"끌고 가."

볼마르프 후작은 다 알고 있다는 듯 마음대로 입을 놀리기 시작했다.

"하, 언제부터 황제 친위기사단이 반역자를 잡으러 다녔지? 이건 황제의……."

"시끄럿!"

픽!

하지만 옆의 기사가 후작을 한 대 내려침으로써 바로 잠잠하게 만들었다.

"대장님, 저자만 잡아가면 됩니까?"

부관인 티라의 말에 디트레이는 난처한 표정이었다.

"그게 말야, 실은 나도 어디까지 해야 하는지 잘 모르겠어. 폐하께서는 이런저런 세부 사항까지는 지시해 주지 않으시니까."

멍청하게 들리는 말에 티라는 미간을 살짝 모았다.

"그럼 선을 벗어나지 않을 정도에서 재량껏 해도 된다는 거로군요?"

"어… 그렇다고 볼 수도 있나?"

티라는 고개를 끄덕이고 디트레이를 대신해서 지시를 내렸다.

"이후에도 불순한 움직임이 없도록 이 저택을 잘 감시해라."

그러고 나서 한 사람을 지목해서 책임자로 임명하고 볼마르프 후작의 부인이나 아이들은 더욱 감시를 철저히 하라고 지시했다.

또 다섯 사람에게는 서재나 침실 등을 뒤져서 의심 가는 문서 따위를 가져오게 시켰다.

그리고 디트레이를 돌아보았다.

"이 정도면 되겠지요?"

"응, 늘 신세지는군."

디트레이가 웃으며 말하자 티라는 한숨을 내쉬었다.

"알면 좀 생각해 달라구요, 늘 저에게 맡기시지 말고."

그러면서 속으로 이래서 남자 상관은 귀찮다고 생각하는 티라였다.

'보통 상관이 남자인 경우는 없는데 난 참 운도 없지.'

그렇게 투덜대면서도 착실하게 일해 나갔다.

차라리 평민일지라도 디트레이의 약혼자인 아리아가 상관인 게 훨씬 나을 거라 생각하고 있었다.

디트레이는 티라의 생각을 어느 정도 알고 있었다. 하지만 나름대로 함부로 명령 내리기는 좀 곤란했다.

아린드 국은 아무래도 여성 상위의 나라라서 남성이 상관인 경우가 거의 없다. 자신은 드문 케이스… 라기보다 희귀 가치가 높은—전에 폐하께서 이런 표현을 썼었다—케이스라고 볼 수 있다.

그런데 남성인 자신이 함부로 명령을 내린다면 자신의 밑에 있는 여성들이 좋게 보지 않을 테니 조용히 있을 수밖에.

‘폐하께서는 남성이어도 별달리 문제가 생기지 않는데……. 하긴 나와 폐하는 많이 다르긴 하지만.’

이렇게 골치 아프게 일을 하다 보면 다른 나라에서 태어났더라면 좋았을 텐데라고 생각하곤 하는 디트레이였다.

티라와 디트레이 둘 다 머리가 지끈거렸다.

해결책이 없는 문제다.

디트레이가 티라보다 검이 강하니 대장을 맡을 수밖에 없으니.

＊　　　　＊　　　　＊

디트레이가 볼마르프 후작을 위시해서 다른 이들도 잡아왔다는 소식을 들었을 때 치하트도 장로들의 편에 있는 영주들을 몇몇 잡아오고 있다는 연락을 받았다.

이제 본격적으로 움직일 시간.

그런데,

“후… 사아라 후작?”

“예?”

내 앞에서 무섭게 ‘후후’ 거리며 웃고 있는 사아라 후작이 너무 신경 쓰인다.

“지금 무슨?”

“아, 폐하, 얼마 전에 있었던 괴상한 일을 생각했더니 갑자기 정신이 혼미해지면서 웃음을 참을 수가…….”

“그만!”

늘 그렇지만 사아라 후작은 말하는 핀트가 보통 사람과 좀 어긋난 느낌이다.

"갑자기 얼마 전의 일이 생각나서 웃음이 나왔다고 합니다."

또 늘 그렇듯 미스트 백작이 통역해 주었다.

얼마 전의 일?

무슨 일을 말하는 거지?

꼭 알 필요없다면 넘어가고 싶다.

사아라 후작이 제대로 된 걸 생각하는 경우는 거의 없으니까.

"듣고 싶으십니까?"

즐거워하며 말하려는 사아라 후작의 말에 절대 듣고 싶지 않았던 난 변명을 늘어놓았다.

"지금은 볼마르프 후작을 만나야 하는데……."

허둥지둥 일어나자 사아라 후작의 얼굴에는 아쉽다는 표정이 스쳤다.

대체 무슨 생각을 한 걸까?

제노시아와 아리아를 데리고 알현실로 가니 5, 6명이 무릎 꿇려 앉혀져 있었고 키나이가 이것저것 지시하고 있었다.

그러다가 내가 온 걸 눈치 채고 사람들의 눈을 의식해서 평소와 달리 정식으로 예를 갖추어 인사했다.

키나이가 예를 갖추면 무섭단 말야.

목소리를 낮춰서 키나이에게만 들릴 정도의 목소리로 물었다.

"다 잡아온 건가?"

"대충 명단에 있는 자들은 다 잡아왔습니다. 의심나시면 체크해 보십시오."

누가 의심한다고 했나 뭐, 그냥 확인하는 거지.

"시작해."

난 지금은 얼굴 마담 역이나 다름없다.

심문은 황제가 나서지 않는 게 정석. 가디언이나 그림자가 맡는 거니까.

뭐라더라? 품위가 없어 보인다고 했던가?

그래 봤자 결국 나서야 하긴 하지만.

"왜 잡혀왔는지 아는가?"

제노시아의 낮은 목소리가 알현실에 퍼졌다.

"모르오. 갑자기 들이닥쳐 잡아오다니……. 대체 무슨 생각으로……."

"입 다물라!"

아리아의 차가운 목소리.

아리아는 잡혀온 자들을 하나하나 차분히 노려본 후 다시 물러났다. 자신은 여기까지만 나서겠다는 의미겠지.

아리아는 이런 심문을 한 일이 없으니 안 나서는 게 도와주는 것이기도 하다.

"그대들은 폐하께 반목하려 하지 않았는가! 그럼에……."

"모함이오!"

키나이가 말하는 도중에 볼마르프 후작이 소리쳤다.

그리고 당연하게 뒤따라온 키나이의 무서운 눈길에 다시 입을 다물어 버렸다.

"그대들이 황실의 장로들과 협력하여 반란을 꾀했다는 것은 이미 증거가 있다. 그리고 더불어 증인도 있지."

"증인이라니, 무슨 말이오?"

그 말에 날 따라온 미스트 백작이 상세하게 설명해 주었다.

"비텐 백작이 이미 그대들이 하려 했던 일들과 함께하는 자들을 말해 주었다. 그런데도 시치미 뗄 생각인 모양이군."

그 말에 상황을 자세히 알게 된 볼마르프 후작은 한쪽 옆에 서 있는 비텐 백작을 노려보았다.

"있지도 않은 일을 말했다고?"

그런 후작의 반응에 비텐 백작이 움찔했다.

후작의 말이 맞긴 맞군.

장로들과 이것저것 상의하긴 했지만 날 밀어내니 하는 말은 확실히 한 적 없으니까.

하지만 정치라는 게 꼭 사실만으로 이루어지진 않잖아?

안 그래?

"이미 모든 것이 밝혀진 지금에도 거짓을 말하는가?"

제노시아의 목소리도 꽤 무섭군.

"닥쳐! 난 그런 적 없다!"

난 얌전히 앉아서 차갑게 웃고 있다가 볼마르프 후작의 그 말에 입을 열었다.

"허, 닥치라고? 감히 내 앞에서 그런 말을 하는 것인가?"

감히 황제인 내 앞에서 막가는 말을 해?

볼마르프 후작은 순간 움찔거리며 입을 닫았다가 다시 마구 소리쳐 댔다.

"그럼 당신들이 날 해하려 하는데 가만히 당하란 말인가?"

헤, 아주 포기했나?

완전히 날 죽여주쇼 하는군.

나라면 없는 말을 해서라도 살아날 텐데. 그래야 복수도 하지.

저거 완전 바보 아냐?

내가 저 상황이라면 권력이나 명예보다는 안전을, 목숨을 택할 것이다.

“폐하께 무슨 망언(妄言)을 하는 건가!”

어느새 제노시아가 검을 뽑아 후작의 목에 겨누었다.

재미있군. 더 두고 볼까?

“폐, 폐하, 전 그런 적이 없나이다. 부디 선처하여 주십시오.”

“폐하, 용서해 주십시오.”

볼마르프 후작을 제외한 다른 이들은 모두 빌기 시작했다.

자신이 하지도 않은 일을 말이다.

볼마르프 후작은 다른 자들이 시인 아닌 시인을 하기 시작하자 당황한 눈치였다.

‘흐응? 아무래도 후작을 제외한 다른 이들은 그저 떨거지일 뿐이었군.’

차라리 볼마르프 후작처럼 당당하다면 더 나았을 텐데.

목숨을 구걸하는 귀족들의 태도에 난 완전히 흥미를 잃어버렸다.

내가 저 상황이라면 좀 다른 방법으로 살아나려 할 텐데.

자리를 떨치고 일어났다.

“일단 감옥에 가두어라. 처분은 회의 후 결정하지.”

결론을 내리자 기사들이 그들을 끌고 나갔다.

나도 일어나서 회의실로 향했다.

지금쯤이면 이미 레비스가 비상 회의를 소집해 놓았을 터.

내가 회의실로 들어서서 인사를 받고 자리에 앉자 사아라 후작과 미스트 백작도 재빨리 자신의 자리에 앉았다.

“모두 왜 회의가 소집되었는지는 알 것입니다.”

일단 레비스가 서두를 떼었다.

“몇몇 불온한 무리들이 반란을 계획했던 모양입니다. 일단 주동자인 볼마르프 후작을 비롯해서 다섯 명을 잡아들였습니다.”

레비스의 말에 상황을 잘 알고 있는 몇 명을 제외한 나머지 이들이 술렁이기 시작했다.

그도 그럴 것이, 소문조차 들어보지 못했던 일이니 당연한 반응이리라.

그들이 반란을 계획한다는 건 순전히 내가 지어낸 말이니까.

장로들의 세력을 없애기 위해서 그쪽에 붙어 있는 귀족들을 제거하기 위해 계획한 거다.

귀족들의 세력 제거에는 '반란'이라는 말을 쓰는 게 가장 좋으니까 뒤집어씌웠다고나 할까.

아마 머리 좀 쓰는 귀족들은 눈치 채고 있을 것이다.

"그들을 어찌 처분할 생각이십니까?"

한 사람이 차분하게 물어왔다.

"등극에 이어 전쟁이 연달아 있었소. 그러니 또 피를 보는 것은 피하고 싶소. 그래서 일단 주모자가 아닌 자들은 작위 박탈과 유배로 마무리 지을 생각이오."

내 생각에 모두 찬동하는 분위기였다.

어쩔 수 없는 일이다. 내 등극도 반란―성공했으니 혁명이지만―이었는데 거기에 얼마 지나지 않아 전쟁까지 있었다.

그러니 또 피를 보는 일은 되도록 피해야 할 일이다.

그렇게 계속 황실에서 피를 흘리면 백성들의 황실에 대한 믿음이 흔들린다.

그런 생각에 시에라 쪽도 아직까지는 확실히 움직이지 않고 조용히 두고 보는 걸 테니까.

그런 게 아니었다면 내가 어려서 세력이 없었을 때 이미 날 제거해 버렸을 거다.

"하나 반란을 계획한 무리들은 엄벌해야 합니다."

"아닙니다. 지금은 피를 보는 일은 되도록 피해야 합니다."

"주동자인 볼마르프 후작은 화형에……."

모두들 시끄럽게 떠들어대고 있다.

마구 떠들며 회의를 하고 있지만 사실 이미 처분은 결정나 있다.

계획을 세울 때부터 다 결정해 두었었다. 그래서 내 생각대로 돌아가게 하기 위해 발언권이 센 6대 세력가에게 이미 언질을 해두었다.

저들이 뭐라 하든 6대 세력가의 가주들은 내가 말한 대로 할 테니 내 생각대로 처벌할 수 있을 것이다.

"호호호, 당연히 볼마르프 후작은 사형에 처하고 나머지는 작위 박탈 정도에 그치는 것이 좋지 않겠습니까?"

사아라 후작이 일단 운을 떼웠다.

"볼마르프 후작의 친지들에게도 벌을 주어야 하지 않겠습니까?"

하하하, 정말 연기력 좋다.

레비스의 말에 미스트 백작이 잠시 생각하는 척하더니 반론을 제시한다.

"친지들은 전혀 몰랐던 모양이던데 그렇게까지는……."

"그렇다면 작위라도 한 단계 낮추어야 합니다."

잘하고 있군.

이쯤에서 내가 정리할까?

아니, 레비스가 정리한 다음에 나서는 게 좋겠군.

"그럼 볼마르프 후작의 사형에는 모두 찬성하시는 겁니까?"

모두 고개를 끄덕였다.

별로 좋은 일은 아니지만 괜히 밉보여서 자신도 반란의 무리였다고 찍히긴 싫을 테니 세력가들의 말에 맞장구쳐 주는 거다.

슬슬 나서야겠군.

"그럼 볼마르프 후작을 제외한 다른 이들은 작위 박탈 및 국외 추방을, 그리고 볼마르프 후작의 친지들은 작위를 한 단계 낮추도록."

"예, 폐하!"

내 말에 레비스가 바로 받아들인다.

벌써 우리끼리는 얘기가 끝난 결론이니까.

그렇게 결정을 내리고 난 자리에서 일어났다.

나머지 일들은 다 알아서 할 테니 일일이 지시할 필요는 없다.

일 단계는 술술 풀렸지만 장로들이 가만있지 않겠지.

자신들의 수족을 잘라냈으니 곧 연락이 오겠군.

그 일이 진짜다.

연락이 올 때까지 잠시 서재에서 책을 뒤적이고 있으려니 북쪽의 궁—장로들이 지내는 곳—에서 사람이 왔다.

"장로님들께서 폐하를 뵙고자 하십니다."

역시 예상대로로군. 아니, 오히려 좀 늦었군.

"그래, 가지."

난 선선히 북쪽의 궁으로 향했다.

평소라면 장로들이 나에게 왔겠지만 지금이야 내가 장로들을 북쪽의 궁에서 나오지 못하게 했기 때문에 내가 움직이는 수밖에 없다.

장로들은 앞으로도 계속 이렇게 그 궁에서 나오지 못할 거다.

아리아와 제노시아를 데리고 느긋하게 걸어서 북쪽의 궁에 도착하자 한 방에서 모두 기다리고 있노라며 시녀 한 명이 안내해 주었다.

'후후후, 건방진 장로들을 눌러줄 수 있으면 좋겠다.'

방 안을 향해 뭐라고 고하려는 시녀를 말리고 그냥 문을 벌컥 열어젖혔다.

“부르셨습니까?”

“예의가 없으시군요, 이렇게 함부로 들어오시다니.”

갑자기 들어오자 깜짝 놀라더니 한마디 한다.

흐흥, 재미있는 혈투를 기대한다고. 크큭.

난 별말없이 자리에 앉았다.

“볼마르프 후작이 반란의 누명을 썼다고 들었소이다. 그게 어찌 된 일인지 설명해 주서야겠소.”

장로들 중 한 명이 신경질까지 내며 말했다.

즐겁군. 저렇게 단순한 반응이라니.

하긴 꼬아 말하면 신경질날 테지만.

“아아, 그것 말입니까? 누명이 아닙니다. 그런 계획을 했다는 증거가 있으니 잡아들였지요.”

태연히 터무니없는 말을 하자 장로들이 저마다 한마디씩 떠든다.

“무슨 증거 말이오?”

“게다가 우리와 연관해서 반란을 일으키려 했다는 터무니없는…….”

쾅!

난 세게 테이블을 내려쳐서 시끄럽게 떠들어대는 장로들의 입을 막았다.

내 느닷없는 행동에 장로들은 불쾌함을 표시했지만 무시하고 씩 웃었다.

“이미 증인도, 증거도 다 확실합니다. 아무렴은 장로들의 수족인 자들을 아무 이유도 없이 해하겠습니까?”

태연한 설명에 장로들은 할 말이 없는 듯했다.

물론 내가 한 말은 새빨간 거짓말이지만.

“헛소리요. 그런 적 없소이다.”

"전 장로님들이 그런 일을 꾀했다고 하지 않았는데, 장로님들도 연관되어 있습니까?"

장로들의 말꼬리를 잡고 장난을 치자 바로 얼굴이 벌게지며 화를 냈다.

"무슨 말이오?!"

난 차갑게 미소 지었다.

장난치고 싶은 생각이 가득했지만 꾹 눌러 참고 내 일을 계속했다.

장로들이 앞으로 정치에 끼어들지 못하게 만들어놔야 하니까.

"사실 아닙니까? 그들은 장로님들과 자주 만나는 이들이고 얼마 전에도 일부러 근신 중이신 장로님들을 만나러 왔었으니 말입니다."

"무슨 말을 하고 싶으신 거요?!"

그제야 내가 함정을 파고 있음을 눈치 챘는지 당황하기 시작한다.

그러게 생각없이 움직이지 말았어야지.

나이가 들었으면 조용히 사색을 즐기며 편히 살 것이지 엉뚱하게 정치에 끼어드나?

"장로님들은 황실의 어른들이시니 일단 묻어두겠습니다만 앞으로 사람들을 만나시는 데 제약이 따르는 건 어쩔 수 없을 겁니다."

내 말에 장로들은 날 노려볼 뿐이었다.

더 이상 말해 보아야 소용없다고 포기한 모양이다.

난 그렇게 생각하고 느긋하게 등을 기댔는데 날카로운 목소리가 들려왔다.

"흥, 그러니까 우리를 실각시키기 위한 거였군? 전부 말이야!"

오, 이렇게 똑똑한 소리도 할 줄 아는군.

난 장로들은 모두 바보만 모인 줄 알았는데 말야.

눈치가 빨라.

난 그저 웃을 뿐 아무 대답도 하지 않았다.

거기까지만 하고 그냥 나가려고 했는데 장로 중 한 명이 날 잡았다.

"아무 죄 없는 이들을 죽여가면서 그 자리를 유지하고 싶소?!"

미간이 저절로 일그러졌다.

저 말이 거슬린다. 그것도 많이.

"당신들은?"

"뭐?"

난 내 입을 막을 수가 없었다.

"그리 말하는 당신들은 아무 죄 없는 내 어머니를 어떻게 했지?"

그러자 장로들은 날 노려볼 뿐 말을 하지 않았다.

장로들은 그저 권력에 눈이 멀어 샤이나와 그 후궁을 감싸 자신들의 세력을 유지하기 위해 죄없는 나의 어머니에게 죄를 뒤집어씌워 유폐해 버렸다.

그뿐 아니라 그 알량한 권력을 유지하기 위해 다른 이들에게 많은 해를 가했다.

지금 내가 하는 일은 약과일 정도로.

"당신들은 날 비난할 자격이 없어!"

벌떡 일어나서 나가기 위해 뒤돌아섰는데 또다시 한 장로의 목소리가 날 잡았다.

"내가, 아니, 우리가 사죄한다면 그들을 구해주시겠소?"

다급한 목소리.

하아… 듣기로는 볼마르프 후작이 어떤 장로의 손자뻘이라더니 맞는 말인가 보군.

그러니 저렇게까지 나오지.

하, 자기 자식은 그렇게 소중하단 말이지?

지금껏 쓰레기처럼 생각하던 나에게 무릎 꿇을 생각을 하는 걸 봐서 말야.

"싫소. 내가 왜 그래야 하지?"

자신들을 위해서만 사는 이들은 정말 싫다. 증오스러울 정도로 말이다.

나 자신이 그래서인지도 모르겠군.

자신의 추한 면이 거울에 바로 비치는 걸 보고 있는 것 같아서 그런 마음이 드는 걸지도.

상황은 원하는 대로 만들었지만 기분이 엉망이 되어서 나오는 걸 보고 제노시아와 아리아가 걱정스러워했다. 안심하라며 웃어줄 수도 있지만 그럴 기분이 아니었다.

제길, 나도 좀 조심하는 건데.

어쩌다가 어머니 얘기가 나왔는지 모르겠다.

입이 제멋대로 움직여서……. 으으으…….

울고 싶은 기분이긴 한데 절대 눈물이 나올 리 없지.

남 앞에서 울어본 적이 없으니 당연할지도.

거기까지만 생각하고 의도적으로 더 이상 생각하지 않았다.

그리고 걱정하며 따라오는 두 명에서 괜찮다는 뜻으로 웃어주고 계속 걸었다.

난 바로 내 서재로 갔다.

그리고 혼자 생각할 것이 있어서 아리아와 제노시아에게 나가라고 했더니 둘 다 절대 못 나간다며 완강하게 거부한다.

"왜?"

"저기… 그러니까……."

아리아는 망설이며 말을 못했지만 제노시아는 확실하게 말했다.

"걱정되니까요."

"뭐?"

비록 신경을 긁어놓는 말이었지만.

"지금 무척 불안해 보입니다. 그런 상태의 당신을 혼자 둘 수도 없습니다."

"제길."

내 마음을 바로 읽었다는 생각에 짜증을 부리며 의자에 주저앉았다.

"저… 저기… 저는 차를 끓여 올게요."

그러면서 아리아가 재빨리 나가자 제노시아는 내 앞에 무릎 꿇고 날 올려다보았다.

"초조하십니까? 아니면……."

"알잖아."

퉁명스럽게 대꾸했지만 제노시아는 부드럽게 웃어주었다.

복잡해서 미칠 것 같았다.

신경질도 나고.

"폐하, 늘 말씀하셨지요."

"……?"

"후회하지 않으신다고……."

그래, 절대 후회란 없다.

시간은 돌릴 수 없는 것. 후회해서 뭘 하겠는가?

신경만 쓰이고 피곤할 뿐이지.

다만… 가끔 시간을 돌리고 싶은 건 어쩔 수 없는 거지만.

"누가 후회한다고 했어?"

어린애처럼 투정 부리자 그는 내 손을 쓰다듬었다.

"폐하께서는… 성군이 되실 겁니다."

농담 마, 제노시아.

난 성군의 자질이 없어.

그건 내가 잘 안다고.

난 그저 내 안전과 행복을 위해서 움직일 뿐이야.

하지만 난 그저 제노시아가 내 손을 쓰다듬는 걸 내려다보고 있을 뿐이었다.

마치 그럴 거라고 약속하듯이 말이다.

그리고 제노시아가 다시 일어나자 기막힌 타이밍으로 아리아가 들어왔다.

아마 제노시아가 아리아가 오는 걸 알고 일어난 거겠지만.

“폐하, 차를 가져왔습니다.”

아리아가 가져온 차는 좀 뜨거웠지만 마음이 가라앉게 해주었다.

난 이상하게 냉정을 자주 잃는 것 같다.

다른 이들은 다 멀쩡한데…….

난 아직 수양이 덜 됐어.

짧게 한숨을 내쉬고 아무 책이나 뽑아 들고 읽어 내려갔다.

정신 수양에는 책이 최고지. 암.

내가 쓸데없는 생각으로 책을 읽으며 시간을 보내고 있는데 언제나 그렇듯이 키나이가 언제 온지도 모르게 나타났다.

이런 일을 처음 겪는 아리아는 기겁하며 놀랐다.

그리고 자주 겪어온 나도 당연히 놀랐다.

“키나이, 앞으로는 그렇게 갑자기 나타나지 마. 놀란다고.”

내가 불평을 토로하자 키나이는 아무것도 아니라는 듯,

“앞으로 익숙해지실 겁니다.”

라고 말했다.

그 말은 자신의 등장 방법을 바꿀 생각은 조금도 없다는 말이로군.

그래, 어쩌겠어. 상대는 키나이인데 이길 수가 없지.

"무슨 일이야?"

"대략적인 정리가 끝나서 보고하러 왔습니다."

어차피 좀 있다가 레비스가 따로 보고하러 올 텐데 왜 하는 건지…….

"그래?"

"볼마르프 후작의 처형은 3일 뒤입니다. 그리고 처형된 다음날 다른 이들의 집행이 시작됩니다. 그리고 그중에서 그렇게 비중이 크지 않은 자들은 작위 박탈만으로 끝내기로 했습니다."

국외로 추방되는 사람들은 어깨에 인(印)을 찍는다.

들어오지 못하는 자라는 표시로 찍어두는 것이다. 지워 버리거나 몰래 들어오지 못하게 마법적인 요소까지 있어서 제국에서 '도시'라고 부를 수 있는 곳은 들어서지 못하게 되는 것이다.

심란하군.

"아프겠지?"

"예?"

갑자기 내가 엉뚱한 소리를 하자 아리아가 당황한 모양이다.

"인(印)을 찍는 거 말야."

"경험하고 싶으시면 찍어드릴 수 있습니다."

아주 태연한 키나이의 말.

"아니!"

누가 찍고 싶다고 했나, 그냥 그렇다는 거지.

지금 그 벌받을 이들에게 좀 미안하기는 하다.

장로들의 말대로 내 일만을 위해 죄없는, 애꿎은 사람들을 희생시키는 거니까.

솔직히 작위 박탈만으로 끝낼 수도 있기는 하다.

그러나 추방하지 않으면 나중에 혹시 자신이 죄가 없는데도 벌했다고 정말로 반란을 꿈꿀 수도 있으니 어쩔 수 없는 노릇이다.

내가 할 일은 그저 앞을 바라보는 것.

미안하지만, 정말 미안하고 또 미안하지만 장로들을 묶어두기 위해 어쩔 수 없다.

장로들을 묶어두지 않고는 난 제대로 황제 노릇을 할 수 없으니.

"키나이, 그들에게 너무 심하게 하지 마."

"예."

내 말을 대충 알아들은 키나이는 인사하고 늘 하는 방법으로 사라졌다.

"하아……."

책을 덮고 머리를 뒤로 기댔다.

머리가 복잡하다.

그리고 어지러웠다.

후. 회. 는. 절. 대. 없. 다.

그게 나에게 희생된 사람들에게 죄를 빌 길이기도 하니까.

도중에 포기한다면 이 길에서 희생된 자들에게 할 말이 없으니까.

난 고개를 들었다.

대략 일이 끝나고 벌였던 일의 마무리가 시작되었다.

장로들과 만난 지는 3일이 지났다.

이제 앞으로는 영원히 만날 일이 없기를 바랄 뿐이다.

장로라는 사람들이 생각없이 행동하는 덕분에 가끔씩 입이 멋대로 움직어서 뒷수습이 곤란하니까.

장작 더미 위의 기둥에 묶여 있는 볼마르프 후작에게 디트레이가 다가
갔다.

"볼마르프 후작, 할 말이 있는가?"

사형 방법은 사형 중에서도 최고 형이라는 화형이다.

실은 저런 인재를 죽이고 싶지는 않지만 내 쪽의 사람이 될 정도로 박
쥐 같은 이가 아니니까 제거하는 편이 훨씬 낫다.

마음 편하고.

"없소!"

끝까지 당당하군.

"형을 집행하라!"

시간이 되자 별다른 말 없이 형이 집행되었다.

미리 기름이 뿌려져 있던 장작은 활활 타올라 눈 깜짝할 사이에 불길
에 휩싸였다.

아무리 순식간에 불이 번진다 해도 화형이었으니 꽤 고통스러웠을 텐
데 볼마르프 후작은 비명 한번 내지 않고 죽음을 맞이했다.

당당한 사람이군.

이상하게 장로 편에 서 있던 자들 중에 저런 사람이 많은 거 같아.

아까운걸.

볼마르프의 화형이 있은 다음날 연루되어 있던 귀족들이 정식으로 작
위를 박탈당하고 국외로 추방되었다.

그렇게 깊이 관련되어 있지 않았던 자들은 작위 박탈 정도로 그쳤다.

그리고 그 빈자리를 메우기 위해 기사들과 그 밖의 여러 사람들 중에
공헌이 높은 자들을 뽑아 귀족의 작위를 내려주었다.

물론 뒷조사가 다 끝난 데다가 내가 따로 충성의 서약을 받아낸 사람들로만.

사실은 아리아도 편하게 행동할 수 있도록 작위를 주고 싶었지만 반대가 심할 게 뻔해서 줄 수가 없었다.

좀 손을 써놔야겠는걸.

앞으로 작위를 내릴 수 있도록 사람들이 아리아를 꺼리지 않게 만들어놔야겠어.

황실 내부 정리가 어느 정도 끝나고 안정을 찾을 무렵 난 스라트 국의 뮤리아 공주를 황비로 맞을 것이라는 뜻을 내비쳤다.

그랬더니 당연하게도 난리가 났다.

타국의 여인이 황비가 되는 건 절대 안 될 일이라고.

무슨 말인지 이해는 한다.

이 나라의 관습도 제대로 모르고 안다 해도 익숙하지 않으니 혹시 멋대로 굴거나 문제를 일으킬까 봐 걱정하는 거겠지.

하지만 난 좀 소란이 있더라도 계속 추진할 생각이다.

우리 제국의 여성들은 대부분 뒤에서 조용히 보조하거나 그저 가만히 지내는 것보다 자신이 앞에 나서서 일을 처리하는 걸 더 좋아하기에 나에게 간섭할 확률이 크다.

그래서 일부러 여성의 정치 참여가 거의 없는 나라의 공주를 데려다가 황비로 앉히려는 것이다.

당연히 이런 말을 하면 여성이 80%인 작위를 가진 귀족들이 좋아하지 않을 테니 입 밖으로 내지는 않았지만.

"역시 불만이 큰 것 같더라."

"당연해."

지금은 오랜만에 날 찾아온 세레나에게 현재 상황을 설명해 주었다.

세레나는 조만간 대륙 신전 순례 여행을 떠날 예정이라 슬슬 바빠질 테니 일부러 오늘 시간을 내서 날 만나러 왔다.

자신이 여행을 떠나기 전, 그러니까 결혼식 전에 한번 만나고 싶었다면서.

그래서 오랜만에 만나 이것저것 이야기하다가 거기까지 말이 나온 것이다.

"그런데 넌 순례 여행에서 언제 돌아오는 거냐?"

"글쎄, 확정된 건 없어. 일단 순례 여행이 끝나면 신전에 보고하고 그 다음은 내 마음대로 여행하든지 해야 하니까 그때 다시 올게."

세레나는 정말 기분이 좋은 것 같다.

왔을 때부터 계속 생글생글 웃고 있다.

순례 여행이 즐거운 건지, 아니면 내 불행을 즐거워하는 건지.

"내 얘기보다 오빠 쪽이 더 급하고 귀찮은 거 아냐?"

"급하다니?"

투덜거리는 소리에도 세레나는 생긋 웃을 뿐이었다.

신관이 되면서 미소가 늘었다니까.

좋은 일이야.

'휴우, 귀족들을 납득하게 만들 만한 말 없을까?

타국의 여성이 황비가 된다고 귀족들이 반대할 거라는 문제를 완전히 잊고 있었기 때문에 미리 세워둔 대책이 없다.

덕분에 닥치고 고민한다는 아주 한심한 짓을 하고 있다.

한 방에 귀족들이 고개를 끄덕이게 만들어야 하는데 묘안이 떠오르지 않는다.

나란 사람은 눈앞에 닥치고 생각하면 머리가 움직이지 않는 거 같다.

"뮤리아 공주에게 청혼할 말은 준비했어?"

하~

갑작스런 세레나의 말에 의아해졌다.

그래도 금방 이해할 수 있었다.

아마도 약혼식 때 상대에게 하는 청혼을 말하는 걸 테지.

"약혼식은 없어."

"그럼 바로 결혼?"

놀란 표정이다.

보통 황제의 결혼이라면 정식 절차를 밟아야 하니까.

이렇게 서둘러서 하는 경우는 거의 없다.

하지만 계속 이렇게 뮤리아 공주가 이 나라에서 아무 신분도 없이 있도록 내버려 둘 수도 없고, 또 혹시 공주를 이대로 계속 두면 쓸데없이 권력에 헛바람이 들지도 모를 일이라 좀 서둘렀다.

일단은 도리스가 옆에 붙어 있으니 헛바람 들 일은 없겠지만 그래도 혹시 모르니까.

쓸데없이 자신이 무슨 대단한 사람인 양 착각하거나 하면 곤란하다. 난 그 여자에게 권력을 쥐어줄 생각은 조금도 없으니까.

아, 생각났다.

귀족들을 설득할 방법.

"귀족들이 걱정하는 건 뮤리아 공주를 통해서 스라트 국이 우리에게 간섭할지도 모른다는 거겠지?"

"응? 그렇지 않나?"

그렇다면 간단하잖아.

뮤리아 공주가 황비가 되더라도 정치에 절대 무관하게 만들면 되는 거잖아.

간단하군.

처음부터 정치적인 분야에서 제외시킬 생각이었기에 거기까지 생각이 미치지 못했던 거다.

그럼 이제,

"내 문제는 해결. 자, 세레나, 얘기 좀 할까?"

부드럽게 말했는데도 세레나는 묘한 눈초리로 날 본다.

"무슨 말을 하려고?"

오빠를 그렇게 경계하면 슬프지.

"별거 아냐. 네 여행 말인데……."

"못 가게 하면 가만있지 않을 거야."

지레짐작하고 엄포 놓는 세레나.

못 가게 하는 건 아니란다. 다만 좀 제약을 해두려는 거야.

아무래도 넌 혼자 보내기 걱정되거든.

"가지 말라는 게 아냐. 넌 막아도 갈 테니까."

"그럼?"

"내가 붙여주는 사람 하나 데리고 가."

"뭐어?"

이후 대답은 안 들어도 알 수 있을 정도로 질색이라는 표정을 지었다.

"싫어!"

역시.

그렇지만 내 생각은 안 바뀐다.

“세레나, 너도 좀 양보해.”

“이건 순례 여행이야. 그런 건……”

“멈춰.”

세레나의 말을 도중에 잘랐다.

무슨 말을 하려는 건지는 알겠지만.

“세레나, 넌 네가 어지간한 적은 쉽게 해치울 실력이 있다고 생각해?”

순례 여행이라고 해서 위험이 없는 건 아니다.

오히려 몬스터들과 싸울 실력이 없기 때문에 죽는 자들이 꽤 많다.

그렇게 죽는 이들이 많아서 신전에서도 요새는 순례 여행은 희망자들만 가게 할 정도다.

“하지만.”

“내 말 들어.”

“으… 그래도.”

완전 울상이 되어서 웅얼거린다.

네가 귀찮을 거라는 걸 알고 있긴 하지만 걱정되는걸.

“편한 사람 붙여줄게.”

“그럼 아리아.”

“뭐?”

세레나가 미리 생각해 두었던 것처럼 말한다.

“아리아랑 갈래.”

역시.

“아리아는……”

“순례 여행이라고 해도 오래 안 걸려. 굳이 다른 사람이랑 가야 된다면 아리아랑 갈래.”

이거 곤란한걸.

아리아가 빠지면 앞으로의 계획에 차질이 생긴다. 하지만…….

"꼭 아리아와 가고 싶니?"

"아리아가 가장 편해."

세레나의 말도 일리는 있다.

그리고 예상한 반응이기도 하고.

"그럼 상관없어. 단……."

"……?"

난 조건을 하나 더 붙였다.

"아리아와 가겠다면 내가 호출했을 때 즉시 돌아와야 해."

"그런 게 어디 있어?"

아리아에게는 시킬 일이 많단 말야.

"당연하지. 아리아는 할 일이 좀 많거든."

"하지만……."

"그럼 다른 사람이랑 가든지."

난 상관없다네.

세레나의 선택은 뻔하니까.

"알았어. 아리아랑 갈게."

난 웃으며 고개를 끄덕였다.

세레나로서는 어쩔 수 없는 선택이다. 보기는 말괄량이 같아도 낯을 좀 가리는 애니까 알고 있고 편한 사람과 갈 게 뻔하다.

"그래, 아리아에게는 이미 말해 뒀다."

"윽, 그럼 다 예상하고 있던 거였어?"

당연하잖니.

난 세레나의 머리를 쓰다듬어 주었다.

"네가 떠나는 날 아리아가 널 찾아갈 거야."

내가 옆에 있어줄 수는 없을 테니 그만큼 믿는 사람을 옆에 붙여놓고 싶었다.

그리고 지금 아리아와 세레나가 순례 여행을 떠나면 저번부터 추진 중인 마수사와 신전의 순례와 연관있어 보이기도 할 테니 아리아도 돌아오면 그렇게 꺼려하지 않을 것이고.

일석이조의 효과.

"오빠, 오늘 헤어지면 얼마 동안 못 보겠네."

머리를 쓰다듬어 주자 새삼 생각났는지 쓸쓸한 어조로 말했다.

그랬다. 내가 결혼하는 날은 참석하지 않고 조용히 신전에서 기도드릴 모양이니 오늘이 마지막이겠지.

난 부드럽게 웃어주며 그냥 다독여 주었다.

"영원히 못 볼 것도 아니니 굳이 배웅은 안 한다."

"응."

세레나가 나에게 살짝 기대왔고 나도 세레나를 살짝 끌어안아 주었다.

그렇게 오랜만에 세레나와 조용히 서로 기대어 있는데 밖에서 소란스러운 기척이 느껴졌다.

좀 짜증나는군.

"무슨 일인가?"

밖을 향해 소리치자 밖에 서 있던 기사들 중 하나라고 짐작되는 목소리가 대답했다.

"폐하, 스라트 국에서 사신이 왔습니다만……."

알 만하군.

그쪽에서 나에게 사신을 보냈나 본데… 여긴 타국 사람이 멋대로 들어올 수 있는 곳이 아니니까 막고 있었던 것이리라.

그런데 사신이 왜 온 거지?

"무슨 일로 왔다고 하는가?"

"뮤리아 공주의 일이라고 합니다."

귀찮군.

스라트 국이 벌써부터 설치다니.

이제 그 공주가 황비가 될 거라는 생각으로 미리 연락도 없이 이렇게 와도 날 만나고 목적을 이루어 갈 수 있으리라 생각했나?

"제노시아, 처리하고 와."

처리라고 해서 죽이라는 소리는 아니다.

내가 만날 필요는 없으니 제노시아가 적당히 처리해서 쫓아 보내면 될 거라는 소리일 뿐.

제노시아가 명령을 받고 나간 후 난 다시 세레나에게 눈을 돌렸다.

"풋! 됐어, 오빠. 바쁘잖아. 나 이만 갈게."

그러면서 자리를 털고 일어났다.

어쩐지 스라트에서 왔다는 사신이 세레나를 쫓아낸 거 같아 기분이 나쁘다.

세레나를 따라 나도 일어나며 살짝 포옹했다.

"오늘 보면 한동안 못 보겠구나. 건강한 모습으로 돌아와라."

"알았어. 참, 그리고……."

그러더니 날 살짝 밀어내고 발돋움하더니,

"……?!"

나에게 살짝 입을 맞추었다.

"오빠 첫 키스는 내가 가져갈게."

라고 말하고 내가 충격에서 벗어나기도 전에 방을 나가 버렸다.

"이거야 원."

이상하게 얼굴이 빨개진다.

정말 세레나는 가끔 예상외의 행동을 한다니까.

손으로 입을 가리고 중얼거리고 있는데 제노시아가 들어왔다.

"빨리 왔네?"

"예, 세레나님은 벌써 나가셨습니까?"

그러면서 날 보고 이상하다는 표정이다.

아마 내 얼굴이 빨개져 있어서 그러리라.

"아아, 응. 그런데 스라트 국의 사신은 무슨 일로 왔지?"

열심히 말을 돌리자 제노시아는 이상하다고 생각하는 듯했지만 그냥 따라와 주었다.

"별일 아니었습니다. 레이르 왕자가 보낸 전령이었습니다."

"하아?"

레이르 왕자가 무슨 일로?

"뮤리아 공주를 황비로 맞아들이면서 자신에게 돌아올 이익을 생각하는 모양입니다."

아아, 그건가?

역시 들을 필요도 없는 일이었군.

킥킥, 레이르 왕자는 자신의 아버지를 빼닮았군.

비슷한 생각을 하고 있어.

난 자리에서 일어나 귀족 대표로 와 있는 카난 공작이 기다리고 있는 곳으로 향했다.

원래대로라면 벌써 가서 이야기를 나누고 있어야 하지만 갑자기 세레나가 오는 바람에 기다려 달라고 했던 것이다.

그리고 별로 서두를 것도 없는 일이었다.

방금까지 생각하고 있던 뮤리아 공주를 황비로 삼는다는 문제 때문이었으니까.

카난 공작이 기다리고 있는 곳은 가끔 손님—주로 노턴—과 얘기할 때 쓰는 곳이었다.

들어서자 카난 공작이 우아하게 인사해 왔다.

"많이 기다렸소?"

"좀 기다렸습니다."

입에 발린 소리는 안 하는군. 하긴 그게 4대 공작가의 특징이기도 하지만.

"그래, 무슨 일이오?"

"아시리라 생각됩니다만?"

우리 둘 다 서로를 마주 보며 웃을 뿐이었다.

카난 공작은 이미 뮤리아 공주의 일을 다 알고 있는 사람이다.

그녀도 내 생각에 찬성하지만 그저 귀족들의 대표인지라 그들의 입장을 말해 주고 나의 생각을 전할 뿐이다.

"그런데 하실 말은 생각하셨습니까?"

그저 그럴 듯한 말만 해주면 카난 공작이 거기에 살을 붙여서 귀족들을 설득할 뿐이다.

"음, 귀족들이 걱정하는 건 뮤리아 공주의 정치 참여겠지?"

"그렇지요. 아무래도 이 제국은 여성들의 활동이 활발하니까 말입니다."

역시 그렇군.

난 어째서 이렇게 간단한 문제를 가지고 고민했던 걸까?

"그 뮤리아 공주는 스라트 국에서 온 여자야."

"그렇네요. 그러고 보니 스라트 국의 여성은 그저 아이를 생산하는 것 말고는 쓸모없다고 생각하는 곳이었죠?"

그러면서 눈을 차갑게 빛낸다.

카난 공작의 말대로 스라트 국은 여성을 그런 '암컷' 정도로 취급하고 있어서 여성이 권력의 중심에 있는 우리 나라로서는 정말 좋게 말해서 눈에 거슬리는 곳이었다(나쁘게 말하면 이 세상에서 없애 버리고 싶은 곳이고).

"그러니 정치에 대해 알 리 없어. 끼어들 일은 더욱 없을 테고. 그리고……."

"그리고요?"

"타국에서 '정치적인 목적인 결혼'으로 황비나 대공이 된 자들은 앞으로 정치에 관여할 수 없다는 법안을 만들겠어."

내 말에 카난 공작의 눈동자가 커졌다.

"굉장한 말이로군요. 그 말은 후대에도 계속 영향을 미칠 텐데요?"

난 상관없어.

일단 나만 벗어나면 되니까.

후대 따위 내 알 바 아니다. 어차피 사랑하는 여인과의 아이도 아닐 텐데. 게다가,

"그 말에 나타나 있듯 사랑해서 결혼하는 거라면 상관없잖아. 덧붙여서 제국의 여성이라면 '정략적인 결혼'이라도 참여할 수 있고. 그렇게 거슬리는 조건은 아닐 텐데?"

"그렇군요."

카난 공작이 미소를 머금었다.

"이 정도면 충분하겠지?"

"과분할 정도입니다."

카난 공작은 고개를 끄덕였다.

그리고 덧붙이기를,

"루이네 언니, 아니, 시르 공작께서 폐하께서 비슷하게 말 하실 거라

했었는데 폐하께서는 더 엄청난 조건을 말씀하시는군요.”

좀 걸리는데?

“시르 공작이? 그녀는 지금 세튼에 있을 텐데?”

분명히 내 성년식 직후에 세튼에 가서 그곳의 정치를 주무르고 있을 텐데 카난 공작이 어떻게 만난 거지?

“예, 시르 공작과는 어제 마법구를 이용해서 잠시 대화를 나누었습니다.”

즐거운 표정이다.

어쩐지 나 놀림받은 거 같은데?

“시르 공작께서는 아마도 그 방법 말고는 귀족들을 설득할 방법이 없을 것이고, 폐하께서도 그렇게 말씀하실 것이라 하셨습니다. 하지만 법안까지는 말하지 않았습니다.”

다 짐작하고 있었다는 말이로군.

하긴 나도 어차피 정치에 참여시키지 않을 거라는 생각으로 황비로 맞이하려 했기 때문에 귀족들이 뭘 생각하는지 좀 늦게 깨달은 것뿐이니까.

난 머리가 나쁜가 봐.

“그런가?”

“참, 루벤트 공작은 어떻게 하실 겁니까? 계속 네라파 국에 두실 생각이신지요?”

지금은 선황제와 달리 ‘일’이라고는 전혀 하지 않던 4대 공작가를 이용하고 있었다.

충성의 서약도 했는데 그런 인재들을 썩이기는 아까운지라 마음껏 활용하고 있는 중이다.

카난 공작에겐 주로 국내의 귀족들에 관한 일들을, 시르 공작에겐 내

보조와 속국들의 정치—속국에는 거의 간섭하지 않지만 해야 할 일이 생기면—를, 군의 운용이나 검에 조예가 있는 루벤트 공작에겐 각지에서 가끔 있는 몬스터들의 습격에 대한 일들을 맡겼다.

그리고 최근에는 몬스터들이 잠잠한 대신 속국의 하나인 네라파 쪽이 시끄럽기에 조용히 시키라고 보냈다.

"아아, 이제 잠잠해졌으니 다시 데려와야지. 시킬 일도 있고."

요새 산적이나 해적들이 많이 설친다니까.

"요즘 저희들에게 너무 일을 많이 시키시는 거 아닙니까?"

카난 공작이 난처한 표정이었다.

아마 루벤트 공작이 이번 일을 끝내고 나서 잠시 쉴 거라 생각하고 거기에 덩달아서 자신도 쉬려고 했던 모양이다.

그렇게는 못하지.

해도 해도 끝이 없는 게 이런 정치계의 일이라고.

"그럴 리가. 나도 일하는걸."

난 시치미를 떼고 말했다.

그러자 카난 공작은 불만에 가득 찬 표정으로 입 모양만 중얼거릴 뿐 별말을 하지 않았다.

하하, 조만간 휴가를 주어야겠는걸?

"이번에 시르 공작이 일을 마치고 오면 잠시 쉴 수 있을 거야."

그 말에 바로 얼굴이 펴지는 단순한 카난 공작.

사실 시킬 일이 한동안 없을 거 같다는 말일 뿐이지만.

"뭐, 꼭 쉬고 싶다는 건 아니었습니다만……."

그런 표정으로 말하면 아무도 안 믿어.

"그렇겠지. 지금껏 놀다가 갑자기 일해서 피곤할 뿐이지?"

내가 꼬투리를 잡아 놀리자 다시 억울한 표정을 짓는 카난 공작.

“그런 게 아닙니다. 뭐…….”

아이가 둘이나 있는 사람이 저런 표정이나 짓고.

참 귀엽네.

킥킥대며 웃다가 서로를 마주 보았다.

“그럼 잘 부탁하지.”

“예, 잘할 테니 빨리 휴가 좀 주세요.”

카난의 항의에 난 다시 웃음을 머금었다.

“일하는 거 봐서 생각해 볼게.”

“쳇.”

난 방을 나서서 내 집무실로 향했다.

아직 끝나지 않은 일들이 잔뜩 쌓여 있기 때문에.

카난 공작과의 일을 해결한 다음날 집무실로 사람들을 모았다.

도리스와 루이스 자작, 그리고 레비스가 모였다.

“아리아는 오늘 떠났나요?”

보이지 않는 아리아를 찾는 루이스 자작.

애써서—애쓸 필요도 없이 오라고 하면 온다—모아놨더니 주제와는 전혀 상관없는 쓸데없는 이야기꽃을 피우고 있다.

“내가 오라고 한 건 말야…….”

내가 말을 꺼냈지만 내 말은 무참히 무시되었다.

“아닙니다. 일단 결혼식에 참석은 안 한다고 하나 그 후에 떠나실 모양입니다. 그 준비를 위해 자리를 비운 걸 테지요. 세레나님의 호위 비슷한 역할로 함께 간다고 하니 말입니다.”

도리스까지 합세해서 놀고 있다.

전에는 내가 부르면 이런 식으로 논 적이 없는데 내가 노는 걸 더 좋아한다는 걸 알고부터는 어떻게 하면 자신들도 조금이라도 더 놀 수 있을까 궁리한다니까.

다시 전처럼 휘어잡아야 하려나? 그러긴 또 귀찮은데.

별문제가 있는 것도 아니니 내버려 두지 뭐. 그런데 지금 해야 할 일이 얼마나 많은데 이러고 있는 건지.

나중에 안 끝난다고 나한테 투덜거려도 소용없어.

이미 대세는 기울었기에.

"그래, 세레나 혼자는 걱정되어서."

나도 참여했다.

"어머? 세레나님이라면 걱정하실 것 없을 거라 생각됩니다만?"

"격투술의 대가시잖아요."

한마디씩 토를 단다.

"그래도 마음은 그렇게 되지가 않아."

"걱정이 많으시네요."

모이라고 했을 때의 원주제는 어디다 던져 버리고 이런 얘기를 나누고 있는데 조용히 있던 레비스가 폭발했다.

"그만 하고 이만 본론으로 들어가야 하지 않겠습니까?"

그 말에 우리는 잠시 대화를 멈추고 모두 빤히 레비스를 쳐다보았다.

"호오?"

"어머?"

"얼라?"

다양한 감탄사를 내뱉으면서 말이다.

그랬더니 레비스의 얼굴이 약간 붉어졌다. 그리고 헛기침을 하며 다시 침착하게 입을 열었다.

"흠흠, 이만 본론으로 들어가는 것이……."

그 모습에 은근히 웃음이 나왔다.

"후후, 레비스가 폭발하는 건 오랜만에 보는군."

이 말에 레비스의 얼굴이 더 붉어졌다.

최근에야 확실히 알게 된 건데 레비스는 평소 때는 침착한 척하고 있지만 의외로 단세포에다 다혈질적인 면이 많아서 주변 분위기에 잘 휩쓸리는 경향이 있었다.

"자, 그럼 레비스의 의견을 반영해서, 내가 오라고 한 이유는……."

내가 운을 떼우자 도리스가 생긋 웃으며 말을 이었다.

"스라트 국과의 외교 문제 때문입니까?"

역시 눈치가 빨라.

아니, 당연한 거겠지.

스라트 국 출신의 뮤리아가 곧 나의 황비가 될 테니 외교적인 분야—스라트 국과의 관계—에 변화가 있을 게 당연하니까.

그리고 하나 더 덧붙이자면,

"그리고 무역 문제 때문에 루이스 자작도 오라고 했네."

"음, 귀족들과의 문제는 다 해결되셨나 봅니다, 한발 나가시는 걸 보니?"

루이스 자작이 엉뚱한 소리를 했다.

"그래, 하나 그 문제는 지금 말할 필요없어."

"그렇습니까?"

난 와인잔을 들고—갑자기 마시고 싶어서 차 대신 가져오라고 했다—잔을 빙글빙글 돌리면서 말을 이었다.

"스라트 국과의 문제는 잘 알 거라고 생각하네."

"예, 뮤리아가 황비가 되니 우리가 스라트 국을 대하는 태도에 조금 조정이 필요할 거라고 생각했습니다."

도리스의 말에 고개를 끄덕여 주었다.

"그래, 많이 변할 필요는 없겠지만 좀 부드럽게 변해야겠지."

솔직히 난 전혀 변하지 않아도 상관없지만 '주변의 시선'이라는 게 있으니까 조금 변화시켜야 하긴 한다. 일단은 황비가 그 나라 출신인만큼 부드러워지는 것이 정상이다.

하지만 난 변화시킬 생각은 전혀 없다.

그저 말만 이렇게 하는 것뿐.

도리스는 바로 내 생각을 눈치 채고 내가 원하는 반응을 보여주었다.

"예, 그렇기는 하지만 폐하께 말씀 올리려고 했던 건데 지금 상태 그대로를 유지하는 것도 좋다고 생각합니다."

"음, 레이르 왕자 때문인가?"

"예, 그렇습니다."

레이르 왕자는 현재 자신의 아버지인 왕을 자연사를 가장해서 죽이고 자신의 대관식을 준비 중이다.

하지만 이 왕자는 지도자로서 그렇게 뛰어난 편이 아니다. 거기다가 왕을 독살하고 자리에 앉으려는 거니 아마도…….

"그렇군. 잠시 동안 이 상태로 내버려 두는 것도 좋겠지."

내란에 끼어들기는 싫다.

뭐 하러 지금 스라트 국에 태도를 바꾸겠는가?

"그럼 뮤리아도 스라트 국에 간섭하지 못하게 해야겠죠?"

당연한 걸 묻는군.

난 도리스에게 씩 웃어주었다.

"되도록이면 스라트 국의 소식을 접하지 못하게 해. 그리고 아주 못하게 하는 건 불가능하지만 최대한 연락을 취하지도 못하게 하고."

만약 뮤리아가 황비가 되었을 때 스라트 국의 정치 같은 곳에 개입하면 일이 복잡해진다.

끼어들지 않아도 될 싸움에 끼어들게 되는 경우가 생길 테니까.

"알겠습니다."

그럼 다음 문제는 무역에 관한 건데 도리스와도 연관되어 있는 문제다.

"그럼 이제 제 차례입니까?"

생글생글 웃고 있는 루이스 자작의 말에 난 와인을 털어 마셨다.

그리고 다시 잔에 와인을 채운 후 설명해 주었다.

"그대의 상단에 관한 문제이네."

얼마 전부터 루이스 자작이 움직이고 있는 리나이트 상단을 약간 변경했으면 좋을 것 같다는 생각이 들었다.

루이스 자작의 입장에서는 약간이 아니겠지만.

"무슨?"

루이스 자작의 얼굴이 의아함으로 가득 찼다.

"시르 공작이 제안한 건데……."

그렇게 운을 띄우고 자세히 설명해 주었다.

현재 루이스 자작의 리나이트 상단은 내 도움으로 굉장히 커져 있었다.

덕분에 여러 귀족들의 시샘을 사게 되어 여러 가지로 태클을 걸고 있어 현재로서는 루이스 자작 혼자서 상단을 운영하기가 점점 힘들어지고 있었다.

나 개인적으로야 루이스 자작이 리나이트 상단을 유지하기 위해 피가 마르든 상단을 없애 버리든 별로 상관 없지만 상단이 없어지면 나중에 시에라를 몰아낼 때—이게 진짜 숙청이다—여러 가지로 곤란한 점이 없지 않다.

그래서 시르 공작이 제안한 것이다.

난 설명을 시작했다.

시르 공작이 제안한 것은 루이스 자작의 리나이트 상단을 국가 자체의 소유로 만들자는 것이다.

그렇다고 해서 정말로 리나이트 상단이 국가 소유가 되어서 상단의 주인인 루이스 자작의 권리가 없어지는 건 아니다.

그렇다면 루이스 자작이 너무 억울하지 않겠는가. 절대 찬성 안 해줄 방법이지.

그저 포장만 바꾸는 거다.

개인 루이스 자작의 리나이트 상단에서 아린드 국 소유의 리나이트 상단으로.

겉을 약간 바꾸어서 루이스 자작은 리나이트 상단의 관리자이자 책임자가 되는 것이다.

그러면 권리는 변한 것이 없다.

여기까지만이라면 다들 눈치 채겠지만 여기서 약간의 속임수만 곁들이면 귀족들은 루이스 자작이 상단을 나—국가—에게 넘긴 줄 알 것이다.

"…어떤가?"

대충 설명한 뒤 루이스 자작에게 의견을 묻자 그녀는 잠시 생각하더니 진지한 태도로 물어왔다.

"그 약간의 속임수라는 건 무엇입니까?"

"그거? 별거 아니네. 그대가 상단을 나에게 바치는 시늉만 해주면 되는 거지."

그 말에 루이스 자작의 표정이 꿈틀거렸다.

내가 한 말은 혹시 잘못되면 정말로 자신이 피땀 흘려 일군 상단이 나에게 넘어와 버리는 방법이니 신중해질 필요가 있겠지.

"자세히 설명해 주셨으면 합니다만?"

진지한 태도가 마음에 든다.

"그러지."

솔직히 별것 아닌데.

와인을 한 모금 넘기고 설명을 시작했다.

"별것 아냐. 내가 따로이 네게 너의 권한을 인정하는 문서를 주겠다. 그게 있는 한 리나이트 상단은 너의 것이지. 하나……."

난 씩 웃고 덧붙였다.

"일단 명목이 국가의 소속, 즉 나의 것이니 내가 필요할 경우 리나이트 상단을 좀 쓰겠어."

"그 필요할 경우란?"

꽤나 세세하게 묻는군.

"알고 있을 텐데……. 처음부터 내가 말하지 않았나?"

여기까지 말하면 숙청을 말하고 있는 거라는 걸 눈치 채겠지.

루이스 자작도 알아채고 별달리 설명을 요구하지 않았다.

"그 일 외에는?"

"상단에 내가 꼭 관여할 이유가 없지 않은가?"

귀찮게 관여할 생각은 없다.

게다가 지금도 할 일이 많은데 일을 더 늘릴 생각은 추호도 없고.

이건 그저 내 심정일 뿐이지만.

실제로는,

"그렇다면 그 문서에 약조를 붙여주십시오."

"그러지."

애초부터 그럴 생각이었으니까.

"참, 도리스가 주도해서 지금 교역하는 나라들과 합의해 주게."

지금까지 우리 나라는 상업을 천하게 여겨 나라에서 주도하는 상단이 없었다. 그러니 새로 시작하는 만큼 신경 쓸 일이 많겠지.

아무리 루이스 자작이 개인의 상단으로 길을 열어놓았다고 해도 일단 소속이 달라지는 만큼 엄연히 다른 걸로 취급받을 테니까.

"그래서 저와 루이스 자작을 같이 부르신 겁니까?"

"그래."

난 평소에 이렇게 겹치는 부분이 없다면 따로 불러서 말하니까 부를 때부터 뭔가 있을 거라고 생각했던 모양이다.

도리스는 고개를 끄덕이며 이해한 듯했지만 루이스 자작은 다시 물어 왔다.

"이것뿐? 시르 공작은 어째서 이번 일에……?"

흐음… 이 일에 시르 공작을 부르는 게 그렇게나 의외의 일인가?

"아, 덧붙이자면……."

루이스 자작의 말대로 이번에 다시 개척하면서 속국과의 무역 같은 일까지 겸하게 될 테니 솔직히 시르 공작도 부르는 게 낫다.

내가 정치를 만지게 된 이후 지금까지 속국에 관한 일은 거의 시르 공작이 처리하고 있으니까.

"아마 지금 세튼에서의 일이 끝나고 나면 시르 공작은 한동안 속국의 일에 나서지 않을 거라는 걸 말해 주지."

조만간 레비스를 제외한 대공작들은 잠시 쉬게 해줄 생각이다.

더 정확히 말하자면 속국들을 좀 내버려 둘 생각이다.

스라트만 내버려 두면 부자연스러우니까.

"무슨 일 있는 겁니까?"

"아니, 그냥 좀 쉬게 해주려고."

내 말에 레비스의 얼굴에 부럽다는 표정이 어렸다.

"거참, 한동안 일을 하긴 했지만……."

레비스가 한탄하듯이 말했다.

그 말에 난 피식 웃음이 나왔다.

"레비스도 쉬고 싶은 건가?"

"꼭 그런 건 아닙니다만……."

하지만 눈은 영…….

난 레비스를 살짝 무시하고 계속 얘기했다.

"일단 꼭 할 말은 이것뿐이네."

"예, 폐하의 생각대로 상단을 움직이겠습니다."

루이스 자작이 공손히 나에게 복종한다.

고개를 끄덕이고 남은 와인을 마셨다.

이제 할 말도 다 했으니 쓸데없는 말 나오기 전에 보내야겠군.

"그럼 저희는 물러가도 되는지요?"

내 생각을 눈치 챈 도리스가 먼저 물어왔다.

"그래."

"그럼."

루이스 자작과 도리스가 자리에서 일어났다.

"참, 문서는 좀 있다가 작성해 주겠네."

"예."

그렇게 둘이 나가고 난 뒤 난 바로 레비스를 마주 보았다.

아까보다 목소리를 조금 낮추어서.

"리나이트 상단에 심어놓은 자들은?"

지금 리나이트 상단은 너무 커졌고 그 상단에 대한 황실의 의존도도
높다.

“예, 아직 루이스 자작은 눈치 채지 못한 것 같습니다.”

“그래, 더욱 신중하게.”

“예.”

실제로 루이스 자작에게 한 제안은 그녀를 위한 게 아니다.

모두가 다음을 위한 것일 뿐.

이렇게 계속 상단이 거대해지면 황제가 그 리나이트 상단의 주인인 루이스 자작의 눈치를 보게 될지도 모른다.

그래서 시르 공작과 레비스와 함께 ‘작전’ 을 만들었다.

시작은 시르 공작과 대화를 하다가 우연히 루이스 자작의 상단에 대한 말이 나온 거였다. 시르 공작과 나 둘 다 그 세력이 커진다는 데 문제를 두었다.

그런 생각에서 시르 공작이 리나이트 상단을 제국의 소유로 만들자고 제안했었다. 솔직히 이 생각이 좋기는 하지만 그 말대로 한다면 당연히 루이스 자작이 절대 못한다며 날뛸 게 뻔했다.

그렇다고 강제로 하면 그 반동이 심한 법.

그래서 일단은 루이스 자작의 권한은 인정하는 척하기로 한 거다.

물론 이 계획이 여기서 끝나는 게 아니다.

내가 루이스 자작에게 제안한 대로라면 루이스 자작은 여전히 상단의 주인이니까.

하지만.

현재 리나이트 상단에 ‘그림자’ 의 요원들을 몇 사람을 심어두었다.

조만간 리나이트 상단을 삼키기 위해서.

차근차근 해 나갈 것이다.

“어쨌든 날 따르는 이를 이용한다는 건 슬픈 일이야.”

난 그렇게 말하며 씩 웃었다.

“그러십니까? 하지만 어쩔 수 없는 일이죠.”

“그래.”

처음 내가 루이스 자작을 우리 쪽으로 끌어들일 때 제시한 조건은 리나이트 상단이 자유롭게 무역하도록 도와준다는 거였다.

그 약속을 어기지는 않았다.

약속은 어기지 않았지만 난 머리를 설레설레 흔들며 다시 와인을 따랐다.

탁!

그런데 제노시아가 내 손을 잡았다.

“좀 과하게 마시는 것 같습니다.”

“아, 그런가?”

그리고 보니 머리가 좀 멍하다.

하긴 그들이 오기 전에 좀 독한 술을 마시고 있었다. 그러다가 도리스와 루이스 자작과 대화를 하기 위해 그 술을 물리고 가벼운 와인으로 바꾸기는 했지만 생각 이상으로 꽤 많이 마셔 버렸다.

아마 난 내 생각 이상으로 취하고 싶은 건지도 모르겠다.

제노시아는 내가 멍하니 말하자 작게 한숨을 내쉬더니 내 와인잔을 뺏어서 내 손에서 좀 떨어뜨려 두었다.

“제노시아.”

“아직 한낮입니다. 그리고 하실 일이 더 남으셨습니까?”

그래, 할 일은 빌어먹게도 많이 남아 있다.

난 머리를 흔들고 다시 정신을 집중했다.

아마 곧,

“도리스가 올 때가 되었는데…….”

도리스에게는 애초에 따로 할 말이 더 있다는 언질을 해두었다.

그러니 루이스 자작이 가고 나서 다시 날 찾아올 터였다.

내가 손으로 이마를 짚고 잠시 생각에 잠기니 집무실에 침묵이 내려앉았다.

"레비스."

"예."

난 내 앞에 앉은 사람을 물끄러미 바라보았다.

"내가 잘하고 있는 건가?"

"예?"

"아니네. 흘려듣게."

실소(失笑)를 머금을 수밖에 없었다.

실수다.

저런 말을 하다니.

후회란 있을 수 없는 법이거늘…….

"폐하, 도리스 켈 하네인 후작께서 찾아오셨습니다."

밖에서 고하는 목소리에 난 눈을 돌렸다.

"들어오라고 하게."

곧 문이 열리고 도리스가 다시 들어오며 우아하게 인사했다.

"무슨 일이시기에 저만 따로 보자고 하셨습니까?"

"이야기가 길어질 테니 일단 앉게."

"예."

도리스는 예쁘게 생긋 웃으며 앉았다.

"아까 루이스 자작에게 했던 말 기억하겠지?"

"물론입니다. 시간이 얼마나 지났다고 벌써 잊었겠습니까?"

음, 약간 독설이 섞인 기분인데?

"하네인 후작, 폐하께서……."

"혹시 라나이트 상단을 황가의 소유로 만드는 일 때문이십니까?"

레비스의 말을 중간에 잘라먹고 웃으며 날카롭게 말하는 도리스.

역시 날카로운걸.

난 싱긋이 웃었다.

"짐작하고 있었나?"

"예, 폐하께서 귀족들 간의 그런 문제를 일일이 신경 쓰신다는 건 이상한 문제이니 깊이 생각하지 않아도 알 수 있는 문제였습니다. 루이스 자작은 아무것도 눈치 채지 못한 모양이지만요."

좀 씁쓸한 미소와 함께 말하는 모습에 난 살짝 미간을 찡그렸다.

마치 도리스가 지금 날 책망하는 것 같은 기분이 들었다고나 할까? 사실은 전혀 아니라는 걸 알면서도 말이다.

그녀는 한마디 더 덧붙였다.

"어쩔 수 없다는 건 알지만 역시 씁쓸하군요."

도리스는 외교적인 분야에서 일하다 보니 정치적인 속셈을 읽는 눈이 밝았다.

그래서 내가 라나이트 상단을 루이스 자작에게서 뺏으려는 이유를 짐작할 수 있었던 모양이다.

"이유를 알고 있나?"

내 말에 도리스는 천천히 고개를 끄덕였다.

"현재로서도 그 상단은 많이 커졌지만 더 커지면 루이스 자작의 권력이 너무 강해지기 때문이 아닙니까?"

"그래."

나도 모르게 다시 와인잔으로 손이 가다가 제노시아가 못마땅하게 보는 걸 느끼고 다시 손을 거두었다.

지금 도리스를 끌어들이는 이유는 간단하다.

나중에 서류를 건넬 때 필요하기 때문.

되도록 비밀스럽게 진행할 것이다. 필요한 몇몇 사람에게만, 그것도 절대 신뢰할 만한 자들만 끌어들여 일할 생각이다.

이건 예민한 문제이니까.

적을 치는 일이 아니니까.

"저도 술 한잔 주시겠습니까?"

도리스의 말에 난 밖에 있을 시녀에게 술과 잔을 가져오게 시켰다.

"심란한가 보군."

"예, 일단 시에라 쪽이 아닌 저희 쪽 사람을 속이는 건데 기분 좋을 리 없지 않습니까?"

내 심정을 대변해 주는 것 같군.

시녀가 술을 두고 나갔다.

난 잔에 술을 채우며 말했다.

"도와줄 수 있겠지?"

"그게 제 일이니까요."

우리는 잔을 가볍게 부딪치며 술을 마셨다.

동지를—루이스 자작은 동지라고 할 수 있는 자가 아니기는 하지만—죽이려는 행위나 다를 바 없지만 어떤 사태에서든 난 내가 우선이다.

난 다시 술잔을 비웠다.

일단 루이스 자작에게 줄 그 문서는 거짓이 아니니까.

내 결혼식이 하루 남았을 무렵 아슬아슬하게 시르 공작이 다시 수도로 돌아왔다.

난 레비스를 제외한 대공작들을 불렀다.

"부른 이유는 간단하네."

바로 용건을 꺼냈다.

이 사람들과 잡담을 시작하면 끝이 나지 않기 때문에 빨리 해치워야 한다.

"대충은 짐작하고 있습니다."

시르 공작의 말에 난 피식 웃었다.

하지만 카난 공작은 아직 짐작이 가지 않는 듯,

"저도 알고 싶습니다만?"

"얼마 전에 카난 공작이 원했던 건데 모른다니 아쉽군."

"예?"

어리둥절해진 모양이다.

어쩐지 재미있다. 계속 하고 싶은걸?

하지만 오늘은 좀 바쁜 관계로.

"시르 공작은 한동안 속국의 일에 나설 필요없네. 더해서 루벤트 공작도 한동안 일이 없을 거라고 생각되네."

그 말에 루벤트 공작의 눈에서 빛이 난다.

"정말입니까?"

어지간히들 놀고 싶었나 보군.

"그래."

"덩달아서 저도 잠시 쉬는 겁니까?"

카난 공작도 환하게 웃으며 물었다.

"귀족들이 별문제를 만들지 않는다면 쉬어도 좋겠지."

내 말에 이제 모두의 마음은 다른 데로 가버린 듯하다.

기뻐서 날뛰는 꼬마들 같은걸.

"역시… 입니까?"

시르 공작만이 차분하게 웃고 있었다.

“그렇지.”

다들 지금은 조용히 있는 게 좋다.

밑에 녀석들이 괜히 나서지 못하도록 하려면 공작가 녀석들만 단속해서 조용히 있게 하면 되는 거니까. 카난 공작이나 루벤트 공작 모두 한동안 푹 쉬게 하는 거다.

“스라트 국의 내전.”

시르 공작이 낮게 속삭이듯이 말했다.

“후후훗, 그 내전은 아직 일어나지 않았는데…….”

스라트 국은 어쩌면 조만간 내란이 일어나게 될지도 모른다.

현재 대관식을 준비하고 있는 레이르 왕자는 2인자로서는 충분한 인물이지만 1인자가 되기는 부족한 인물이었다.

그러니 그에게 불만을 품은 무리들이 움직일 가능성이 컸다.

물론 레이르가 자신의 아버지에게 정상적으로 왕권을 물려받았다면 이렇게 내란이 일어날 것임을 확신하지 않겠지만 암수를 쓴 이상은 십중팔구 일어난다.

‘저 녀석도 그렇게 되었는데…’ 라는 걸까나?

사람의 심리는 복잡하면서 단순한 거니까.

어쨌든 그 내전이 일어나도 그냥 두기 위해서 다른 곳에서의 간섭을 최소화할 생각이다.

그런데 우리가 다른 나라에는 간섭하면서 스라트 국만 간섭하지 않는 것은 부자연스러운 일. 그래서 다른 속국이나 모든 것에 대한 간섭을 한동안 최소화할 생각이다.

시르 공작과 나의 말에 카난 공작도 짐작하는 듯했다.

“아아, 그자의 능력이 어느 정도냐에 따라 다르겠지만 5년 내에 일어날 가능성이 가장 높다고 생각해요.”

우리는 공범자의 미소를 지었다.

"일단은 뮤리아도 스라트 국과 연락하지 못하게 해두었네. 그대들도 스라트 국에 대한 간섭은 최소화해 주게."

난 싱긋 웃었다.

"알겠습니다."

흠, 이제 별로 할 말은 없군.

그렇다면……

"어디로 놀러 갈 생각인가?"

어디 있을 건지 파악해 두어야 혹시 일이 터졌을 때 불러내기가 편하지.

"오랜만에 스승님께 가볼 생각입니다."

"전 오랜만에 영지나 돌보러 갈 겁니다."

루벤트 공작과 카난 공작이 말했지만 시르 공작은 슬며시 웃으며 구경할 뿐이다.

"시르 공작은?"

"저야 갈 만한 곳이 없으니 계속 수도에 있을 겁니다."

"그래?"

그것참.

그래도 휴가라니 너무 부럽다.

나도 다 잊어버리고 어디론가 떠나봐?

"내일 결혼식 준비는 다 되셨습니까?"

윽, 왜 하필 그런 말을 하는 거지?

공작들과 얘기를 나눈 다음날 아침 눈을 뜨자 빌어먹게도 좋은 날씨가 느껴졌다.

"이런 날은 비라도 내려야 하는데……."

옷을 입으며 투덜거리자 제노시아가 작게 웃었다.

"하늘의 뜻이려니 하십시오."

"노력 중이야."

하늘을 노려보며 대꾸했다.

오늘은 그 뮤리아 공주와 나의 결혼식이다.

복잡한 절차 다 생략하고 간단한 서약 정도로 끝내고 싶지만 내 마음대로 되지 않는 일.

"폐하, 아리아 헤스던 들어갑니다."

이런 맑은 날을 만든 하늘을 욕하고 있는데 아리아가 들어왔다.

"어서 와."

"어머, 못 주무신 모양이네요? 혹시 결혼식 때문에 들떠서?"

정말 턱도 없는 소리를 하는군.

"아리아, 한 대 맞을래?"

내가 미간을 찌푸리자 아리아는 그래도 방긋방긋 웃는다.

정말이지…….

일단 방을 나서서 서재로 향했다.

오전에는 별로 할 일이 없다.

다만 오후가 지옥처럼 바쁠 뿐이지.

그래서 오전의 시간을 보내기 위해 노턴한테 오라고 했다.

내가 서재에 들어서자 벌써 노턴이 와 있었다.

"빨리 왔군."

"그럼 내가 얼마나 부지런한데… 라고 하고 싶지만 실은 성에서 밤을 새웠어."

"왜?"

정말 의문스러운 말이다.

왜 성에서 밤을 새운 거지?

노턴은 여길 지키는 기사도 아닌데 말야.

"도리스와 이야기를 좀 하다가 늦어졌는데 도리스도 나도 내일 할 일이 있어서 일찍 일어나야 했거든. 그래서 늦게 자는 것보다 그냥 여기서 밤을 새워 버린 거지."

"미련하기는."

해줄 말이 이것뿐이구나.

황당해하는 나에게 그는 히죽히죽댄다.

"오늘이 결혼식이군."

"그래."

내가 놀림받을 차례인가?

얼굴 가득 불쾌감을 표시했는데도 노턴은 굴하지 않았다.

"내가 그 기분을 알지. 결혼이란 스스로 무덤에 들어가는 행위라고나 할까? 나만 해도 결혼 전에는 무척 인기있었다고. 하지만 지금은 도리스가 신경을 곤두세우고 있으니……."

들을 필요도 없는 쓸데없는 말이로군.

"그 말 그대로 도리스에게 옮겨주지."

그 말에 노턴이 굳어버렸다.

"하하, 하하하… 그냥 해본 말이야. 결혼이란 얼마나 행복한 건데. 선택 잘한 거야."

아까와 말이 많이 다른데?

"도리스가 그렇게 무서워?"

내 말에 노턴은 살며시 몸을 떨더니 중얼거리기 시작했다.

"무서운 건 아냐. 결단코 그건 아니지만… 다른 여자와 대화하는 데 너무 민감하게 반응한다고나 할까? 하여간 그래."

"헤에, 심해?"

설마 뮤리아도 그렇게 되는 건 아니겠지?

내 질문에 노턴이 진저리를 치며 대답하려는데,

"어머? 남자가 다른 여자를 본다는 건 문제가 있으니까 날카롭게 반응하는 게 당연해요."

우리 중 유일한 여성인 아리아가 끼어들었다.

참고로 제국은 여성 상위이다.

남자가 바람을 피운다면 문제시 되는 건 당연했다.

하지만 이대로 아리아의 말에 당하기는 억울하니…

"그럼 여자가 다른 데 눈 돌리는 건?"

내가 토를 달자 아리아는 뭘 그런 걸 물어보느냐는 투로,

"어머, 무슨 말이세요? 멋지고 귀여운 남자가 있으면 잠시 눈이 움직이는 건 자연스럽고도 당연한 일이잖아요. 당연한 현상이죠. 굳이 바람이라고 할 것까지도 없죠."

라고 말했다.

이건 완전 남녀 차별이다.

"그런 게 어디 있어? 되면 둘 다 되는 거고 안 되면 둘 다 안 되는 거지."

제국은 정말 남녀 차별이 심하다니까.

이런 와중에 내가 황제 노릇을 하는 걸 보면 정말 신기하다니까.

나 혼자 망상에 빠져 있는데 산통 깨는 아리아의 말.

"어떻게 남자를 여자에 비교해요? 당연히 여자는 되는 거죠."

제국에서는 어지간한 일은 남자가 하면 불안하니 안 된다고 한다.

언젠가 이 관습 아닌 관습을 없애야 할 터인데…….

"집안의 계승권이 남자에게도 생겼다는 건 이제 평등을 의미하는 것 아닙니까?"

제노시아까지 이 쓸데없는 토론에 참여했다.

제노시아는 6대 황제―처음으로 남자이면서 황제의 자리에 오른 사람이다. 그 이전에는 모두 여성이고 그 후에도 대부분이 여성이다―의 등극 이후 법적으로 남자도 집안의 계승권이 생기지 않았냐는 말로 반론을 폈다.

"그렇긴 하죠. 하지만 남자가 집안의 가주가 되었을 때 그렇게 흥하는 가문이 별로 없던데요?"

그, 그건 편견이야.

남자라고 다들 따라주지 않으니까 그렇게 되는 거잖아.

"나도 남잔데 그런 말은……."

일단 힘닿는 대로 반론을 폈다.

남자인 내가 황제이니 '제국이 망한다' 는 말이냐고 하려는데 아리아는 내 말을 끊었다.

"폐하는 예외, 어디까지나 예외는 존재합니다."

당당한 아리아의 말.

아리아의 일장 연설이 시작되고 얼마 안 있어 남편을 찾으러 온 도리스까지 가세해서 연설을 시작했다.

우리는 그날 오전을 '어째서 여자가 남자보다 우월한가' 에 대한 설교를 들으면서 보냈다.

그래도 내가 반론을 펴면 난 남자라서 예외란다. 어디에나 예외는 존재하니 일일이 신경 쓰지 말고 들으라면서.

우리 나라는 어디까지나, 무슨 일이든지 황제는 예외라는 말을 많이 한다.

대표적인 문제가 첩을 들이는 문제이다. 남자 귀족이 부인을 둘 두면 그날로 '갈아 죽일 놈'이 되지만 황제는 괜찮다나?

내가 할 이 망할 결혼에서 유일한 위안은 내가 결혼할 상대인 뮤리아는 남성 우월주의—스라트 국이 남성 우월 국가이다—에 빠져 있으니 저런 말은 않을 거라는 거다.

아리아와 도리스의 일장 연설이 끝나자 벌써 점심때가 되어버렸다.

하고 싶었던 말이 엄청 쌓였었나 보다.

점심은 뮤리아 공주, 아니, 이제 황비가 될 여자와 함께하기로 했다.

어쨌든 황비가 되어 나의 옆에 있을 사람이니 친숙해져야 하는 게 좋을 것 같아서였다.

여전히 쭈뼛거리는 뮤리아와 함께 먹자니 나도 영 신경이 쓰인다.

앞으로 따로 먹어야겠다는 생각이 강하게 들었다.

매정한 게 아니라 난 편히 먹고 싶을 뿐이다.

식사 후 바로 내 방으로 가서 옷을 갈아입었다.

치렁치렁한 정식 예복으로 말이다.

정말 언젠가 이 옷을 불살라 버리든지 해야지(그런다고 안 입지는 않겠지만).

제노시아도 이번에는 검은색 바탕의 금색 배지가 있는 제복을 벗고 예복을 입었다. 그리고 그 역시 불편한지 영 표정이 신통치 않다.

그렇게 억지로 옷을 갈아입고 연회장으로 향했다.

피곤하다는 생각이 머리를 지배한다.

억지로 움직여 도착하니 머리가 아파온다.

아무래도 난 정말 그 공주와 결혼하기 싫은 모양이다.

사랑은 둘째 치고 호감이라는 단어도 넘어가고 첫째로 문화적인 차이가 심한 나라의 여자이니 서로 좀 힘들 거라는 생각이 든다. 서로 조금씩만 노력하면 큰 문제는 없겠지만.

과연 그 공주가 노력할지가 의문이다.

드디어 안으로 들어서니 뮤리아 공주가 보인다.

그 순간 정말 머리 속에는 별의별 생각이 다 들었다.

'내가 지금 이게 뭐 하는 건지. 일단 결혼은 했으니 상대를 행복하게 해주어야 할 텐데 가능하려나? 성년이 되었는데 황비가 없다고 대신들이 쪼지만 않았어도 절대 결혼 안 하는 건데.'

투덜대는 사이 대략적인 절차가 끝나고 나와 뮤리아는 마주 보고 섰다.

이게 제일 싫다.

일단은 내가 먼저 말을 해야 한다.

보통은 여성이 먼저 하지만 지금은 내가 황제고 뮤리아는 타국에서 온 여자이니까.

"나 앨리언 세레시아 펠 아스힌드는 그대를 나의 반려자로 맞이하여 영원을 함께할 것입니다."

정말 느끼한 말이다.

이런 말 만든 사람의 얼굴 한번 보고 싶을 정도로.

"나 뮤리아 에우레시아 페리넬 시아 스라트는 당신을 나의 반려자로 맞이하여 영원을 함께할 것입니다."

수줍은 표정의 뮤리아가 말을 마치자 루비너스의 신관이 나서서 축복해 준다.

"두 분이 함께 행복하시기를 바라겠습니다. 루비너스 여신님을 대신하여 두 분께 축복을……."

우리 나라는 국교가 없다.

그러니 꼭 신관이 주도하지 않아도 되지만 결혼만은 루비너스의 신관이 나선다.

달과 사랑의 여신인 루비너스의 축복을 받으며 결혼하면 행복하다는 말 때문이다.

나야 이런 말을 순 신전의 장삿속이라고 생각하지만 관례는 관례.

"감사합니다."

"감사합니다."

나와 뮤리아가 답하고 이제 결혼식은 끝이다.

아니, 하나가 더 남았다.

난 뮤리아와 함께 수도가 보이는 테라스 쪽으로 걸어갔다.

밖에는 많은 사람들이 서서 우리를 지켜보고 있었다.

여기서 선언하면 끝.

"나 앨리언과 뮤리아는 이 순간부터……."

말이 끝나자 바로 함성이 터진다.

제길.

밑에서는 함성이 나온다지만 난 속으로 욕을 하고 있다.

이딴 절차는 대체 누가 만든 거냐면서.

결혼식은 바로 파티로 이어졌다.

당연히 뮤리아 공주, 아니, 황비는 그 중심이 되었지만 제국 여성들의 질문에 쩔쩔매고 있는 것이 뻔히 보였다.

나? 난…….

"폐하, 신부를 저렇게 버려둬도 되겠습니까?"

갑자기 나타나서 비꼬듯 말하는 시르 공작.

"아, 시르 공작!"

좀 물러서서 결혼식 중에는 잠시 떨어져 있던 제노시아와 함께 뮤리아를 구경하고 있다가 나에게 말을 건 이를 돌아보았다.

"우리 제국에서 여성이 보호받아야 할 존재이던가?"

맞는 말이지. 다만 뮤리아가 제국의 여자가 아닌 게 다를 뿐.

이런 자리에서 내가 저 여자를 도와주지 않는다고 해서 흉이 될 건 전혀 없다.

오히려 도와주는 게 더 안 좋아 보인다.

"자리를 옮기지."

내 제의에 시르 공작은 고개를 끄덕이며 날 따라왔다.

디트레이와 함께 있던 아리아가 연회장을 벗어나는 날 발견하고 따라오려는 것을 손짓으로 만류하고―일단 아리아는 내 가디언이라서 어지간한 일에는 날 따라다녀야 한다―걸었다.

"제노시아님도 좀 피곤해 보이는군요,."

"그렇게 피곤하진 않지만… 역시 안 입던 옷을 입으니 피곤하군요."

제노시아는 껄끄러운 듯 자신의 옷을 만졌다.

난 시르 공작과 함께 내 서재로 향했다.

"후훗… 조용하군요."

"다들 파티에 정신이 팔려 있으니까."

그리고 잠시 침묵.

"시르 공작도 할 일이 없나 보군."

한참 만에 화제가 없어서 꺼낸 말에 시르 공작의 얼굴에는 평소의 은은한 미소가 싹 사라지고 차가운 무표정이 자리했다.

"……?"

내가 의아스러워하자 시르 공작은 불쾌함을 가득 담아서 말했다.

"기분 나쁜 사람을 봐서 도망온 겁니다."

"기분 나쁜 사람이라니?"

더 더욱 궁금하게 만든다.

"전남편입니다."

“아~”

그러고 보니 시르 공작은 이혼했지?

그 이유는 남편이 싫었다는 것만 말해서 잘 모르지만 시르 공작과 성격적으로 뭔가 안 맞는 사람 같았다.

“그래?”

“예.”

하하, 지금 생각났는데,

“나도 이혼할 가능성이 아주 높군.”

“그럴 겁니다. 우리는 지금 스라트 국에서 이상한 움직임을 보이기를 기다리고 있는데 정말로 우리 생각대로 된다면 지금 막 황비가 된 뮤리아는 쫓겨나겠지요. 그게 아니더라도 폐하께서 감싸주지 않는 한 여러 가지 가능성이 많다고 생각합니다.”

지금 시르 공작과 말하고 있는 건 곧 일어날 것 같아 보이는 스라트 국의 내란이 아니다.

그 내란에서 어떤 한쪽이 권력을 잡으면 연동되어 일어날 것으로 보이는 어떤 것—이래 봤자 반란(?)이지만—을 말하고 있는 것이다.

“후후… 그러길 바라는 건가?”

“그런 건 아닙니다만 일어나도 상관은 없지요.”

“그런가?”

나와 시르 공작은 한동안 웃음만 짓고 말이 없었다.

그리고,

“전 가봐야겠습니다, 카난이 기다릴 테니…….”

“그래.”

시르 공작과 함께 서재를 나왔다.

나도 언제까지나 서재에 있을 생각은 아니었다.

어쨌든 오늘은 초야(初夜)이니 혼자 두는 건 예의가 아니겠지.

벌써 시간은 자정이 지났다.

아마 뮤리아는 방에서 날 기다리고 있겠지.

난 역대 황비나 대공이 써왔고 지금은 나의 황비—뮤리아—가 쓰는 방으로 갔다.

제노시아를 힐끗 보자 싱긋 웃더니 물러났다.

난 심호흡을 하며 문을 열었다.

안에는 벌써 뮤리아가 와 있었다.

난 그녀에게 천천히 걸어갔다.

"하아, 벌써?"

"오히려 늦었지요."

결혼을 하고 10일쯤 지났을 때 갑자기 키나이가 불러서 나갔다 온 제노시아가 레이르 왕자의 등극 소식을 전해주었다.

"그렇단 말이지?"

"일단 왕이 없는 상태였으니 오래 자리를 비울 수 없어서 그런 것이라며 따로이 초대장을 보내왔습니다."

난 피식 웃었다.

혼자서 누구도 즐거워하지 않는 쇼를 하고 있는 레이르 왕자, 아니, 이제 스라트 국의 왕이 된 자를 생각하면서.

"그리고……."

제노시아가 머뭇거리며 뭔가 더 할 얘기가 있는 듯 내 눈치를 살폈다.

'응?'

난 고개를 들어 제노시아를 바라봤다.

아직도 남아 있었나?

"뮤리아 공… 황비의 어머니가 죽었습니다."

좀 걱정스러운 말이었다.

"죽어?"

순간 깜짝 놀랐다.

하지만 금방 이해가 되었다.

"자연사인가, 아니면……."

"키나이의 말로는 독살이라고 합니다. 그것도 전 스라트 왕을 죽인 것과 같은 독이라고 합니다."

"허어……."

역시 레이르 왕자의 짓이로군.

그 녀석도 참 조심성이 없군. 한 번 썼던 독을 또 쓰다니.

난 혀를 찼다.

나 같으면 절대로 다른 독을 썼을 거다(뭐, 독을 쓸 일도 없지만). 잘못하면 들킬 텐데—벌써 우리에게 들켰지만—그 정도의 조심성도 없다니.

아마 그 녀석은 뮤리아의 어머니가 권력을 잡을까 봐 죽였을 것이다.

뮤리아의 어머니 뒤에 있는 뮤리아.

그리고 그 뒤에 있는 제국의 황비라는 이름의 권력을 그 여자가 휘두를까 봐 자신이 독점하기 위해서 말이다.

한심한 집안 싸움이다.

하긴 나도 비슷할 정도로 한심한 집안 싸움을 하고 있다.

하지만 그들과 결정적으로 다른 건 나도, 시에라도 저 레이르처럼 멍청하지 않다는 거다.

그날 저녁 어머니의 사망 소식을 접한 뮤리아가 울며 스라트 국에 가 보겠노라고 하는 걸 말리느라 힘들었다며 도리스가 말해 주었다.

그리고 뮤리아는 그렇게 울다 지쳐 기절해 버렸다고.

정말 내 주변에서는 보기 드문 심약한 여자다.

스라트 국에서는 당연했을지 몰라도 여기서는 아니니 적당히 했으면 하는데.

못마땅하게 생각하고 있는데 도리스가,

"어쩔 수 없지요. 태어나서 지금까지 받아온 교육이 있지 않습니까. 한순간에 바뀌기는 힘들 겁니다."

라고 말했다.

어머니께서 돌아가셔서 슬퍼하는 마음은 알겠지만 너무 소란 피우지 말았으면 한다.

장례식 정도는 참석하게끔 보내주어야겠다는 생각이 든다.

난 어머니의 장례식—그것도 장례식이라 할 수 있다면—을 보지 못했으니까.

4강

특별한 여인

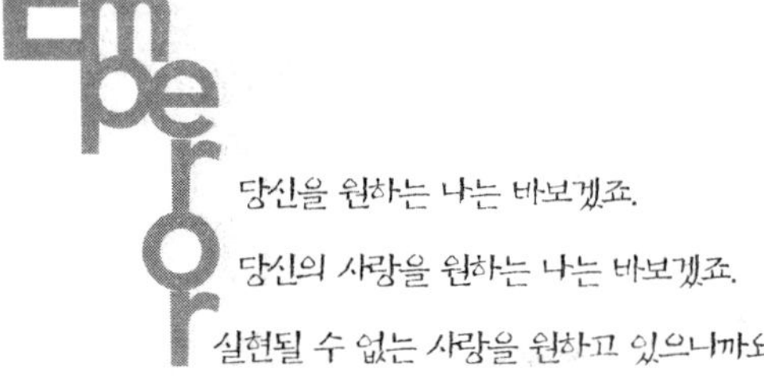

당신을 원하는 나는 바보겠죠.

당신의 사랑을 원하는 나는 바보겠죠.

실현될 수 없는 사랑을 원하고 있으니까요.

당신에게 머물러 있어달라고 하는 난 바보인 거죠.

하지만 당신에게 머물러달라고 하는 그런,

그렇게 바보 같은 말을 하고 맙니다.

그리고 그대가 빛이 되어 날 감싸는 걸 느끼려고 하죠.

시간, 그리고 시간의 반복, 나는 당신을 떠나겠다고 말했죠.

시간, 그리고 시간의 반복, 나는 떠나야겠지요.

떠나고 싶지 않겠지만 어쩔 수 없을 거예요.

다른 모든 것이 우리들의 결합을 원하지 않으니까요.

나도 알아요.

우리들의 결합이 잘못이라는 것을, 이건 잘못된 것이 틀림없죠.

이렇게 실현되어서는 안 될 사랑을 원하는 나는 바보겠죠.

하지만 당신만 있으면 그 어떤 빛을 가진 것보다 행복합니다.

오래된 연가(戀歌) 중 하나

피곤한 일상

내 결혼식이 있은 지 며칠이 지난 후에 아리아가 내게 인사하러 왔다.

내일 세레나의 순례 여행이 시작되니 한동안 못 볼 나에게 인사하러 온 것이다.

그래서 다시 한 번 당부의 말을 늘어놓았다.

"그래, 틈나는 대로 무슨 일이 있으면 보고하도록."

"알고 있습니다. 하지만 너무 걱정하지 마세요."

걱정이 돼!!

놀기 좋아하는 아리아까지 함께 가니 은근히 걱정이 더 된다.

실수야, 실수……. 왜 아리아와 가라고 했을꼬.

막상 떠날 날이 되자 별의별 걱정이 다 되면서 후회가 된다.

내가 의심의 눈초리로―정말 제대로 갔다 올 수 있는 거 맞아?―봤지만 들뜬 그녀는 전혀 눈치 채지 못한 모양이다.

"세레나님은 현명하시니까 걱정할 필요 없으실 겁니다."

계속 방긋거리며 웃는 아리아.

이왕 이렇게 된 거 나도 믿으면서 보내고 싶어.

"좀 수고해 줘."

"예."

내 예상보다 아리아는 여행이라는 것에 훨씬 들떠 있는 모양이다.

불안해…….

"참, 어제 세레나님을 만났어요."

아리아가 뜻밖의 말을 했다.

"언제?"

여기 와서 나도 만나지 않고 그냥 간 건가?

아리아는 날 안심시키려는 듯 미소 지으며 종이를 꺼냈다.

"여행 때문에 의논드릴 일이 있어 제가 찾아갔었는데 이걸 전해달라
셨습니다."

아리아가 불쑥 내민 것은 편지였다.

뭐야, 이건?

얼떨결에 받으면서도 못마땅한 표정을 지었다.

"편지?"

"예."

난 고개를 끄덕이고 그 편지를 책상 위에 올려두곤 아리아를 똑바로
처다보았다.

"다시 당부하는데 정기적인 보고 잊지 마. 한 번이라도 보고가 오지
않으면……."

"예, 한 번이라도 연락이 올 때 안 오면 바로 찾아서 데려오겠다는 말
씀 잘 들었습니다. 명심, 또 명심했습니다."

여러 번 말했더니 지겨운 모양이다.

아니면 빨리 떠나고 싶은 건지.

하지만 아리아와 세레나 둘이서 떠나는 건 불안해서 계속 잔소리를 하고 만다.

고개를 끄덕여 주고 작게 한숨을 쉬었다.

"잘 다녀와. 세레나에게도 몸조심하라고 하고."

"예, 다녀오겠습니다."

그 말을 마지막으로 절을 하고 나갔다.

"휴……."

말괄량이 둘이서만 여행을 가게 되었으니 정말 걱정된다.

하지만,

"'그림자'에서 보낸 사람도 따라가니……."

몰래 따라붙인 사람이 하나 더 있다.

그건 아리아도 모르는 일이다.

그러니 조금쯤은 안심해도 되겠지.

아리아야 처음 하는 여행에 세레나와 덩달아 흥분해 멋대로 할지 몰라도 '그림자'의 사람이 적당히 제어해 주겠지.

머리를 설레설레 흔들고 눈을 돌려 세레나의 편지를 보았다.

"제노시아, 무슨 내용일 거 같아?"

"안부 편지 아니겠습니까?"

당연하다는 듯 대답하는 제노시아.

훗, 넌 세레나를 그렇게 겪고도 아직 모르냐?

그럴 리가 없잖아.

대체 무슨 내용일지 걱정되는걸.

세레나가 편지를 쓴 건 처음이다.

하긴 지금까지 바로 옆에서 같이 지냈으니 편지 쓸 이유가 없기도 했

지만.

난 의자에 앉아 세레나의 편지를 펼쳤다.

제노시아도 편지 내용이 궁금한지 내 옆에 바짝 붙어 섰다.

오빠, 이제 한동안 못 보겠네?

나 너무 걱정하지 마. 이제 열다섯 살이나 되었는걸? 걱정할 거 전혀 없어(열다섯 살이면 아직 어려. 게다가 네 성격을 너무 잘 알아서 걱정되는 거야).

그리고~ 선물은 없을 거니까 기대하지 마. 호호홋(내가 너냐, 선물 기대하게?).

있지, 그날 살짝 오빠 신부 봤거든(언제 왔었지?)?

답답한 여자 같은데 오빠 너무 성질내지 말고(내가 어때서).

잘해줘. 이제 오빠만 바라보고 살 여자잖아.

사랑해, 오빠…….

언제까지나 행복해.

느낌이 이상한 편지다.

마치 영원히 만나지 못할 사람처럼 편지를 쓰다니.

대체 뭘 말하고 싶었던 걸까?

아무 생각 없이 그저 쓴 건가?

아니면… 내 결혼이 탐탁지 않은 건가?

머리 아프군.

신은 믿지 않지만,

무능력하기 그지없는 신 따위는 믿지 않지만,

네가 신관이니 너의 신에게 기도하마.

네가 무사히 돌아오기를……

고개를 뒤로 넘겨 창문 밖의 하늘을 보고 한숨 한 번.

그리고 다시 고개를 돌려 눈앞을 한 번 보고.

"폐하……."

옆에서 제노시아가 한심하다는 어조로 날 부르는 소리가 들린다.

"하아……"

그리고 다시 한숨 한 번.

"그만 좀 하세요."

마침 와 잇'던 도리스까지 한마디 한다.

하지만…….

"심심해……."

그렇다.

오늘은 어쩐 일인지 할 일이 지겹도록 없다.

게다가 이럴 때 나랑 놀아주던 아리아도 세레나를 따라가고 없다.

심심해 죽겠다.

"적당히 하세요. 정 심심하시면 황비에게라도 가보시면 어때요?"

"내가 거길 왜 가?"

날 보자마자 쭈뼛거리면서 눈치만 봐 신경질나게 만들 텐데.

거북해서 만나고 싶지가 않다.

내 말에 도리스는 한심하다는 표정이었다.

"결혼한 지 한 달이나 지났는데 지금까지 다섯 번 정도밖에 안 만나셨지요?"

어라라? 그건 어떻게 알지?

"뮤리아… 황비께서 말씀해 주시더군요. 잘 찾지 않으신다고."

"그럴 수도 있는 거지."

나도 불만이 많다 이거야.

난 제국에서 자랐다고.

'여자가 말이야, 성격이 그러면 안 되지.'

이런 걸 보면 나도 편견에 사로잡힌 인간 같다.

제국의 여성만 보다가 뮤리아 같은 사람을 상대하려니 엄청나게 피곤하다.

"문화의 차이로군요."

내 상태를 정확히 파악한 도리스의 말이었다.

아주 즐거운 모양이다.

"뭐, 그런 거지."

사실이 그렇다.

스라트 국은 남성 우월주의, 우리는 여성 우월주의. 차이가 심하다.

그런 문화 속에서 자랐는데 갑자기 내가 먼저 나서기는 힘든 거 아닐까?

'머리 아파.'

차라리 뮤리아가 좀 활달한 성격이면 덜할 텐데 워낙 내성적이고 소심해서 죽을 맛이다.

이렇게 머리 아픈 문제일 줄 알았으면 정치에 좀 간섭하더라도 제국의 여성과 결혼하는 건데 후회막급이다.

그래도 황비라고 아예 신경을 끊어버릴 수도 없으니 골치 아픈 문제일 뿐이다.

"그렇지 않아도 요즘 황비께 제국의 문화나 관습에 대해 가르쳐 드리고 있습니다."

도리스가 방긋 웃는다.

마음에 안 들어.

"그렇다고 바뀔까?"

"없겠죠."

암담하군.

뮤리아가 계속 제국에 적응하지 못한다면 힘든 건 나다.

대책을 강구해야 해.

안 그러면 내가 죽을 거 같애.

"뭐, 그럼 오랜만에 황비를 만나러 가볼까?"

"어머? 정말이십니까?"

도리스가 깜짝 놀라 반문한다.

날 놀리느라 '한번 이야기해 보라'는 식의 말을 하긴 했지만 내가 정말 나설 줄은 몰랐나 보다.

"할 일도 없고… 심심하니까."

사실 할 일은 몇 가지 있지만 다 시간을 기다려야 하는 일들이다.

심심하다고 앞당겨 해치울 수는 없지 않은가?

뮤리아와 꽤 친해진 도리스와 함께 황비의 처소로 향했다.

그렇게 도리스와 함께 오랜만에 황비를 만나러 갔더니 역시나 그녀는 날 보자마자 화들짝 놀라 신하마냥 허리를 숙여 인사한다.

정말 보기 안 좋다.

뭘 그리 놀라는 걸까?

내가 못 올 곳을 온 것도 아닌데.

내가 불쾌해하고 있다는 걸 눈치 챘는지 뒤에 있던 스라트 국에서 뮤리아를 따라온 시녀들도 동요하기 시작했다.

반면 스라트 국에서 온 시녀가 아닌, 내가 붙여준 시녀들은 좀 과장하면 뭘 그리 사소한 데―황성에서 내가 돌아다니는 건 이상한 일이 전혀 아니니까―일일이 신경 쓰냐는 듯한 태도였다. 물론 공손하게 인사는 했

지만.

이게 결정적인 차이이다.

언제 어디서고 당당한 제국의 여성과 시선 한 번에 움츠러드는 스라트 국의 여성.

제국의 여성들은 자기 직업에 당당하다. 그 직업이 시녀일지라도 말이다. 자신의 능력에 따라 직업을 선택한 거니 웃으며 일하는 것이다.

그러니 자신이 잘못한 게 없으면 당당한 태도를 보인다.

물론 시녀이니 공손한 태도를 보이기는 하지만 스라트 국의 시녀들처럼 자신을 저렇게까지 낮추려고 노력하지는 않는다.

그래서 나도 편히 대할 수 있다.

그런데 여기 오면 일일이 내 손짓 하나, 눈짓 하나에 신경을 곤두세우며 흠칫거리고 겁먹으니 피곤할 수밖에.

솔직히 나라마다 문화적인 차이가 있으니 서로 이해하기 힘들 거라는 생각은 했었다.

하지만 저 여자의 성격이 내성적이라는 건 알았지만 저 정도인 줄 알았더라면 결혼을 재고해 봤을지도 모른다.

다른 스라트 국의 여자들도 저 정도는 아니란 말야.

시녀가 내온 차를—내가 붙여준 시녀. 스라트 국에서 온 여자들은 내 근처에도 안 오려고 한다. 내가 그렇게 무서운가?—한 모금 마셨다.

"어떻게 지내시오?"

"예, 염려해 주신 덕분에 잘 지내고 있습니다."

판에 박은 듯한, 예절 교본에 나올 법한 말로 답하는 뮤리아.

그리고 내가 언제 염려했단 말인가?

난 더 이상 뮤리아와 대화를 이끌어가지 못하겠다고 생각하고 도리스에게 도움을 요청하는 눈빛을 보냈다.

"황비님, 제가 어제 말씀드리지 않았습니까."

도리스의 연기력은 정말 대단하다.

여린 표정으로 걱정스럽다는 듯이 말하자 뮤리아는 살짝 움찔하더니 난처한 기색을 띠었다.

"하지만……."

"제국에서는 사석에서 남성이 대화를 이끌어 나가는 법은 거의 없습니다."

맞는 말이다.

대부분 여자들이 주체가 되지.

"전……."

"뭐, 다르게 자랐으니 어쩔 수 없겠지."

내 말에 다시 움찔.

이거야 원.

난 고개를 돌려 뮤리아의 뒤에 서 있는 시녀에게 눈길을 주었다.

"와인을 좀 가져오겠나?"

난 술을 즐기는 편으로 와인 정도는 거의 매일 조금씩 마시고 있다.

지금이야 저 뮤리아와 대화하기 위해서 마시려는 거지만.

"낮부터 술은 좋지 않으니 간단한 과즙 음료를 올리겠습니다."

시녀는 내 의견을 싹 무시하고 가버렸다.

당연히 점심때가 막 지난 지금부터 술을 달라는 건 안 될 말이었지만 겨우 와인인데.

시녀가 내 의견을 싹 거부하고 가면서 작게 중얼거리는 소리가 들렸다.

"황비님께서도 계시니……."

그 뒷말을 흐렸지만 충분히 알 수 있었다.

눈앞에는 벌써부터 겁에 질린 뮤리아가 있었으니까.

쳇, 시녀들도 저렇게 자기 의견을 당당히 말하는데 황비라는 자가 꼴이 뭐람.

물론 방금 그 시녀는 제멋대로 군 거라기보다 지금까지의 노하우로 황비 앞에서 술은 좋지 않다고 생각해서 한 말이다.

곧 아까 그 시녀가 여러 과즙을 섞은 음료를 가져왔다.

투덜거리긴 했지만 단 건 좋아하는지라 한 모금 마셨는데.

'어?'

과일 술이었다.

아마 직접적으로 술을 가져다 주면 뮤리아가 더 겁을 먹을 테니 이런 식으로 한 모양이다.

내가 다시 그 시녀에게 눈을 돌리자 그녀는 생긋이 웃었다.

나도 빙긋 웃음으로 답해주었다.

이거, 고마운걸.

그녀들은 정말 알아서 눈치껏 잘 행동한다.

다시 한 모금을 기분 좋게 마시자 도리스와 제노시아도 지금 내가 마시는 게 뭔지 눈치 챈 모양이다.

"과하게 마시지는 마십시오."

제노시아가 나에게만 들릴 정도로 작은 소리로 주의를 주었다.

난 살짝 고개를 끄덕이고 뮤리아를 보았다.

"뮤리아—이렇게 부르기로 합의했다. 당사자야 협박받은 것마냥 벌벌 떨었지만—공부는 잘 되어가시오?"

뮤리아는 도리스에게 몰래 제국의 문화라든지 관습을 배우고 있었고 겉으로도 정치와 외교적인 걸 배우고 있었다.

아무리 내가 정치에 참여시키지 않겠다고는 했으나 황비인 이상 아주

무관할 수는 없기 때문에 도리스를 통해서 배우게 했다.

"열심히 하고 있습니다."

그래서 진전이 있단 말이야 없단 말이야?

어느 것 하나 확실히 대답하는 게 없는 여자다.

확답을 위해 도리스를 보니 그녀는 미소 지으면서,

"뮤리아님은 어두운 이야기보다 밝은 것을 좋아하시더군요."

한마디로 정치적인 부분은 영 못한다는 말이로군.

뮤리아가 정치적인 데 약한 것이 다행인지 불행인지는 두고 봐야겠지.

"그래?"

"예."

우리 말이 암호 같다고 생각했는지 뮤리아의 눈이 내 앞에서 처음으로 호기심으로 빛났다.

겁에 질린 것보다 훨씬 낫군.

저 여자는 담력을 좀 키워야 해.

"그럼 어떤 걸 즐기는지?"

"시나 자수를 즐기시더군요."

도리스의 말에 난 순간 황당해했다.

하지만 곧 그녀가 우리 나라의 여성이 아님을 상기하며 진정했다.

스라트 국에서야 당연한 여성의 취미겠지만 우리에게는 거의 보기 드문 취미니까. 제국의 여성들 대부분은 취미로 검술이나 창술 같은 것을 배우거나 친구들과 몬스터 사냥을 즐기는 것을 생각하면 말 그대로 '특이하다'고 할 수 있는 취미다.

"그것참……."

내 반응에 뮤리아는 살짝 얼굴을 붉히며 고개를 숙였다.

나쁜 의미로 해석한 것 같지는 않군.

대화도 안 되는 대화를 나누며 술을 마시고 나서 난 자리에서 일어났다.

오래 있어봤자 나만 피곤하니까.

그날 오후에 세레나를 따라간 아리아에게서 편지가 왔다.

여행은 아직까지 순조롭습니다.
다만 세레나님께서 너무 명랑하셔서 이 일 저 일에 참견하시는 게 힘들달까요.
오늘 중으로 국경을 벗어나 대륙의 일부를 도신다고 합니다.
물론 에이윈 국에 있는 레일레나의 교황청에는 반드시 들르셔서 오래 머무실 것 같습니다.
에이윈에서 여행의 대부분을 보낸다고 합니다.
세레나님의 여행 일정으로 보건대 아마도 겨울에도 여행을 계속하게 될 듯싶습니다.
늦으면 겨울이 지나고 늦은 봄에나 여행이 끝날 것 같아요.

참, 디트레이한테 사랑한다고 전해주세요.

참 멋진 편지로군.
애인한테는 따로 편지를 보낼 것이지 왜 나한테 여행 경로 보고하면서 같이 적어놓은 거야?
정말 질리는 커플이다.
아니지.
디트레이한테 이거 보여주면서 놀릴까?

좋은 생각이다.

한동안 무척 심심했는데 할 일이 생겼구나.

정무 회의가 열렸다.

매일 하는 회의지만 오늘은 좀 특별하다고 할까?

회의의 막바지에 가장 중요한 말이 오갔다.

"그럼 리나이트 상단은 국가의 소속이 되는 겁니까?"

루이스 자작이 정식으로 리나이트 상단을 바친다는 말을 보내온 것이다.

"예, 정확히는 폐하의 것이 됩니다."

레비스가 정정했지만 그게 그 말이다.

황실의 것은 곧 나의 것이니.

"그럼 이 문제는 여기서 끝난 것이오."

여기서 회의는 끝.

그리고 난 집무실에서 루이스 자작을 기다렸다.

"어서 오게."

"예, 폐하. 오랜만에 뵙습니다."

인사를 나눈 후 일단 사적인 대화를 잠시 나누었다.

"황비님과 사이가 좋지 않으신 듯합니다."

조금 긴장한 기색을 보이고 있는 루이스 자작.

"문화의 차이라는 벽이 높고도 두텁거든."

내 말에 루이스 자작은 긴장을 버리고 편히 미소 지었다.

"당연하다면 당연한 일입니다."

"그러는 루이스 자작도 타국의 남자와 결혼하지 않았었나?"

"저도 결혼 초에는 폐하와 비슷했습니다."

　그러면서 한동안 현재의 근황 따위 같은 쓸데없는 대화를 나누고 있는데 내 지시대로 루이스 자작이 들어온 것보다 조금 늦게 시르 공작과 도리스가 들어왔다.

"늦었군."

"죄송합니다."

시르 공작과 도리스가 자리에 앉고 나서 난 그들을 죽 둘러보았다.

그리고 제노시아에게 미리 작성해 둔 서류를 가져오게 했다.

시르 공작과 도리스가 올 때까지 기다린 이유는 이런 류의 문서가 상대에게 건네질 때는 '증인'이라는 게 필요하기 때문이었다.

나중에 딴소리 못하도록 증인과 함께 있는 것이다.

하지만 지금 경우는 좀 다르다.

나중에 내가 문서를 주었음을 증명할 자들이 아니라…….

"여기 있네."

제노시아에게 문서를 받아 루이스 자작에게 내밀었다.

"예…….”

루이스 자작은 신중하게 눈을 빛내며 차근차근 읽어 나갔다.

저 문서는 황제의 명령을 전달할 때나 이런 류의 거래를 할 때만 쓰이는 종이에 쓴 것이었다.

황제의 친서라는 것을 나타내기 위해 다른 곳에서 흉내 내어 거짓 문서를 만들지 못하도록 특수한 종이를 쓰는 것이다.

특수 재질로 만들어져 있기 때문에 사본을 만드는 것이 불가능한 종이이다. 물론 다른 종이에 옮겨 쓰는 것이 불가능하다는 말이 아니다.

종이에 쓰여진 내용을 따로 옮겨 써서 사본을 만들 수는 있지만 그렇게 만들어진 사본은 전혀 효력이 없다.

뭐, 그런 문서가 있다는 것 정도는 증명할 수 있을 것이다. 하지만 본 문서가 없으면 그 사본이 있어도 그것이 가짜이며 거짓이라고 해버려도 정말 사본인지, 아니면 말 그대로 거짓인지에 대한 조사가 이루어지지 않을 정도로 종잇조각 취급을 받는다.

지금 루이스 자작에게 건넨 문서의 요점은 이것.

'리나이트 상단의 소유주는 루이스 자작임을 증명한다' 는 것.

루이스 자작이 문서를 읽는 동안 난 여유를 가지고 의자에 기댔다.

그리고 제노시아에게 밖에 있는 시종에게 술을 가져오게 하라고 했다.

제노시아는 최근 술이 급격하게 늘어버린 날 걱정하는 듯했지만 별말 없이 말을 전했고 루이스 자작이 그 종잇조각을 다 읽었을 무렵 시종이 술을 가져왔다.

"한잔하지."

웃으며 술을 권했다.

시르 공작도, 도리스도 다 술잔을 잡았는데 루이스 자작은 난처한 표정이다.

"왜 그러지?"

루이스 자작은 술을 마실 줄 아는데 왠일이지?

의아해져서 묻자 그녀는 난처한 미소를 지으며

"저… 그러니까… 불쾌하게 들리실지 모르지만……."

내 눈치를 살핀다.

난 계속 말하라는 뜻으로 고개를 끄덕여 주었다. 루이스 자작은 어렵게 입을 열었다.

"거래나… 계약 같은 '일' 을 하는 중에는 술을 마시지 않습니다."

후후후, 뼛속까지 상인인 사람이군.

나야 저런 말을 해도 상관없이 넘어가겠지만 지금은 시기가 좋지 않아, 루이스 자작.

그녀는 상인이라기에는 운이 좀 안 좋은 사람인 모양이다.

아무거나 꼬투리 잡을 만한 게 걸리길 기다리고 있었는데 바로 걸려주니 말이다.

"조금 무례하지 않소?"

멍하니 미소 짓고 있지만 무표정이라고 느껴지는 표정을 한 시르 공작의 말에 루이스 자작이 당황해한다.

"난 괜찮네."

지금은 나까지 공격할 수 없다.

난 당황한 듯한 모습을 보이며 말했지만,

"제가 안 괜찮습니다."

시르 공작은 내 말을 무시하고 차갑게 말하며 루이스 자작을 차가운 눈으로 보았다.

"죄송합니다."

"죄송? 말이란 뱉고 나면 그 후 어떤 것으로도 씻기 힘든 것이오. 아무리 폐하께서 그런 사소한 데엔 신경 쓰지 않으시고 다 포용해 주신다지만 그대의 지금 태도는 폐하를 한낱 장사치들과 동일하다고 말한 거나 다름없소."

말 한번 길게 하는군.

평소에 저렇게 말을 많이 하는 사람이 아닌데.

난 속으로 재미있어하며 구경했다. 물론 겉으로는 난처한 듯한 연기를 했지만.

루이스 자작이 아무 말도 못하자 시르 공작은 한발 더 나선다.

"한낱 장사치를 귀족이라 해주니 보이는 것이 없나 보군."

그 말에 루이스 자작의 얼굴이 벌겋게 달아오르면서 당황하기 시작했다. 당황하고 있기는 하지만 속에는 분노도 깔려 있으리라.

그래도 6대 세력가 중 하나인 자신을 쓸모없는 장사꾼 취급을 하고 있으니까.

차마 내 앞에서 싸울 수는 없으니 참고 있는 거겠지.

"그대는 입이 없는가?"

시르 공작이 지금 일부러 저렇게 강하게 나가고 있다는 건 안다.

그렇기에 옆의 도리스도 별말없는 거고.

루이스 자작만 불쌍하군.

"그쯤 하게."

내가 미간을 일그러뜨리며 말하자 시르 공작은 연출된 표정으로,

"알겠습니다."

라고 순종했다.

물론 얼굴에는 연출된 못마땅한 표정을 지으면서.

후우… 정말이지…….

너무 즐기는 거 아냐?

"루이스 자작, 문서에는 이상없겠지?"

"아, 예."

루이스 자작이 겁을 먹고 움찔거리고 있었다.

시르 공작은 정말 무서운 사람이라니까.

"그럼 저와 시르 공작께서 증인입니다. 분명 루이스 자작에게 문서가 건네졌습니다."

도리스는 주변 분위기에 전혀 상관없이 방긋 웃으면서 말했다.

그럼 일은 끝이로군.

"그럼 건배하지."

술잔을 들며 말했다.

술잔을 비운 후 난 다시 그들을 둘러보았다.

"보아하니 루이스 자작은 오래 있지 못하겠군."

장사치가 자신의 상단이 좌지우지될 만한 중요 문서를 안고 밖에 오래 있을 리가 없다. 빨리 돌아가겠지.

루이스 자작은 내 생각대로 대답했다.

"예."

"그럼 오늘 일은 여기까지이니 가봐도 좋아. 하지만 도리스와 시르 공작은 같이 술 좀 마셨으면 하는데……."

"전 좋습니다."

도리스가 밝게 말하자 시르 공작도 찬성의 뜻을 표했다.

루이스 자작은 완전 기면서,

"죄송합니다, 폐하. 이만 물러가겠습니다."

"그래, 가시게."

인사한 후 나갔다.

루이스 자작이 나간 후 제노시아까지 앉고 한동안 말없이 술을 들었다. 루이스 자작이 이 집무실에서 좀 멀어질 정도의 시간 동안 아무도 말이 없었다.

그리고…

"시르 공작, 고맙네."

내가 웃으며 감사 표시를 하자 시르 공작이 미미하게 표정을 바꾸었다.

"괜찮습니다. 전 악당 역을 좋아합니다."

즐거운 듯한 표정.

이 일이 재미있는 건가?

도리스도 생긋 웃었다.

"호호호… 잘 먹혀드는 것 같습니다."

시르 공작이 루이스 자작에게 화낸 것은 일종의 연출이다.

지금 내가 루이스 자작에게 리나이트 상단의 주인임을 약속하는 문서를 주었지만 그건 문서로 서약된 것이다.

꼭 지켜야 할 피의 맹세도 아니거니와—이런 일에 피의 맹세를 할 사람은 없지만—마법적인 구속력을 가진 서약도 아니다.

이 계약은 만약 그 문서가 없어지거나 하면 효력이 없어지는 것이다.

이쯤 되면 내 속셈은 거의 다 말한 거다.

난 때를 보아서 지금 루이스 자작에게 준 그 문서를 없애 버릴 작정이다.

나에게 있어서 루이스 자작이 계속 리나이트 상단을 소유하고 있다는 건 별로 환영할 만한 일이 아니니까.

물론 이건 시르 공작과 도리스도 알고 있다.

그래서 일부러 이들을 증인으로 세운 것이고.

나중에 그 문서가 없어지고 루이스 자작이 나에게 와서 한탄하면 난 모른 척 잡아뗄 것이고 시르 공작과 도리스도 그런 일 없었노라 딱 잘라 말하면 끝이다.

이걸로 이 상단에 대한 모든 일은 끝나는 건 아니지만 루이스 자작이 상단과 전혀 관련없다는 말이 되게 만들 수 있다.

우스운 일 아닌가.

보통이라면 절대 속지 않을 그런 간단한 트릭에 속아 넘어가다니.

하지만 그건 그만큼 날 믿고 있다는 뜻이어서 속이 쓰리다.

난 루이스 자작을 배신… 해야 하니까.

시르 공작이 오늘 루이스 자작에게 날카롭게 대한 것도 만약의 경우를 대비해서이다.

"내 일을 덮어써야 할 텐데 각오는 됐어?"

“물론입니다. 재미있는 일일 테니 끼워달라고 한 건 접니다.”

시르 공작이 즐거움이 가득 찬 어조로 말했다.

만약에, 만약의 경우 루이스가 그 문서가 없어지고 내가 그런 태도—그런 문서를 준 적 없었노라 말할 때—를 보일 때 그녀가 화를 내는 대상을 나에게서 멀어지게 하려는 것이다.

한마디로 모든 것이 시르 공작이 조종한 일처럼 보이게 하기 위한 연막이다.

그래서 일부러 시르 공작이 루이스 자작을 싫어한다는—실제로도 별로 좋아하지는 않는다—태도를 보이고 내가 시르 공작에게 약간 휘둘리는 듯한 모습을 연출한 것이다.

그런 이유로 일부러 시르 공작이 마구 말하는 걸 말리지 못하는 척한 거다.

하지만,

“생각보다 말을 좀 험하게 하는 것 같던데?”

“말씀드렸지 않습니까? 전 악당 역을 좋아합니다.”

하하… 역시 즐긴 건가?

시르 공작의 말에 피식 웃을 수밖에 없었다.

“저희의 계획대로 성공했기는 하지만 역시 기분은 썩 좋지 않군요.”

옆에서 도리스가 가볍게 한숨을 쉬었다.

그건 나도 마찬가지이다.

기분 나쁜 공기가 가득 찬 정치판에서 날 믿고 있는 자를 이용한다는 건 어지간히 썩은 자가 아니라면 기분 좋을 리 없다.

“그래서 술을 가져오지 않았나.”

“그렇군요.”

도리스도 웃었다.

그리고 우리는 잔을 들었다.

"…행복을 위해……."

시르 공작이 혼잣말처럼 중얼거리며 건배했다.

우리는 씁쓸한 미소를 지으며 술을 마셨다.

성공해도 기분 좋지 않고 실패하면 더 더욱 기분 좋지 않을 일을 하고 있는 중이었다.

그렇게 시르 공작과 도리스와 엄청나게 마신 뒤 그녀들이 술에 취한 것 같노라며 간 후에도 일하기 싫은 마음에 또 마셨다.

물론 취하지는 않았었다.

난 술을 즐기는 편이라 꽤 마실 줄 안다.

하지만 그런 내 생각에도 좀 과하다 싶을 정도의 술을 마셨다.

그리고 난 전날 먹은 술에 대한 대가를 치르고 있었다.

"머리 아파……."

그렇게 술을 많이 마셨어도 숙취에 시달린 적은 없는데 역시 어제는 좀 과했나 보다.

머리를 붙잡고 신음하는 날 제노시아가 '그러면 그렇지' 하는 표정으로 보고 있었다.

"약이라도 가져올까요?"

"괜찮아."

웅얼거리듯 말하면서 침대에서 굼실굼실 내려왔다.

아아, 정말 죽을 거 같아.

앞으로는 적당히 마셔야지.

"어제는 심하셨습니다. 독하다는 술로 열다섯 병도 넘게 드셨으니…….”

“그렇게나 마셨었나?”

신기록 수립이로군.

자축해야 하나?

멍하니 생각하고 있는데 제노시아가 한숨을 쉬며 내 등에 손을 댔다.

그리고 약간의 마나를 불어넣어 주었다.

이건 응급 처치랄까, 하여간 몸이 좋아졌다.

“고마워.”

“앞으로는 적당히 하십시오.”

“노력할게.”

억지웃음을 보이며 자리에서 일어났다.

그리고 쭉 기지개를 켜고 창밖을 보았다.

여전히 푸른 하늘.

그리고 떠다니는 흰 구름.

둥실둥실…….

‘구름이나 타고 다니면 재미있겠다.’

는 생각이 갑자기 들어 너무 황당하고 터무니없는 생각에 어이없어 피식 웃었다. 그리고 다시 하늘을 올려다보았다.

여기서 갑자기 생각난 것 하나.

“제노시아.”

“예?”

“나 오랜 시간 뒤에 황제 자리에서 물러나고 나면 여행이나 떠나볼까?”

그 말에 제노시아는 부드럽게 웃었다.

그리고는,

"좋겠지요. 하지만 그렇게 먼 미래보다 급한 일이 있으실 텐데요?"

"그렇지."

난 미소 지었다.

오랜만에 기분이 상쾌했다.

물론 머리는 아직도 좀 아프지만……

오후가 되니 두통도 가라앉았다.

게다가 할 일도 없고―요즘엔 별로 일이 없다―오랜만에 기분이 너무 좋아서 정원에서 노래를 흥얼거렸다.

모래가 흐른다.

심연 속에 서 있는 창제신의 아름다운 손에서 몽환의 모래가 흐른다.

창세로부터 종말까지 영원의 시간을 새기는 모래.

우리보다 아득한 시간을 누리는 모든 자들도,

창세(創世) 속의 한 줌 모래에 지나지 않는다.

우리의 날개는 언젠가 아름다운 무의 세계로 돌아가리.

하늘의 빛은 모든 생명,

그 장엄한 슬픔과 아름다운 고독을 찬미하라.

하늘의 빛은 모두 별,

그 장엄한 고독을 노래하자.

정해진 시간 속에 당신이 살아온 흔적만이 영원할 터이니……

예전 언제 들었는지는 잘 기억나지 않는 노래다. 그리고 얼마 전에 세레나가 부르기도 했던 노래를 흥얼거리고 있는데 내가 앉아 있는 곳의 한쪽에서 누군가가 오고 있는 모양이다.

제노시아가 경계하는 걸로 봐서 말이다.

하지만 적은 아닌 것 같았다.

"풋, 너무 신경 쓰지 마."

라고 말했을 때 제노시아가 보고 있는 쪽에서 금발의 꽤 예쁘게 생긴 여자 한 명이 걸어나왔다.

"어, 어라……?"

그 여인은 무척 당황한 모양이었다.

"왜 그러지?"

"저기… 노랫소리가 들려서…….."

아마 내 노랫소리에 이끌려 온 모양이었다.

"이곳은 황제의 정원이다. 함부로 들어오지 못하게 했을 텐데."

제노시아는 오랜만의 내 휴식과 즐거운 기분을 방해한 여자에게 화를 냈다.

여자는 제노시아의 말에 더욱 당황했다.

"죄송합니다. 그저… 정원이 너무 예뻐서…….."

"그건 변명이 될 수 없다!"

냉정한 말.

평소의 나라면 말리지 않았겠지만,

"됐어."

오늘은 기분이 너무 좋으니까.

내 말에 일단 물러선 제노시아.

난 그녀를 올려다보았다.

난 앉아 있고 그녀는 서 있었기 때문에 당연한 자세였다.

"앉지 그래? 목 아파."

"예? 예, 주, 죽을죄를……."

깜짝 놀라며 엎드려서 죄를 빈다.

하긴 황족을 내려다보는 건 중죄다.

"됐어. 이름이 뭐지?"

"실비아 더스튼이라고 합니다."

내 말에 그녀는 엎드린 그대로 이름을 말했다.

그런데 아마 태도나 지금까지 말한 걸로 보건대…….

"그대는 이 나라 사람이 아닌 모양이군?"

성에 있는 시녀들은 내가 가끔 정원에서 노래를 흥얼거린다는 걸 거의 알고 있다.

그런데 그 노랫소리에 와봤다는 건 그걸 모르고 있었던 사람이라는 뜻.

"예, 전 뮤리아 황비님을 모시기 위해 스라트 국에서 왔습니다."

역시 내 예상이 맞아떨어졌다.

어쩐지 웃음이 나왔다.

이 정원이 아니라 다른 데서—서재 같은 곳들—노래를 부르면 제국의 시녀들은 듣고 싶으면 그냥 방해하지 않게 주의하며 다가와 앉아서 듣는다.

내가 그런 데 신경을 안 쓰는 탓도 있고 혼내지 않는다는 걸 잘 알기 때문이다.

그런데 스라트 국의 사람들은 왜 이렇게 저자세인 걸까?

"일어나. 피곤해."

"예?"

실비아는 의아한 모양이다.

난 피식 웃으며 말했다.

"내가 가끔 여기서나 다른 데서 노래 부르는 거 다른 시녀들은 다 알아. 그리고 가끔은 그냥 앉아서 듣고 있을 때도 있고."

실비아는 내 말의 의도를 모르는 모양이지만 제노시아는 알아들은 것 같다.

"한마디로 네가 좀 들었다고 해서 어쩌지는 않아. 겁먹지 말라고."

그 말에 그녀는 고개를 들었다.

헤에…….

"눈동자 색이 아주 예쁘네?"

비 오고 난 후 촉촉이 젖어 있는 새싹 같은 색.

아름다운 에메랄드 빛 녹색이었다.

내 말에 실비아는 얼굴이 빨개져서는 완전 당황해 버렸다.

그 모습이 귀여워 나도 모르게 웃음이 나왔다.

"실비아, 여기 놀러 온 걸 보면 바쁘지 않다는 거겠지?"

"예? 물론 급한 일은 없습니다만……."

난 생긋이 웃었다.

"내 말 상대 좀 해주겠어?"

제노시아는 편하기는 하지만 너무 말이 없어서…….

그리고 우리는 대화를 시작했다.

"헤에, 고아?"

"예, 어렸을 때 고아가 되어서 신전의 고아원에서 지내다가 성에서 오신 분께 발탁되어 왕궁에서 시녀 일을 했어요."

그런 말을 하면서도 실비아는 아무 생각이 없는 표정이다.

'그런데 고아이면서 성이 있네?

풋, 왜 거짓말을 하는 거지?

별로 추궁할 생각은 없어서 계속 대화를 이어 나갔다.

나와는 상관없는 일이니.

"슬프지 않아?"

"네?"

"부모님……."

"얼굴도 모르고 처음부터 알지도 못해서 그립다는 느낌이나 슬프다는 생각은 안 들어요."

담담한 말이었다.

허어, 어디까지가 진실일지…….

"참, 폐하께서는 어떻게 노래를 배우셨어요?"

"오, 처음으로 실비아가 질문을 하는군."

내가 놀리자 실비아의 얼굴이 약간 붉어졌다.

난 웃었다.

"몰랐어? 내 어머니가 황성의 가희셨어."

그 말에 실비아는 꽤 놀란 모양이다.

내 대답에 당황해하며 어쩔 줄 모르는 모습이 귀엽기는 하지만 죄를 지었다는 표정으로 겁을 먹은 건 보기 싫다.

"제국에서는 귀족들이라면 노래 한두 개는 아는 것이 예의야."

그래서 내가 노래를 부르고 다녀도 흉은 아니거니와 제국의 특성상 황제의 뒷배경—어머니나 아버지의 출신—에 대한 건 아무래도 상관없어하는 경향이 크다. 황제가 되기 전에야 말이 있을 수도 있지만 그 후에는 전혀 상관없는 것이다.

고로 난 전혀 상관없는데 실비아가 미안해하고 있다.

“죄송해요.”

“미안해할 거 없어. 아무도 신경 안 쓰는 일이니까.”

내가 머리를 쓰다듬으며 달래주었다.

이런 일은 없었는데 나도 모르게 세레나를 대하듯이 머리를 쓰다듬은 것이다.

‘이런.’

어린애 취급한다고 생각하겠군.

손을 거두고 자리에서 일어났다.

슬슬 움직여야겠다.

뜻밖의 인물을 만나 시간을 지체했다.

내가 일어나자 실비아는 놀란 것 같았다.

“저기… 제가…….”

풋, 자신이 그런 말을 해서 내가 가는 줄 안 모양이다.

“아니, 할 일이 조금 남아 있거든.”

덩달아 일어난 실비아의 뺨을 톡톡 쳤다.

“여기에서의 일은 비밀이야. 들어왔는데도 아무 벌 없이 보내준 걸 알면 나중에라도 마음대로 들어오는 사람들이 생기니까.”

“알겠습니다.”

똑바르게 대답한다.

쿡쿡, 동생 같은걸?

“다음에 볼 수 있으면 또 보지.”

그렇게 인사를 하고 제노시아와 함께 정원을 빠져나왔다.

“폐하, 즐거우신 듯합니다.”

계속 웃음이 떠나지 않는 날 보고 제노시아가 부드럽게 한마디 했다.

"아아, 귀여운 여자였어."
내 말에 제노시아는 어쩔 수 없다는 반응일 뿐이다.
정말 오랜만의 즐거운 시간이었다.

연인 흉내

수확제로 바빠지기 전에 하루 동안 잠시 시간을 만들어서 서재에서 잠시의 여유를 즐기고 있는데 키나이가 불쑥 찾아왔다.

"어쩐 일이야?"

놀라서 물었다.

평소에는 내가 제노시아를 통해 부르지 않으면 오는 일이 거의 없는 사람이었으니까 놀랄 수밖에.

"허가받고 싶은 일이 있습니다."

거두절미하고 용건부터 말한다.

"무슨 일이기에?"

키나이가 무모한 일을 벌이지는 않겠지만 무슨 일인지 알지도 못하면서 덜럭 허가할 수는 없어서 물어봤다.

내가 반쯤 허락했다는 걸 아는 키나이는 여전히 무표정하게 말했다.

"황비의 처소에 있는 시녀 한 명을 조사하고 싶습니다."

어라라?

말의 내용과 전혀 다른 신중한 표정으로 한 키나이의 말에 난 피식 웃었다.

"언제부터 그런 걸 일일이 허락받았다고……. 알아서 해."

지금까지 무슨 일이 있어서 누군가를 조사하는 데 일일이 허락받은 적이 한 번도 없었으면서 갑자기 허락이라니.

무슨 생각으로 갑자기 허락을 받나 싶어서 키나이를 보니 내 시선의 의미를 눈치 챈 키나이가 부연 설명을 해주었다.

"일단은 황비와 관련이 있으니 허락이 필요해서 온 겁니다."

그렇게 말하고 가려고 인사하려는 키나이에게 호기심에 못 이겨 물어보았다.

"왜 조사하려는 건데?"

짐작 가는 일은 있지만.

스라트 국에서 뮤리아의 시녀와 기사들을 보낼 때 첩자가 끼어들었을 수도 있으니까.

물론 그 기사들은 왔던 날 바로 돌려보냈다.

타국의 기사들이 황실에서 설치는 걸 절대 두고 볼 생각이 없었으니까.

내가 이유를 묻자 키나이는 말이 길어질 것이라고 생각했는지 자리를 잡고 앉았다.

그리고 신중하게 설명을 시작했다.

"폐하께서도 얼마 전에 만나셨다고 들었습니다만……."

"……?"

전혀 알 수 없는 말이다.

내가 누구를 만났다는 거지?

"실비아 더스튼이라는 여자입니다."

"아아……."

알고 있다는 뜻으로 고개를 끄덕였다.

"그 아이가 왜?"

그랬더니 키나이가 뜻밖의 말을 했다.

"좀 의심 가는 부분이 있어서……."

키나이의 말인즉 황성의 이곳저곳을 혼자서 돌아다닌다는 것이다.

그리고 더 말할 것처럼 하더니 그것뿐이란다.

그래서 내가 뭘 그런 걸로 의심하느냐고 했더니,

"스라트 국에서 온 다른 시녀들은 황비의 처소에서 거의 나오지 않습니다. 그리고 실비아라는 여자가 자신의 처소도 아닌 곳을 그렇게 돌아다니는 건 이상할 뿐 아니라 혼자 다른 행동을 하는 건 더욱 의심받을 행위입니다."

라고 딱 잘라 말하는 게 첩자로 '좀' 의심하고 있는 게 아니라 벌써 '그렇다' 고 생각하는 것 같다.

"허어……."

하지만 그 정도로…….

"스파이일 수도 있습니다."

키나이의 말에 난 웃어버리고 말았다.

어수룩하고 순진한 실비아의 행동이 생각났기 때문이다.

"그렇게 어수룩한 첩자도 있나?"

이 말에 키나이는 단호한 태도를 보였다.

"일부러 그렇게 보이도록 꾸미는 건지도 모릅니다."

별로 '실비아가 첩자' 라는 데 믿음이 가는 건 아니었지만 일단 허락해 주었다.

그리고 자세히 조사한 뒤 보고하라고 했다.

어차피 의심하고 있다면 내 허락이 없어도 알아서 조사할 키나이였으니까.

키나이가 가고 나서 난 제노시아를 돌아보았다.

"어떻게 생각해?"

"실비아 말씀이십니까?"

"그래, 정말 첩자일까?"

내 말에 제노시아는 좀 묘한 표정을 지었다.

내 태도를 이상하다고 생각하는 것 같다는 느낌에 난 피식 웃어버렸다.

"왜 그래?"

"의외라서……."

"뭐가?"

제노시아는 그 말에는 대답하지 않고 말을 돌렸다.

"실비아 더스튼이 첩자라면 어떻게 하시겠습니까?"

당연한 걸 물어본다고 생각했다.

"당연히… 죽여야겠지. 아니면 역이용하거나."

하지만 내 목소리는 내 생각과 달리 망설이고 있었다.

이 상황에 내가 더 당황해하며 이유를 몰라 허둥거리자 제노시아는 조금 슬퍼 보이는 눈으로 날 응시했다.

"……?"

난 그런 그를 의아하게 보다가 자리에서 일어났다.

그리고 바로 정원으로 나갔다.

실비아는 아마 황성 어딘가의 정원에 있을 것이다.

꽃을 좋아하는 건지, 아니면 아무 생각 없이 돌아다니는 건지 정원에서 실비아와 자주 마주쳤기 때문에 어쩌면 만날 수 있을 거라는 생각이 들었다.

그런 걸 보면 키나이의 말도 맞다니까.

어째서 황성 이곳저곳을 그렇게 돌아다니는 것일까?

그저 활달한 성격이고 처음 온 곳에 대한 호기심이라고 보기에는 좀 지나친 감이 있다.

오늘 만난다면 슬쩍 떠보아야겠다는 생각이 든다.

정원 이곳저곳을 돌아보자 내 예상대로 실비아는 오늘도 정원에 있었다.

내가 다가가자 기척을 느꼈는지 돌아보더니 인사를 했다.

"황제 폐하를 뵙습니다."

나도 모르게 미소를 지었다.

"또 보는군."

"예."

실비아도 예쁘게 웃었다.

가끔 마주칠 때마다 이런저런 이야기들을 하다 보니 처음보다 많이 편해진 상태다.

뮤리아가 실비아의 반만큼이라도 성격이 밝다면 좋았을 텐데 말야.

"여전히 정원에 있군."

지나가듯이 말하자 실비아는 머뭇거리며,

"꽃을… 좋아해서……."

얼굴까지 붉히며 말했다.

그 모습에 나는 또 슬며시 웃었다.

"곧 수확제인데 어쩔 건가?"

화제를 돌려 곧 내가 죽도록 일해야 하는 행사에 대해 물었다.

“예?”

“응? 반응이 왜 그래?”

내 말에 실비아는 의아한 표정을 지을 뿐 별말이 없어서 난 그녀보다 더 놀랐다.

“저기…….”

“아…….”

난 곧 그 이유를 알았다.

스라트 국에서는 이런 축제 기간에 시녀들이 교대로 근무하며 성내의 자신의 방이나 그 주변에서 쉴 뿐 우리처럼 연회까지 참석해서 즐길 수 없다고 들었다.

그냥 웃으며 설명하려다 순간 난 좋은 생각이 떠올랐다.

“그럼 7일째 되는 날 나와 놀러 갈래?”

수확제는 총 15일간이다.

그 시간 동안 제국의 거의 모든 이들이 축제에 푹 빠져 지내는 것이다.

난 지금까지 각국 사신들과 지내거나 일하느냐고 그렇게 지내지 못했었지만 한 번쯤 그렇게 즐기는 것도 좋지 않겠는가?

다행인 건지 7일째에는 항상 중요한 일이나 꼭 나가야만 하는 연회도 없었고 올해도 마찬가지다.

“그, 그렇지만…….”

“별다른 예정도 없다며? 그리고 수확제 기간 내내도 아니고 7일째 딱 하루야.”

실비아가 당황했다.

풋, 나도 누군가에게 이런 식으로 데이트—라고 해야겠지?—신청하는 건 처음이다.

은근히 즐겁군.

"저… 저희가 밖으로 나갈 수도 있는 건가요?"

실비아가 조심스럽게 물어왔다.

"쿡."

난 웃으며 설명해 주었다.

"축제 기간 동안은 일이 끝난 저녁 무렵부터는 시녀장에게 외출증을 받아 나갔다 들어올 수 있어. 지금 문제는 네가 아니라 내가 어떻게 탈출해서 나가느냐라고."

장난기 어린 내 말에 실비아의 얼굴이 밝아졌다.

"그럼 약속한 거다?"

"예."

실비아와 약속을 하고 난 다시 걸음을 옮겼다.

괜히 실비아와 같이 다니다가 이상한 소문이라도 나면 곤란해서 일부러 먼저 걸음을 옮긴 것이다.

그런 나에게 제노시아가 한마디.

"실비아를 한번 떠보시려고 찾았던 것 아닙니까?"

헉, 그러고 보니 깜빡 잊었다.

"아하하, 그러고 보니 그랬군."

마른웃음으로 넘어가 버렸다.

"휴……."

그런 내 태도에 드물게도 제노시아가 한숨을 쉬었다.

겨우 이런 일 가지고 왜 저런담?

"너무 빠지지는 마십시오, 위험할 수도 있으니……."

"뭐?"

무슨 말이지?

알 수가 없군.

수확제가 3일 앞으로 다가온 날.

난 일에 치여서 집무실에서 꼼짝도 못하고 있었다.

"으아아, 해방되고 싶어!"

오전부터 계속 일한 끝에 결국 난 포효했다.

옆에서 시르 공작이 재미있다는 듯 눈을 빛내고 있었지만 그런 건 전혀 상관없을 정도의 기분이었다.

카난 공작은 한숨을 쉬며 고개를 저었다.

'휴가'가 끝난 그들은 지금 노동력을 착취당하고 있었다.

시르 공작이야 원래 속국의 일들을 비롯해서 내 보조자 같은 일을 많이 했지만 그저 귀족들과의 문제만 조정하고 또 그들을 다루는 일만 하던 카난 공작까지 끌어들여 수확제에 관한 일을 하게 만들었을 정도로 올해는 일이 많았다.

내 옆에서는 제노시아까지 서류와 씨름하고 있으니 말 다 한 거다.

루벤트 공작도 수확제에 벌어질 무투회 준비로 바쁘다.

예년에는 나 혼자도 할 만했는데.

"저희도 돕고 있는데요?"

카난 공작이 진정하라는 듯 말을 건넸지만 내 흥분은 가라앉지 않았다.

예년보다 훨씬 일이 많은 것 같다.

전에는 시르 공작과 나, 제노시아까지만 동원하면 그럭저럭 해결되었는데.

"그렇지만 해도 해도 끝이 안 나잖아."

투정을 부려보긴 했지만 다시 착실히 펜을 잡고 일 더미로 뛰어들었다.

당연히 소리 지르며 짜증 부리는 것보다 그 시간에 하나라도 더 처리하는 게 낫다는 걸 잘 알기 때문이다.

그리고 잠시 동안 펜 움직이는 소리와 도장 찍는 소리, 서류들이 스치는 소리들만 집무실을 채웠다.

"폐하, 루이스 자작과 리나이트 상단의 일은 어디까지 진척되었습니까?"

각 소국들이 보내온 공물에 관한 보고와 그 관련 서류들을 내 대신 보고 있던 시르 공작이 문득 서류에서 고개를 들고 물어왔다.

그 소리에 올해 각 영지에서 올라온 세금에 관한 보고들을 훑어보던 카난 공작도 고개를 들고 대답을 기다리며 날 쳐다봤다.

제노시아는 그저 말없이 올해 수확제 진행에 관한 서류를 보느라 정신이 없었다.

나는 내가 직접 읽어보고 허가해야 할 서류들만 쳐다보면서 말했다.

"고개 들지 말고 일 계속해. 빨리 하고 끝냈으면 하거든. 말로 설명해 줄게."

'입은 자유로우니까.'

뒷말을 덧붙이지 않고 서류를 넘겼다.

그러자 카난 공작과 시르 공작은 다시 서류로 눈을 돌렸다.

난 천천히 설명을 시작했다.

"리나이트 상단에 그림자 요원을 심어놓은 건 알고 있지?"

고개를 끄덕이는 건지 아닌지 볼 겨를도 없이 서류에 도장을 찍고 다른 서류를 읽어 내려가기 시작했다.

"그 사람들 중 하나가 지부장 정도의 사람이라더군. 키나이가 오래전부터 수고해 준 결과지. 그 사람이 그 문서가 어디 있는지 확인했다고 보고해 왔어."

키나이를 잠시 칭찬하고 계속 설명하려는데 태클이 들어왔다.

"그거 혹시 사본이면 어쩌실 건가요?"

카난 공작이 서류에서 눈을 돌리지도 않고 말했다.

참나, 모르면서 물어보는 것도 아닐 텐데 왜 묻는 거지?

"알 텐데? 그런 문서는 특별한 종이를 쓰니까 그 종이로 사본을 만들 수는 없어. 그러니 사본은 아니지. 그 문서의 글을 옮겨 적은 사본을 만들 수도 있겠지만 그렇다 해도 그건 원본과 같은 효력이 없지 않나."

보충 설명을 한 후 계속 말을 이었다.

"어쨌든 그래도 혹시 사본이 있다면 깔끔하게 해결하는 것이 좀 곤란해지니 확인해 본 모양인데 사본 비슷한 것도 없다더군."

"그렇군요. 언제 시작하실 생각이십니까?"

시르 공작의 물음에 난 잠시 서류에서 눈을 떼고 그녀를 보았다.

시르 공작과 카난 공작도 일을 잠시 멈추고 이쪽을 보고 있었다.

더해서 제노시아는 다 알고 있으면서도 시르 공작과 카난 공작처럼 다음 말을 기다리는 듯 잠시 일을 멈추었다.

"수확제가 끝난 직후 시기를 봐서 소거하라고 했어."

그러자 둘 다 바로 다시 서류 더미로 눈을 돌렸다.

"수확제 후요?"

"그래."

수확제 때는 바쁠 테니 일일이 확인하고 신경 쓸 틈이 없어 그 후에 사라진다면 자신의 관리가 소홀했다고 생각할 수도 있으니 좋다.

그러면 우리가 소거했다는 것도 모른 채 한동안 있을 수도 있으니 그만큼 우리가 리나이트 상단을 완전히 삼키는 동안의 시간을 벌 수도 있다는 말이 되니까.

"그것참 기쁜 소식입니다. 아, 이제 이 서류가 마지막이군요."

시르 공작이 흥겨움에 가득 차서 말했다.

"저로서는 부디 너무 즐기시다 일을 크게 벌이셔서 루이스를 달래야 할 제가 너무 힘들지 않게 해주셨으면 할 뿐이에요, 언니."

시르 공작에게 자신의 일을 너무 늘리지 말아달라는 말을 한 카난 공작은 자신이 맡았던 서류들을 마저 정리했다.

"전 이걸로 끝났습니다."

카난 공작의 말에 고개를 드니 시르 공작도 자신이 맡은 일을 끝내고 뒷정리를 하고 있었다.

그러고 보니 제노시아도 벌써 끝났군.

"난 한 3장 남았군. 잠시만."

내가 제일 늦으니까 기분이 안 좋네.

다른 이들에게 준 것들처럼 읽고 넘어가는 게 아니라 서류를 읽고 도장을 찍어야 하는 일이었으니 당연히 늦는 거지만.

"자, 끝이군."

나도 펜을 놓았다.

그와 동시에,

"수고하셨습니다."

"수고."

"수고하셨습니다."

우리들은 서로에게 인사했다.

그리고 집무실 여기저기 쌓인 서류들을 훑어보았다.

"정말 일이 많군요."

"그래, 하지만 덕분에 빨리 끝났지. 내년에도 도울래?"

"윽!"

내 친절한 제의에 카난 공작은 울상이 되었다.

난 그런 그녀를 모른 척하고,

"제노시아, 밖에 있는 기사들을 시켜서 재상에게 가져다 주라고 해."

내가 처리한 것들은 전부 레비스가 허가해 준 허가장을 요청한 곳으로 보내는 등의 분류를 하고 세금 보고 같은 것들은 필요에 따라 보관한다.

한마디로 레비스의 일이 훨씬 많다는 것.

레비스도 아들인 디트레이와 평소에 저택에서 나오지도 않는 부인까지 끌어들여 일하고 있다고 듣긴 했지만 그래도 인력이 부족할 거다.

솔직히 말해서 그렇게 일하면 안 된다.

내가 동원한 카난 공작과 시르 공작이야 그들이 하는 일과 연관된 서류들만 맡겼다지만 제노시아나 디트레이, 리튼 부인은 이런 서류에 끼어들어서는 안 되니까.

하지만 어쩌겠는가, 인력이 부족한데. 도움을 못 받으면 도저히 시간 내에 일을 끝낼 수가 없으니 이렇게 바쁜 시기만은 그런 식의 인력 동원을―자신들이 절대적으로 신뢰하는 사람들만 동원한다―모른 척해주는 거다.

방 밖에 있던 기사들이 부름을 받고 들어오더니 순간 질린 표정을 지었다.

하긴 서류의 양이 오죽 많은가.

그리고 다섯 명의 기사들이 덤벼들어 수레에 옮겨 담고 가지고 나갔다.

"음, 일단 일이 끝났으니… 차나 한잔할까?"

시르 공작과 카난 공작을 돌아보며 말하자 카난 공작이 피식 웃었다.

"이왕이면 술로 건배했으면 하는데요."

"그러지."

난 그렇게 대답하고 집무실 책상 서랍에서 술병과 잔들을 꺼냈다.

그러자 제노시아는 황당해했다.

내가 이렇게까지 대놓고 마실 줄은 몰랐나 보다.

술이라고 해도 실제로는 약하디약한 사과주인데.

"어라? 술을 가져다 놓고 드세요?"

카난 공작도 놀랐는지 뻔히 보고도 물었다.

"뭐, 어떻겠어. 일에 지장만 안 되면 되는 거지."

내 말에 시르 공작도 찬성이다.

그녀도 예전에 같이 일하면서 마신 적이 있으니까.

술을 따르자 사과주의 향이 퍼진다.

"올해는 서류의 양이 평년보다 훨씬 많은 듯했어요."

"그야 큰 풍년이 들었고 무역마저 잘되고 있어서 각지의 세금들이 늘었거든. 그만큼 서류의 양도 늘어나지."

처음에는 일에 대한 이야기를 했지만 한잔 마시고 나자 이제 일 얘기는 집어치우고 소소한 얘기로 넘어갔다.

"세레나님께 편지가 왔다면서요?"

"그런 말은 빨리도 퍼지는군."

편지가 오긴 했지만 아직 읽지는 못했다.

막 일을 시작했을 때 와서 서랍에 넣어두기만 하고 아직 읽지 못했다.

"카난 공작은 수확제 때 할 일이 있는가?"

"물론 제 남편과 데이트할 겁니다."

당연하다는 투로 말하는 카난 공작.

"시르 공작은?"

"전 성의 연회장에서 지낼 겁니다. 제 아이들과 함께 보낼 생각입니다."

"헤에……."

특별히 하는 일들은 없군. 그렇다면…….

"7일에는?"

"예? 특별한 예정은 없습니다만……."

카난 공작은 불안해하며 대답했다.

그도 그럴 것이, 이렇게 세세히 물어온다는 것은 꼭 귀찮은 일을 시킬 징조라는 걸 충분히 겪어서 잘 알고 있기 때문이었다.

"그럼 그날 내 대신 손님 접대 좀 해줘."

"예……."

카난 공작은 '역시'라고 중얼거리며 다 죽어가는 소리로 대답했다.

그럼 이제 그날 저녁 내 부재에 대한 문제는 해결.

"무슨 일로 그러십니까?"

시르 공작의 물음에 난 대답할 수가 없었다.

설명하자니 귀찮아서 이기도 했지만 저 시르 공작이 무슨 말을 할지 알 수가 없으니 난처했다.

그런 내 반응을 알아서 해석한 시르 공작은 흥미없다는 듯,

"데이트 잘하고 오세요."

라고만 말했다.

크윽, 눈치 하고는.

"데이트? 누구와요?"

그 후 나는 한동안 카난 공작이 '그 데이트 상대가 누구냐'며 물고늘어지는 바람에 시달려야 했다.

그렇게 끈질기게 묻던 카난 공작도 저녁 무렵이 되자 포기하고—나도 보통 질긴 게 아니라서 끝까지 얼렁뚱땅 대답하지 않았다—일어났다.

"다음에 가르쳐 주세요."

라는 말을 남기고 시르 공작과 함께 돌아갔다. 난 술병과 잔들을 정리

해서 다시 서랍에 넣었다.

아직 꽤 많이 남았으니 다음에 마시고 싶을 때 마실 생각이었다.

그리고 다른 서랍의 한쪽에 넣어두었던 세레나의 편지를 꺼냈다.

'나가서 연락 한번 안 할 것처럼 하더니……'

평온한 느낌이 전해오는 걸 느끼면서 편지를 펼쳤다.

꽤 긴 내용의 편지였다.

오빠, 나 오늘 처음으로 바다를 봤다?

너무너무 예뻤어. 특히 해가 질 때가 가장.

오빠도 바다를 직접 본 적 없지?

나처럼 늘 수도에만 있었으니까……

다음에 같이 보러 가자, 응?

아, 여기?

에이윈 국 국경 근처야.

에이윈은 국교로 레일레나님을 모셔서 그런지 꼭 가봐야 할 대신전이 많아서 이 나라 여행하는 데 시간이 가장 많이 걸릴 거 같아.

교황청에서는 10일이나 있어야 하니까.

그 뒤에는 네라파나 세튼 같은 곳들을 돌아다니고 아린드로 갈 생각이야.

현재 예정으로 보면 한겨울쯤에나 아린드로 갈 것 같애.

신년 축제는 필수 참석인데 어떻게 해야 할지 벌써 걱정이 된다니까.

그때까지 황성에 돌아가지 못할 것 같거든.

여차하면 아리아를 구박해서 마법으로 이동하면 되니까 큰 걱정은 없지만

그리고 아리아한테 여행을 보고하라고 시켰다며?

발뺌하지 마. 아리아가 술 취해서 다 말했다네.

치, 날 그렇게 못 믿다니… 삐칠 거야(농담이야).

난 상관없지만 이제 앞으로 아리아 대신 내가 편지 쓸 거야. 알았지?

그럼 다음에 또 편지 보낼게.

잘 지내.

세레나의 성격대로의 편지다.

여행이 즐거운가 보군.

다행이야.

그런데… '아리아가 술 취해서' 라면 세레나와 같이 마셨다는 말이야?

아리아, 어린애한테 술을 먹이면 어떡해!

그러니까 불안하다고 하는 거잖아.

내일은 수확제의 시작이다.

고로 오늘은 전야제.

축제의 시작은 내일부터지만 전야인만큼 시끌벅적하다.

올해는 아리아가 없어 홀로 있는 디트레이를 슬쩍 불렀다.

"디트레이, 축제 기간 동안 황성 내에 있을 거지?"

이번에는 아리아도 없고 할 일도 없어서 성의 경비를 자원했다는 걸 언뜻 들었다.

"예, 그렇긴 합니다만 무슨 일로 그러시는지……?"

디트레이가 경비를 서면 탈출(?)이 무척 쉬워진다.

내가 씨익 웃자 디트레이가 움찔하며 놀란다.

"왜 그리 놀라?"

"저… 곤란한 일을 지시하실 것 같다는 느낌이 드는데 제 기분 탓입니까?"

오호~

"디트레이, 많이 예리해졌군?"

내 말에 디트레이는 역시 그렇다며 신음 소리를 냈다.

그리고 강아지 같은 눈으로 날 보는 것이다.

그렇게 본다고 해서 할 말 안 하지는 않는다.

"7일째 되는 날 말야, 잠시 황성 밖으로 나갔다 올 건데……."

"안 됩니다."

내가 말을 끝내기도 전에 짐작하고 소리치는 디트레이.

"제노시아도 같이 갈 거야. 그리고 그날뿐이다."

조금 강하게 말하자 난처한 기색을 띤다.

그래도 날 말려야 하겠는지 억지로 입을 열어 주절주절 설명한다.

"수확제 동안 수도는 복잡하고 그만큼 치안도 좋지 않습니다. 부디 다시 생각하심이……."

난 물러설 마음이 전혀 없었다.

"시.끄.러. 그렇게 알고 수확제 7일째 저녁에는 네가 남문에 서 있어라."

그리고 내가 가면 내보내 주는 거야.

그 말에 디트레이는 완전 죽을상을 하고 있었지만 난 그런 데 신경 쓰지 않고 그저 놀 생각으로 기분이 좋았다.

이렇게 가뿐히 즐기고 놀 생각만 할 수 있는 것도 키나이가 아직 보고를 하지 않았기 때문이다.

키나이가 '실비아 더스튼'에 대한 조사를 한다고 하고서는 아직까지 보고가 없다는 것은 그녀의 생각이 틀렸다는 것이기 때문이다.

겨우 사람 하나 조사하는 데 이렇게 오랜 시간이 걸릴 리는 없으니까.

그러니 그녀와 함께 수확제를 즐길 생각이다.

"그럼 부탁하네."

"예……."

디트레이가 마지못해 대답하고 나가자 나도 어둠침침한 서재를 나와 정원으로 갔다.

잠시 후면 전야제의 불꽃놀이가 시작될 테니 그걸 구경하려고 정원으로 나선 것이다.

신년 축제 때 새해 첫날 터뜨리는 것만큼은 아니지만 볼 만한 광경이니까.

정원에서 하늘을 올려다보자 땅 위의 소란스러움과는 전혀 다르게 검은 안식과 침묵 속에 은빛의 보석들이 반짝이는 것이 보였다.

그리고 그렇게 하늘을 보며 잠시의 시간이 지나고…….

퍼펑!

불꽃놀이가 시작되었다.

조용했던 하늘을 여러 색으로 물들이며 사그라져 가는 불꽃들.

이 불꽃놀이에 사용되는 화약은 꽤 비싼 편이라서 여기에 예산이 조금 많이 들기는 하지만—신년 축제 때는 훨씬 많이 든다—아름다워서 좋다.

비록 찰나의 아름다움이라 하더라도, 아니, 순간의 아름다움이라 더 마음 깊이 남는 법이다.

수확제 기간 동안 이렇게 불꽃을 쏘아 올리는 건 단 3일. 그중에서도 지금 전야제의 불꽃이 가장 볼 만하다.

다른 날들은 3개에서 5개 정도만 터뜨릴 뿐이니까.

펑!

마지막으로 가장 큰 불꽃이 터지고 사방이 조용해졌다.

난 그렇게 잠시 서 있었는데,

"폐하, 날씨가 제법 쌀쌀합니다."

제노시아가 들어갈 것을 권했다.

"응, 알았어."

제노시아의 말에 고개를 주억거리면서도 한동안은 별이 가득한 하늘을 멍하니 보고 있었다.

그리고 잠시 뒤 침실로 걸음을 옮겼다.

아침에 눈을 떠 옷을 갈아입고 잠시 놀다가 홀로 가서 귀족들과 인사를 나누었다.

그리고 뮤리아와 함께 황성 앞의 광장이 훤히 내려다보이는 테라스로—뮤리아와의 결혼 발표(?)도 이곳에서 했다—갔다.

일단은 황비라는 이름을 지녔기에 뮤리아와 함께 서서 광장을 보니 좀 이른 시간이었는데도 사람들이 엄청나게 모여 있었다.

다 축제의 시작을 기다리는 사람들이다.

'다들 노는 걸 무척 좋아하는군.'

하긴 일 년 내내 열심히 일해 좋은 결과가 나왔으니 조금은 즐기고 싶겠지.

몇 안 되는 즐길 좋은 기회이니까.

난 군중들을 향해 천천히 입을 열었다.

이 테라스에는 음성 증폭 마법이 걸려 있어서 고래고래 고함치지 않아도 아주 잘 들린다.

"모든 수확이 끝나고 그 기쁨을 함께 누리는 시간이오. 올해도 큰 재해(災害)가 없었음을 신께 감사드리며……."

신은 무슨… 다 사람들의 노력 덕분에 풍년인 것이고 미리 잘 대비했기에 재해가 없었던 것 아닌가?

이 인사는 정말 싫다. 정해져 있는 말이니 어쩔 수 없이 그냥 하긴 하

지만.

"지금부터 15일간의 수확제를 맘껏 즐겨주시오."

"우와아아아!"

내 말이 끝남과 동시에 함성이 들렸다.

이제 내 일은 끝.

그들을 향해 미소를 지어주고 테라스를 나왔다.

"저… 폐하?"

테라스를 나온 후 드물게도 뮤리아가 나에게 말을 걸어왔다.

어쩐 일인가 싶어서 미소까지 띠며 그녀를 돌아보았다.

"왜 그러시오?"

"스라트 국의 사신들을 만나보아도 좋겠습니까?"

미치겠군.

그런 걸 일일이 허락받으려 하다니.

"그걸 왜 나한테 묻지?"

"예? 그게……."

뮤리아는 당황해서 허둥거렸다.

저절로 미간이 일그러져 가는 걸 느끼면서 대답해 주었다.

"그대의 모국에서 온 사람이니 못 만날 이유가 없지 않은가?"

그렇게 말하고 보니 뮤리아가 멋대로 행동할까 봐 걱정되었다.

정치에 대해 문외한인 뮤리아에게 스라트 국에서 은근히 이상한 걸―정치 문제―요구할지도 몰랐다.

"하나 되도록 하네인 후작―도리스―과 같이 만나도록 하게."

"예……."

도리스가 함께 있으면 스라트 국의 사신들이 이상한 말은 못하겠지.

한다 하더라도 도리스가 알아서 잘 처리할 것이고.

그렇게 해두었다가 저녁에 도리스에게 한소리 들었다.

노턴과 데이트도 못하고 계속 잡혀 있었다고 말이다.

그러면서도 스라트 국의 사신들이 생각하고 있는 걸 전해주었다.

스라트 국의 사신이 무슨 이야기를 했는가 했더니 레이르 왕자, 아니, 이제 왕이 된 그자를 내가 지지해 달라는 말을 전했다고 한다.

쿡, 등극한 지 얼마 되지도 않은 자가 국외의 지지를 바란다는 말을 해대다니 보호해 달라는 말이나 다름없지 않은가?

정말 헛소리를 잘한다.

자신과 손을 잡아 이득이 될 일도 없는데 뭐 하러 지지해 주겠는가?

아마 레이르의 생각으로는 일단 내가 뮤리아와 결혼했으니—자신과 친하다고도 말했었고—스라트 국의 왕위에 간섭을 하거나 지켜줄 거라고 생각하는 것 같다. 내가 지지해 주면 국내에서 자신을 몰아내려는 자들이 함부로 못 움직일 테니 그걸 기대하고 있겠지.

하지만 난 내란이 일어나도록 내버려 둘 생각이다.

그게 아니더라도 절대 간섭하지 않았겠지만 남의 일에 끼어들어서 좋을 게 뭐 있겠는가?

오늘은 기다리던 축제 7일째 날이다.

실비아에게는 미리 남쪽의 문밖 근처에서 기다리라고 전해두었다.

이제 나만 빠져나가면 되는 것.

미리 구해두었던 편한 옷으로 갈아입고 약간의 돈을 챙겨 나갈 준비를 마친 후 제노시아를 보았다.

데리고 가지 않으려니 나 자신의 안전이 걱정되고—나, 보기보다 자객들이 많이 찾아온다—데려가려니 좀…….

“제노시아, 저기… 좀 미안하지만…….”

내 생각을 어렵게 부탁하려고 하자 제노시아는 다 안다는 듯 싱긋 웃으며 내가 생각한 걸 대신 말해 주었다.

“좀 떨어져서 가겠습니다. 아주 안 따라갈 수는 없으니까요.”

너무 미안한 말이다.

“미안…….”

“괜찮습니다. 폐하만 보내는 건 걱정되니까요.”

내가 너무 미안해하자 제노시아는 어울리지도 않는 소리를 했다.

미안하긴 하지만 어쩔 수 없는 일이다.

난 작게 한숨을 내쉬었다.

난 정말 이기적이다.

“자, 갈까?”

정말 미안하지만 그래도 나갈 거다.

황성 내에서는 혹시 날 알아보는 자가 있을 수도 있으니 제노시아의 도움을 받아 몰래 살금살금 움직였다.

그렇게 가려니 한심하다는 생각이 들었다.

‘정말 내가 뭐 하는 건지…….’

오랫동안 내 곁에서 함께해 온 제노시아에게 정말 매정하기까지 한 말을 하고—몰래 따라오라고 한 것—내가 오늘 해야 할 일도 팽개치고 위험도 감수하며 좀도둑처럼 살금살금 성을 빠져나가는 모습이라니.

그래도… 가기 싫다는 생각은 들지 않는다.

정말 나 자신이 미친 것 같다.

‘그래, 이건 미친 짓이나 다름없는데…….’

하지만 내 이성적인 생각과는 달리 몸은 열심히 움직이고 있었다.

그리고 드디어 성문 근처에 도착했다.

내 지시대로 디트레이가 혼자서 문을 지키고 있었다.

하하, 이런 성문의 문지기를 시켜서 미안하다.

내가 제노시아에게 눈짓하자 제노시아가 디트레이를 작은 소리로 불렀다.

"디트레이."

작은 소리였지만 디트레이는 바로 알아듣고 우리가 있는 쪽을 봤다.

나와 제노시아가 앞으로 나가자 내 모습을 확인한 디트레이는 살짝 인사했다.

그리고.

"조심하십시오."

걱정해 주는 건 고맙다.

"왜 이러시는지는 모르겠지만."

덧붙인 말이 없었다면 말이다.

하긴 나도 내가 왜 이러는지 모르겠으니까.

속으로 중얼거리며 성문 밖으로 나오고 나서부터는 잡다한 생각들을 싹 지웠다.

황성 안과 같은 도시이고 높이도 같은 곳인데도 공기가 더욱 신선하게 느껴졌다.

정말 오랜만에 황성 밖으로 나오니 기분이 묘했다.

그런 기분에 피식 웃으며 고개를 설레설레 저은 후 실비아를 찾기 시작했다.

내가 움직이기 시작하자 제노시아는 슬쩍 나에게서 떨어져 주었고 난 실비아를 찾으면서 재차 제노시아에게 슬쩍 미안하다고 말했다.

그리 오래지 않아 금방 실비아를 찾아낼 수 있었다.

"실비아."

내가 이름을 부르자 실비아는 날 돌아보았다.

"아, 폐……."

실비아가 '폐하'라고 부르기 전에 난 그녀의 입을 막았다.

밖에서 그렇게 부르면 곤란하지.

시선 집중이라고.

"앨리언."

난 그녀의 입에서 손을 떼며 이름을 가르쳐 주었다.

"예?"

"밖이니까 앨리언이라고 불러."

내 말에 실비아는 무슨 생각에서인지 얼굴이 붉어졌다.

나도 왜 내가 이름을 부르라고 했는지 잘 모르겠다.

하지만 지금 실비아의 얼굴을 보고 있자니 아무래도 좋다는 생각이 든다.

이렇게 오래 보고 있고 싶지만…….

"그럼 갈까?"

"예."

난 시간이 많지 않았다.

단 하루, 오늘뿐이니까.

그러니까 나에게는 '휴가'인 셈이었다.

실비아와 난 손을 잡고 수도의 이곳저곳을 돌아다녔다.

수도 내부에 만들어져 있는 아름다운 공원과 건국왕과 관련된 동상이 세워진 곳, 그리고 유랑 극단이 공연하고 있는 곳들.

솔직히 내가 태어나서부터 이곳에 살았다 해도 '밖'에 대해 아는 것이 없어서 실비아와 나 둘 다 모든 게 신기했고 즐거웠다.

그렇게 돌아다니다가 어느 곳에서 원숭이가 묘기 부리는 걸 보고 있

는데,

"배고프다."

문득 배가 고프다는 걸 깨달았다.

저녁을 안 먹고 움직였더니 배가 고파왔다.

"저도 배고파요."

실비아도 마찬가지인 듯했다.

"어디서 뭐 좀 먹을까?"

주변에 음식점이 있나 돌아보고 있는데 실비아가 내 팔을 당겼다.

"앨리언님(호칭은 이걸로 타협했다), 우리 저거 먹어요."

실비아가 가리킨 것은 한 노점의 꼬치구이—이름만은 안다—였다.

"저거?"

놀라서 되묻자 실비아는 거기서 눈을 떼지 않으면서,

"맛있을 거 같아요."

완전히 홀려 버렸군.

난 피식 웃으며 실비아에게 돈을 건넸다.

노점에서 실비아가 나서서 사고 돈을 지불할 수 있도록.

번거롭긴 하지만 이게 좋다.

제국에서 남녀가 함께 물건을 사거나 거래를 할 때 돈은 함께 내더라도 남자가 나서는 건 별로 흔한 모습이 아니고 모두들 입을 모아 좋아 보이지 않는다고 말하니까 실비아에게 맡긴 거다.

실비아도 오늘 돌아다니며 그걸 느꼈는지라 나에게 왜 그러는지 묻지 않고 바로 노점으로 가서 주문을 했다.

"이거 두 개요."

그리고 돈을 지불하고 손으로 잡을 부분을 종이에 싸서 나에게 건넸다.

"데이트 잘하세요."

노점 주인이 우리에게 한 말에 우린 둘 다 서로를 마주 보고 웃었다.

"고마워요. 많이 파세요."

실비아가 인사하고 우린 꼬치구이를 먹으며 걸었다.

"우리가 연인 사이로 보이나 봐요."

"그러게."

우린 다시 키득거리며 웃었다.

꼬지를 다 먹고 함께 맥주도 마시고 사탕 같은 것도 노점에서 사 먹었다. 노점 주인들은 한결같이 우리를 연인 사이로 보고 '데이트 잘하세요' 라든가 '너무 보기 좋다' 라고 말했다.

우린 꿀로 만든 과자를 하나씩 들고 다 먹을 때까지 발길 닿는 대로 걸었다.

그렇게 목적지 없이 걸었더니 과자를 다 먹을 즈음 광장에 도착했다.

광장에는 여러 연인들이 모여 있었다.

거리의 악사들이 연주하는 곡에 맞춰 춤을 추기도 하고 의자나 분수대 가에 앉아서 속삭이며 얘기를 하고 있기도 했다.

난 그 모습을 보고 생긋 웃었다.

"우리도 아까 그런 말을 들은 김에 연인 흉내나 내볼까?"

실비아도 재미있다는 듯 웃었다.

"풋, 좋아요."

우리는 손을 잡고 춤을 추는 연인들 틈에 끼었다.

그리고 실비아가 장난기 어린 표정으로 손을 내밀었다.

"자, 한 곡 추겠어요?"

"쿡쿡, 좋아."

나도 웃으며 그녀의 손을 잡았다.

그렇게 우리는 춤을 추며 즐기는 연인들 사이에서 함께 춤을 추었다.

즐거웠다.

한동안 빠른 리듬을 따라가며 춤을 추었다.

그러다가 내가 먼저 항복의 사인을 했다.

"아, 그만. 좀 쉬자."

내 말에 실비아는 장난기 어린 미소로 답했다.

"벌써 지치세요?"

"뭐라도 마시면서 잠시 쉬자."

애원조로 말하자 실비아는 나를 데리고 춤추는 이들을 지나 간단한 음료를 파는 노점 근처의 분수대로 갔다.

완전히 지쳐 버린 나는 분수대에 주저앉았다.

'평소에 운동을 안 했더니……'

자신을 한심하게 여기고 있는데 실비아가 과일 주스가 담긴 컵을 내밀었다.

"아?"

멍한 반응을 하자 실비아는 피식 웃었다.

"뭘 멍하니 보고 있어요? 자요."

"아, 고마워."

컵을 받아 들고 한 모금 마시자 춤추면서 올라왔던 열기가 조금 식었다.

"시원하다……."

"늙은이 같아요."

내가 혼잣말로 중얼거린 걸 듣고 실비아가 쿡쿡 웃었다.

"뭐라?"

일부러 과장된 어조로 말하자 실비아는 깔깔거리며 웃었다.

그렇게 장난치며 웃고 있는데 옆에서 노랫소리가 들렸다.

달이 어둠 속에 세상을 비추는 그 이유는,

어둠 속에서 자신의 빛을 기다리는 꽃이 있기 때문이며,

해가 매일 아침 떠오르는 이유는,

늘 자신을 보는 꽃이 있기 때문이지.

내가 이 세상에 태어난 그 이유는,

그대를 만나기 위함…….

노래가 끝나자 노래를 부르던 남자는 자신의 연인을 향해 이가 환하게 드러나 보이게 웃으며 연인을 안아주었다.

실비아가 그 모습을 보고는 의아한 듯한 시선을 나에게 보냈다.

저게 무슨 일인지 가르쳐 달라는 듯.

오늘 같이 돌아다니면서 만들어진 제국에 대해 잘 모르는 실비아의 행동 패턴이다.

난 설명을 시작했다.

"여기선 노래 한두 가지 알고 있는 게 당연하다고 했었지?"

아직 기억하는 듯 고개를 끄덕였다.

난 만족스럽게 웃고 계속 말을 이었다.

"그래서 이런 축제 기간에는 자신의 연인에게 연인만을 위한 노래를 불러주는 일이 많아. 보기 좋지 않아?"

내 말을 이해했는지 고개를 끄덕이던 실비아는 이내 아까 그 연인들을 부러워하는 듯한 눈빛으로 바라본다.

"부러워?"

"예, 자신을 위해 노래를 불러주는 나의 연인, 낭만적이잖아요. 스라

트 국에서는 이런 일이 없으니까 더 낭만적으로 느껴져요.”
　몽롱한 눈빛으로 하는 말이 정말 부러웠나 보다.
　스라트 국에서는 귀족들이나 평민들도 모두 노래라는 걸 천하게 생각
한다고는 들었지만 애인에게 노래를 불러주는 걸 직접 보니 무척 낭만적
으로 보였나 보다.
　그렇게 부러운 일인가?
　그럼 오늘은 내가 실비아의 연인이니까… 내 연인을 위해.
　“그럼 내가 노래 불러줄게.”
　“예?”
　“오늘은 내가 실비아의 연인이잖아.”
　그렇게 말하고 목을 가다듬고 입을 열었다.

　나에게 내일이란 건 필요없어.
　그저 오늘로만 살아가고 싶을 뿐.
　오늘 내 앞에 그대가 있다는 것만이 소중해.

　푸르른 달빛이 나에게 내려와,
　그 빛으로 포근히 그대를 감싸 안아줄 수 있기를.

　시간의 모래가 흩어져 어둠이 나를 감싸도,
　당신의 미소를 기억해 사랑이 계속되기를.

　사랑하는 나의 그대여,
　오늘 그대를 사랑해.
　내일 그대를 사랑할 것이고,

어제도 그대만을 사랑했어.

내 노래가 끝나자 실비아는 환하게 웃으며 날 안아주었다.

그리고 귓가에 대고 작게 속삭였다.

"너무 기뻐요. 그런데 노래가 좀 간지럽네요."

"쿡쿡… 사랑을 노래한 게 다 그렇잖아."

나도 그녀의 귀에 작게 속삭여 주었다.

서로를 부드럽게 끌어안고 있는데 갑자기 주변의 모든 불이 꺼졌다.

"어?"

실비아가 당황하며 나에게서 살짝 떨어져서 주위를 둘러보았다.

불이 모두 꺼졌어도 그렇게 많이 어둡지 않아서—광장만 꺼졌다—실비아를 볼 수 있었다.

난 실비아에게만 들릴 정도로 작은 목소리로,

"주위를 봐."

그 말에 실비아가 주위를 둘러보자 주변의 연인들은 모두 키스를 하고 있었다.

"이 광장은 연인들을 위한 공간인가 봐. 괜히 우리만 어색하군."

난처해서 말했는데 실비아는 묘한 눈빛으로 날 보고 있었다.

"왜 그래?"

"오늘 저의 연인에게 나를 위해 아름다운 노래를 불러준 보답으로."

라고 말하고는 앉아 있던 나의 어깨를 잡고 몸을 숙여 나에게 살짝 입을 맞추어왔다.

나도 그녀를 끌어안고 키스에 응해주었다.

펑!

멀리서 불꽃 터지는 소리가 들렸다.

마지막 불꽃이 터지는 것과 동시에 광장의 불이 다시 켜졌다.

나와 실비아는 이마를 맞대고 있다가 살짝 떨어졌다.

"실비아……."

"네?"

"아니… 아무것도 아니다……."

나, 아무래도… 널…….

나와 실비아는 서로 손을 맞잡고 별말없이 걸었다.

그리고 황성이 가까워져 왔을 때 우린 서로를 마주 보았다.

"헤어져야겠네요."

실비아가 먼저 입을 열었다.

씁쓸한 미소를 띠면서.

나도 마찬가지로 씁쓸한 미소를 지으며 실비아의 뺨을 쓰다듬어 주었다.

"나중에, 내일이든 언제든 또 정원에서 만나지 뭐."

"예……."

난 실비아가 먼저 걸어가는 걸 멍하니 보고 있었다.

그런 나의 어깨를 누군가가 잡는 바람에 정신이 들었다.

뒤를 돌아보니 제노시아가 서 있었다.

"괜찮으십니까?"

"괜찮지, 그럼."

웃으며 대답해 주었지만 전혀 괜찮지 않았다.

이제야 제노시아가 날 걱정하던 이유를 알 수 있을 것 같았다.

나도 참 둔한가 보군.

옆의 사람은 다 눈치 챈 걸 난 이제야 알아채다니.

"우리도 들어가지."

다음날에나 도리스를 통해 알게 된 일이지만 7일째의 날은 연인들을 위한 날이라고 한다.

그래서 연인들끼리 돌아다니는 일이 다른 날들보다 훨씬 많고 어느 광장이든지 내가 있었던 곳처럼—도리스에게 내가 거기 있었다는 말은 하지 않았지만 어렴풋이 눈치 챈 모양이다—잠시 불을 꺼주고 불꽃놀이도 한다고 한다.

거참, 난 시간을 맞춰 나가도 잘 맞춰 간 건지, 아니면 그 반대인지…….

아니, 어떤 것이어도 상관없지.

그저 즐거웠으면 좋은 것 아니겠어?

진실 게임

수확제가 끝났다.

그 소란스러웠던 축제의 뒷처리로 조금 바빠지긴 했지만 축제 기간 내내 그랬듯이 하루 중에 시간을 조금 내서 실비아를 만나곤 하는 평온한 날들이었다.

그러기 위해 늘 오전에는 더욱 바빠지긴 했다.

축제의 처리는 간단한 게 아니다.

쓴 돈과 원래 잡았던 예산을 비교—이건 재상이 하지만—해서 어떻게 치렀는지 계산하고, 또 무투회나 예술 경연 등의 우승자들에게는 그만큼의 보상과 또 지위—직장이라고도 한다. 이 직장을 거부하든 받아들이든 그건 그 사람 마음이다—를 마련해 주어야 한다.

대부분 재상의 일이지만 나도 그 결과에 대한 서류를 읽어봐야 하고, 덧붙여서 단순한 직장을 마련해 주는 것이 아닌 지위를 내릴 때는 내 허가가 필요했다.

그래서 재상만큼은 아니지만 나도 바쁠 수밖에 없다.

"바쁘십니까?"

서류 속에 파묻힌 나에게 갑자기 들린 목소리에 깜짝 놀라서 소리를 지를 뻔했다.

"카, 키나이?"

이렇게 갑자기 나타나는 건 자제해 주었으면 좋으련만.

자지러질 듯 놀란 나와 달리—당연하다. 키나이는 나타난 쪽이었으니까—소리없이 나타난 당사자인 키나이는 태연했다.

"괜찮으십니까?"

"그, 그런 것 같아, 좀 놀란 것만 빼면."

"왜 그렇게 놀라십니까?"

어쩐지 즐거워하는 키나이.

'네가 등장 방법을 바꾸면 되잖아.'

차마 입으로는 말 못하고 속으로만 꿍얼거렸다.

어쩌면 키나이는 자신이 갑자기 나타났을 때 내가 놀라는 모습을 즐기고 있는 건지도…….

'윽, 정말 그런 것 같다. 아니, 분명해.'

한동안 키나이를 노려보다가 상대가 너무 반응이 없어서 내가 먼저 지쳐 버렸다.

노려보는 걸 포기하고 내가 먼저 말을 시작했다.

"또 무슨 일로 이렇게 갑자기 나타난 거야?"

그래도 그냥 포기하기는 싫어서 한 번 더 도전.

이번에는 비꼬듯이 말했지만 역시 키나이는 조금도 신경 쓰지 않았다.

"보고드릴 것이 있어서 왔습니다."

"뭔데?"

키나이가 너무 반응이 없어 기운이 빠져 버린 나는 의자에 몸을 묻으며 대꾸해 주었다.

"그때 말씀드린 '실비아 더스튼' 에 대한 보고입니다."

"뭐?"

순간 뭣 때문인지 놀라 버렸다.

그리고 곧 진정하고,

"보고라니?"

신중해졌다.

"조사한 후 보고하라고 지시하지 않으셨습니까?"

그래, 그랬었지.

그런데 내가 왜 놀랐던 걸까?

아까 키나이가 갑자기 나타나 놀랐던 게 아직도 남아 있었나?

"시작해."

"예, 일단 출생부터 말씀드리면 빈민가의 한 부부에게서 태어난 모양입니다. 그 부모가 누구인지까지는 알 필요없어 조사하지 않았습니다."

그야 그렇겠지.

"그 부모는 실비아가 5살 정도 되었을 때 어떤 집으로 팔아버렸다고 합니다."

스라트나 세튼에서는 빈민들이 입을 줄이기 위해 자식을 파는 일이 흔하다고 들었다.

그렇군. 실비아도 그런 경우였나? 그래서 그때, 처음 만났을 때 나에게 거짓말을 한 건가? 이 이야기를 하기 싫어서?

키나이는 내가 그냥 생각에만 잠겨 있자 답답한 모양이다.

"그 집이 어디인 줄 아십니까?"

"응? 내가 알 리 없지."

이런 내 멍한 태도에 키나이는 어떻게 반응해야 할지 황당해하는 듯하더니 이내 그냥 말을 계속 이었다.

"현재 스라트 국의 왕인 레이르의 숙부 되는 그라딘이 운영하는 단체를 아십니까?"

"알고 있어. 암살이라든가 그런 것들을 위해 사람을 키우고 있는 것 같던데……."

여기까지 말하면서도 전혀 짐작이 안 된다는 듯 말하자 키나이는 답답해하며 말했다.

"'실비아 더스튼' 이 팔려간 집이 바로 그 단체입니다. 그리고 거기서 교육을 받은 모양입니다."

"뭐?"

"교육 후 왕성에서 시녀로 지내며 성안의 정보를 그라딘에게 건네주는 일을 한 모양입니다."

"그 말은……."

순간 난 바보가 된 것 같았다.

'뭘 묻고 있는 거지? 알잖아?'

이성은, 머리는 멋대로 움직여서 답을 알아냈다.

하지만 난 그 답을 거부하고 있었다.

그럴 수밖에 없었다.

"이런 정황으로 보건대 '실비아 더스튼' 은 스라트 국의 스파이임이 분명하니 조심하십시오."

실비아가 첩자라는 걸…….

"그래……."

난 손으로 눈을 덮었다.

'제길, 그런 건 빨리 조사해서 말했어야지.'

내가 그녀에게 빠지기 전에.

알고 있다.

괜한 데 화풀이하고 있다는 건 알고 있다.

하지만, 하지만……

"가봐."

"예."

키나이가 사라지고 나서 난 한동안 그대로 있었다.

'젠장!

정말 난 편한 삶과는 거리가 먼 모양이다.

"간다."

"예?"

그렇게 있다가 갑자기 일어나며 한 말에 제노시아가 당황해했지만 난 부연 설명도 없이 집무실을 나섰다.

제노시아가 당황하며 따라오는 걸 느꼈다.

"제길……."

낮게 계속 욕을 해대며 걸었다.

'빌어먹을!'

신! 댁, 나한테 유감있어?

어째서야…….

정원으로 가니 실비아가 나를 웃으며 맞이한다.

나의 전원―황제의 정원―에 들어와도 된다고 허락한 뒤부터는 약속한 것도 아니었지만 늘 여기서 만났다.

환하게 웃으며 날 맞이해 주는 실비아를 보자 무슨 감정이라고 정의할 수 없을 복잡한 감정이 가득 치올랐다.

"……?"

그리고 난 실비아를 끌어안았다.

"저……."

실비아는 내 갑작스런 태도에 당황한 모양이다.

허둥거리며 빠져나가려고 한다.

"잠시만."

내 목소리가 좀 가라앉아 있는 거 같다.

실비아는 허둥거리던 걸 멈추고 가만히 내가 안은 그대로 있었다.

네가 날 이용하려는 건지, 아니면 나와는 상관없는지 잘 모르겠어.

하지만… 난…….

네가 첩자라는 걸 믿고 싶지 않아.

믿고 싶지 않으니까 믿지 않을래.

하지만…….

믿어야겠지.

키나이의 '조사'가 거짓일 리는 없으니.

난 실비아에게서 살짝 떨어져 그녀의 뺨을 쓰다듬었다.

난… 널 벌하고 싶지 않구나.

차라리 네가 모든 걸 말하고 귀화한다면… 그런다면…….

하지만 그럴 리 없겠지.

실비아를 향해 살짝 웃어주었다.

"그냥… 갑자기 너무 보고 싶었어."

지금 내 행동이 내 목을 조르는 것이라도 상관없다.

하지만 만약 제국까지 건드리게 된다면 난 바로 널 벌할 거야.

난 황제이니까.

내 의지로 선택한 길이니 후회는 안 해.

그러기 위해서는 다른 이들이 다치지 않았으면 하거든.

그렇다고 널 벌할 수는 없어.

그러니 차라리 네가 나를 노리기를 바랄 수밖에 없어. 그리고 침묵할 수밖에.

제노시아가 너와 관계된 말을 할 때마다 날 슬픈 눈으로 바라본 이유를 이제야 알겠다.

어째서 난 사랑마저도 이렇게 힘든 건지.

*　　　　*　　　　*

오늘도 정원에서 폐하를 기다리고 있었다.

그분을 기다리는 일은 너무 즐겁다.

너무 즐겁고 행복해서 현실이 아니라고, 곧 꿈에서 깨어날 것이라고 생각한 적도 있었다.

하지만 지금은 그저 이 행복을 즐기고 있다.

그 축제 날 폐하께서 나에게 불러주신 노래를 속으로 가만히 불러보고 있는데 뒤에서 인기척이 느껴졌다.

여기는 그의 정원, 다른 이일 리 없다.

그가 왔다는 생각에 나도 모르게 환한 웃음을 지으며 돌아보는데 그는 어쩐지 슬퍼 보이는 눈빛을 하고 있었다.

그리곤 나를 갑자기 끌어안았다.

“저…….”

당황해 빠져나가려는데,

“잠시만.”

슬프게 가라앉은 그의 목소리에 힘이 빠져 버렸다.

그가 그렇게 날 안고 있는 동안 별의별 생각이 다 들었다.

그가 내가 여기 오게 된 이유를 알게 되었을지도 모른다는 생각이 순간 스쳤다.

난… 명령을 받아 스파이로서 온 것이다.

난 어린 시절 그라딘이라는 사람의 단체에 팔려가서 거기서 교육을 받았다.

훈련은 힘들었다. 하지만 끝까지 따라가야 했다.

나와 있던 아이들 중에서 그만 하겠다고 울었던 아이들은 다음날 죽어서 나갔으니 그만 하고 싶다고 말할 수 있는 게 아니었다.

죽기 싫으면 끝까지 붙들고 있을 수밖에 없었다.

그런 훈련 속에서 악착같이 살아남자 그 단체에서는 나를 성안의 시녀로 일하게 했다.

아니, 정확히는 성의 정보, 특히 레이르 왕자의 동향을 알아내어 보고하게 했다.

그리고 뮤리아 공주가 그의, 앨리언의 황비가 될 때 나를 여기로 보내며 뮤리아를 잘 감시하여 레이르와 연락하는 내용들을 알아내고 내부의 움직임에 대해 보고하라고 했었다.

그래서 그 임무를 하다가 그를 만나고, 그리고…….

그가, 그가 내가 스라트 국의 첩자라는 걸 알면 어떻게 할까?

그런 생각을 하니 난 울고 싶어졌다.

행복했는데, 정말 즐거웠는데… 이제…….

그가 내 뺨을 만졌다.

“그냥… 갑자기 너무 보고 싶었어.”

그렇게만 말했지만 난 불안을 지울 수가 없다.

너무 슬퍼 보이는 눈을 한, 상처 입은 눈을 한 그를 보고 있으려니 너무 가슴이 아팠다.

하지만 지금 당신이 한 말을 그대로 믿고 싶어요.

신이시여, 나의 이 더러운 생애에 이번 한 번만 저에게 축복을 주세요.

되도록 오랫동안 그의 곁에 있게, 그리고 나중에 그가 많이 아프지 않고 이별하게 해주세요.

지금까지 날 버렸기에 한 번도 기대지 않았던 신께 기도할 정도로 절박했다.

내가 스라트 국의 첩자라는 걸 알면 최소한 날 죽이지는 않더라도 벌을 줄 것이다.

그로 인해 자신이 많이 아파하더라도…….

그는 그런 사람이니까.

자신의 감정만으로 행동하는 사람이 아니니까.

그가 너무 아프지 않기를…….

*　　　*　　　*

요즘 느낌이 좋지 않다.

매일 나를 찾아오는 도리스에게 물어보고 싶었지만 그러기에는 나에게 너무 예민한 문제였다.

"황비님, 무슨 생각을 하십니까?"

함께 차를 마시고 있던 도리스가 상냥한 미소를 띠며 물었다.

"아무것도 아니에요."

최근 그나마 가끔씩 날 찾아주시던 폐하께서 완전히 발길을 끊으셨다.

아예 나라는 여자가 존재하는 것도 모르는 것처럼.

"폐하께서 찾지 않으셔서 서운하세요?"

늘 생각하는 것이지만 도리스는 내 마음을 너무 잘 알아준다.

"예, 폐하를 뵌 지도 꽤 오래되었어요."

거의 한 달간을 뵙지 못했다.

"후훗, 수확제 문제 때문에 바쁘셔서 그럴 거예요. 조금만 기다려 보세요."

"예……."

나도 그랬으면 좋겠다.

하지만 느낌이 좋지 않다.

어머니께서 말하시길, 남편이 자신을 잘 보지 않으면 다른 여자와 만난다는 뜻이라고 했는데.

어머니의 말씀이 전부 옳다는 건 아니지만 이번에는 맞는 것 같다.

"혹시 폐하께서 다른 여인과… 그러니까……."

물어보기는 너무 창피하지만 여기서 내가 믿을 수 있는 사람은 도리스뿐이어서 고민 끝에 말을 꺼냈다.

내가 서두를 꺼내면서 머뭇거리자 도리스는 상냥하게 미소 지어주었다.

"폐하께서 다른 여인을 마음에 두고 있느냐고요?"

"그래요."

내가 폐하를 잘 모시지 못하고 있다는 건 잘 알고 있다. 하지만 지금까지 그래도 나에게 신경을 써주셨는데 최근에는 날 아예 잊고 계신 것 같다.

혹시 다른 여인을…….

"그럴 리가요."

도리스는 확신하고 있었다. 그럴 리가 없다고.

하지만…….

"하지만……."

"여긴 아린드예요. 스라트가 아닙니다."

그래, 여기는 아린드다. 부인을 여럿 둘 수 있는 스라트가 아니었다.

그래도, 그래도 황제는 가능하지 않은가.

"하지만 황제는 부인을 여럿 둘 수 있잖아요."

내 걱정 어린 말에 도리스는 마시던 찻잔을 내려놓으며 날 달래주었다.

"그분은 계속 아린드에서 아린드의 풍습과 문화 속에서 자라셨어요. 그러니 당연히 부인을 여럿 둔다는 것은 조금 꺼리실 거예요."

그럴까?

하지만… 불안한걸.

*　　　*　　　*

황비가 나에게 폐하의 동향에 대해 물어왔다.

좋게 해석하면 소심하기 그지없었던 황비가 적극적으로 폐하의 사랑을 원한다는 말이 되는 거지만 실제로는 단순한 질투.

그나저나 눈치가 빠른 건지 예감이 좋은 건지 모르겠다.

얼마 전에야 알게 된 것이지만 분명히 폐하께서는 누군가를 마음에 두고 계신다.

그렇지 않고서야 힘들게 성까지 빠져나가 데이트를 즐기실 리가 없지 않은가.

그 상대가 황비가 아니라는 것에 문제가 생길 수도 있겠지만.

"노턴."

"왜?"

난 남편에게 슬쩍 물어보기로 했다.

노턴은 폐하와 친한 편이니까 그는 알고 있지 않나 싶어서.

"폐하께서 요새 좀 달라지신 것 같지 않아?"

"응? 잘 모르겠는데?"

노턴은 슬그머니 내 눈치를 살핀다.

눈치를 보아하니 노턴은 정말 아무것도 모르는 것 같다. 그렇다면 더 이야기해서 내게 정보를 알아내게 할 수는 없지.

"무슨 문제 있어?"

"아무것도."

난 오랫동안 외교 일을 하면서 다져 온 미소를 지었다.

나의 외교적 포커 페이스다.

내 표정을 본 노턴은 내가 더 이상 말할 생각이 없다는 걸 알고 포기했다.

"다음에 가르쳐 주고 싶으면 가르쳐 줘."

난 그냥 웃으며 넘어갔다.

만약 폐하께서 누군가를 진정으로 사랑하게 되었다면 난 응원할 생각이다.

아마 노턴도 그렇겠지만…….

＊　　　＊　　　＊

세상은 내 마음대로 돌아가지 않는다는 걸 절절히 깨달은 다음날은 리나이트 상단의 문제를 의논하기로 한 날이었다.

시르 공작과 카난 공작, 키나이까지 관련자들은 모두 모였다.

늘 그렇듯 시작하기 전에 잠시 일상적인 대화를 나누고 있는데 갑자기 시르 공작이 날에게 진지하게 물어왔다.

"폐하."

"응?"

"괜찮으십니까?"

하하, 아무래도 내 태도가 평소 같지 않았나 보다.

평소처럼 보이도록 노력했는데.

한심하군.

겨우 내 개인의 문제로 일에 영향을 끼치다니.

"당연히 괜찮아."

마음이 좀 혼란스러울 뿐이지.

'이제 '일' 을 할 시간이다.'

거기까지 생각이 미치자 방금까지 혼란스러웠던 머리가 거짓말처럼 차갑게 식었다.

한없이 냉정해져서 일을 시작한다.

"사적인 대화는 여기까지. 이제 시작하지."

"예."

난 어쩔 수 없는 놈인가 보군.

머리가 차가워졌다.

'자신' 을 위해서만 살아가는 더러운 자, 그게 나다.

지금껏 그래 왔고 앞으로도 그럴 테지.

"키나이, 문서는 이미 없앴겠지?"

"예, 문서는 이미 소각했으며 루이스 자작은 아직 알아채지 못했다고 합니다.”

“느리군.”

중요한 문서가 없어졌는데 너무 늦게 알아채는 거 아냐?

그렇다면 그게 사본이었을 가능성도 생기는데.

“은밀한 곳에 보관했기에 자주 확인하지 않는다고 합니다. 그리고 자신이 매일 확인하면 모두 거기에 중요한 게 있다는 걸 알게 되니까 며칠을 사이에 두고 확인하곤 하는 모양입니다.”

“그런가?”

괜찮은 방법이군.

늘 신경 쓰고 있으면 중요한 게 있다는 게 들통나니까 오히려 신경을 쓰지 않는다라.

꽤 괜찮은 방법이야.

“그럼 이제 슬슬 저희가 나설 때인가요?”

카난 공작이 웃으며 말했다.

“아직 루이스 자작이 모르고 있으니 시간이 관건이지.”

우리가 리나이트 상단을 완전히 차지할 때까지 시간이 얼마나 걸리느냐라는 것.

루이스 자작이 움직임을 눈치 채고 대응하는 것이 얼마나 빠른가에 따라 리나이트 상단을 완전히 삼키는 데 시간이 걸린다.

그러니 되도록이면 루이스 자작이 눈치 채기 전에 거의 다 해놓는 게 좋다.

“앞으로 리나이트 상단의 운영은 카난 공작이 하게.”

“윽!”

내 말에 카난 공작이 작게 신음 소리를 냈다.

“왜 그러나?”

난 다 알면서도 시치미를 떼고 태연하게 물었다.

"왜 저예요?"

역시 일하기 싫어하는 카난 공작은 힘없는 반항을 한다.

하지만 어쩔 수 없다.

"시르 공작이 하는 일이 많다는 건 알고 있을 텐데? 그리고 루벤트 공작에게 맡기려니 조금 불안하지. 그래서 카난 공작에게 맡기는 거야."

솔직히 카난 공작이 하는 일이 제일 적으니까 좀 더 맡겨도 된다.

그리고 하기 싫어하기는 하지만 일단 맡겨놓으면 투덜거리면서도 잘하니까.

카난 공작은 시르 공작이 개입했다고 생각했는지 원망스럽게 그녀를 보았다.

"이건 폐하께서 결정하신 일이다."

시르 공작이 차갑게 한마디 던졌다.

"아우웅, 알겠습니다. 하지만 설마 하는데요……."

카난 공작은 벌써 내 계획을 눈치 채기 시작했다.

"그래, 리나이트를 삼키는 일도 자네가 주축이 되어서 추진했으면 하는데."

"예."

내 말에 카난 공작은 하기 싫다는 티를 팍팍 내면서 대답했다.

그러더니 갑자기 눈을 빛냈다.

"잠시만요. 이번 일은 시르 공작께서 하는 일처럼 꾸미셨지요?"

"그랬지."

루이스 자작이 혹시 나에게 불만을 품고 일을 꾸미지 않도록 시르 공작이 이번 일을 하는 것마냥 연출했었다.

그런데 그게 왜?

"그럼 시르 공작이 리나이트 상단을 운영하는 것이 더 낫지 않습니까? 그게 더 자연스럽잖아요."

열심히 탈출구를 찾는 카난 공작.

어지간히 일하기 싫은 모양이다.

"자세히 못 들었나 보군."

내가 운을 띄우자 다음은 시르 공작이 설명했다.

"리나이트의 전체적인 운영에 대한 걸 맡기는 것뿐이다. 혹시 '대리자' 란 단어를 알고 있나?"

시르 공작의 말은 카난 공작이 시르 공작의 대리자인 것처럼—실제로는 내 대리자가 되는 거지만—해서 운영하라는 뜻이다.

원래 본인이 나서는 것보다 대리자를 세우는 것이 자연스러워 보일 때도 있는 법이니까.

"예, 알겠습니다."

카난 공작은 빠져나갈 구멍이 없다는 걸 깨닫고 포기했다.

"리나이트 상단을 완전히 삼키는 것까지는 키나이가 도와줄 거야."

'그림자' 의 사람들이 상단에 들어가 있으니 키나이와 함께하는 것이 쉬울 것이다.

어차피 리나이트 상단을 장악할 때를 생각해서 사람을 심어놓은 거니 활용해야지.

"예, 그럼 어떤 방식으로 하든지 그건 제 재량대로 해도 되는 겁니까?"

벌써 대략적인 계획이 머리에 떠올랐는지 일단 나에게 허락을 받으려고 한다.

"좋을 대로. 하지만 대략적인 경과는 보고하게."

"예."

카난 공작의 성격상 절대 무리한 일을 벌이지는 않을 테니 경과 정도만 알아도 되겠지.

"그리고 어차피 공식적으로, 그리고 상단의 사람들도 대부분 내가 주인이라 알고 있으니—루이스 자작이 내게 그 '문서'를 받은 건 다른 이들에게 비밀이다—상단 내에서 루이스 자작의 심복만 잘 추려내면 될 걸세."

"예, 잘 처리하겠습니다."

카난 공작의 힘찬 대답.

"시르 공작은 스라트 국에 신경을 좀 썼으면 하는데……."

"내전이 일어날 때까지 내버려 둘 생각이 아니었습니까? 한데 무슨 일이십니까?"

"약간 마음이 변했다고 해 두지."

내 애매한 말에 카난 공작은 눈을 가늘게 뜨고 날 한동안 관찰하더니 이내 살풋 웃었다.

"알겠습니다."

"그러지요."

두 공작은 간단하게 대답하고는 일어나 나갔다.

그런데 키나이는 가지도 않고 날 보고 있었다.

"왜 그래?"

"알리지 않으실 겁니까?"

앞뒤 말이 전혀 없는 말이었지만 난 무슨 말인지 잘 알고 있었다.

실비아에 대한 일…….

"……."

난 대답할 수가 없었다.

"알겠습니다."

키나이는 내 그런 태도를 어떻게 해석했는지 나에게 인사하고 사라져 버렸다.

하, 난 어떻게 해야 하는 걸까?

하지만 역시 난 그녀가 다치게 하고 싶지 않다.

"제노시아."

"예."

"나에게 검술을 가르쳐 줄래요?"

갑작스런 내 말에 제노시아는 놀란 모양이다.

하긴 검이라는 거 안 잡아본 지 꽤 되었다.

하고 싶지도 않았고.

나는 검에 대한 재능이 별로 없었기에 배워봤자라는 생각도 지배적이었고 내 대신 검을 휘둘러 줄 제노시아가 옆에 있었으니 꼭 배워야 한다는 생각도 없었다.

"왜 그러시는지 여쭈어도 되겠습니까?"

"그저 아무 생각도 하고 싶지 않아서……."

정신없이 검을 휘두르고 있으면 이런 잡다한 생각들을 하지 않아도 되니까.

그러니까 다시 배우고 싶다.

"…다음에 가르쳐 드리겠습니다."

가르쳐 주지 못한다는 말이로군.

당연할지도.

*　　　*　　　*

오늘은 그라딘님께—정확히는 그분이 만든 단체에—보고해야 하는 날이다.

오전부터 펜을 잡고 종이에 한 줄 썼다가 구겨 버리고, 또 몇 자 적었다가 지워 버리는 행동을 반복하고 있었다.

쓰고 싶지 않다.

이 첩자 짓을 계속 하고 싶지 않다.

하지만 난 다시 펜을 들었다.

그리고 현재 황성 내부에서 뮤리아님의 위치라든지 정치권의 움직임을 써 내려갔다.

어쩔 수 없다.

난 이런 애니까.

미안해요, 앨리언.

하지만, 하지만 어쩔 수 없어요.

보고가 들어가지 않으면 배신했다고 생각하고 날 죽일 테니까…….

*　　　*　　　*

키나이가 말하길 실비아는 아직 내버려 두겠다고 한다.

내 결정대로 말이다.

그리고 만약 제국에 위험이 되는 보고를 하거나 혹은 '그림자' 가 아닌 다른 정보 단체—특히 우리 나라 귀족이 움직이는—에서 그녀가 첩자라는 걸 알아낼 경우에는 말 그대로 '법대로' 해달라고 말했다.

그리고 앞으로 계속 실비아를 감시할 것이라고.

법에 따르면 국가의 중요 정보를 빼돌리면 사형, 혹은 사지 절단이라고나 할까…….

하하, 지금이야 눈감아준다니 다행한 일이지만 내가 나중에 그녀를 죽일 수 있을까?

"그만 하십시오!"

제노시아가 내 손을 잡아채며 한마디 했다.

난 제노시아에게 잡힌 손에 들고 있던 술잔을 다른 손으로 옮겨 들었다.

그리고 단숨에 비워 버렸다.

"제노시아도 마실래?"

"폐하!"

뭐라고 더 말할 듯하던 제노시아는 뭐라고 중얼거리더니 잔에 술을 채웠다.

"적당히 하신다면… 상관없습니다만……."

"걱정 마."

난 아무래도 술보다는 이성이 강한 모양이다.

아까부터 마셨지만 머리도, 발음도 멀쩡한 걸로 봐서 말이다.

제노시아와 둘이 아무 말 없이 계속 술을 마셨다.

난 조용히 입술을 깨물었다.

"제노시아."

"예."

"오늘뿐이야."

내가 이런 행동을 하는 것도, 이렇게 나 자신을 제어하지 못하는 것도.

"예……."

오늘뿐이다.

나에게 이런 망설임과 방황은 사치일 뿐.

나에게는 계속 이 길을 걷는 것 외의 선택 방법은 없으니 망설임도, 방

황도 오늘뿐이다.

절대로…….

실비아가 소속되어 있다는 단체를 만든 그라딘이라는 자는 원래 왕이 죽으면 다음으로 왕위를 이어받을 자였다.

그 죽은 왕의 자식이 아니라 동생이기는 했지만 레이르는 왕이 될 인물이 아니라는 말이 많았기 때문이다.

그래서 왕이 될 것을 잔뜩 기대하고 있었는데 어이없게도 레이르가 왕을 암살하고 황위에 올라 버렸다고 한다.

그라딘으로서는 분통이 터질 노릇이었다.

그러니 아마 정보를 모으고 힘을 모아 내전을 일으킬 것이다.

이건 이제 단순한 예상이 아니라 사실로 다가왔다.

아마 실비아가 제국에 온 이유는 뮤리아가 제국에서 얼마나 영향을 끼칠 수 있는 인물인지 알아내기 위해서일 거다.

게다가 그전에 왕성에서 시녀 일을 했다는 걸로 볼 때 그라딘은 전부터 레이르를 경계하고 있었던 것 같다.

그러니 내가, 제국이 레이르를 감쌀 생각이 없다는 걸 알게 되면 실력 행사로 넘어갈 것이다.

즉 내란을 일으키겠지.

지금까지는 그 내란이 나와는 관련이 없다고 생각했지만 내란이 일어나면 실비아가 어떻게 될지 모르는 한 계속 주시할 생각이다.

되도록 그녀를 지켜주고 싶으니까.

외전

나의 사랑 방법

【아리아】

내가 생각해도 난 참 별난 인생을 사는 것 같다.

여기는 사람들이 거의 오지 않는 황성 안의 '유폐의 탑'이라는 곳이
라고 들었다.

겨우 10살이면서 왜 여기 있냐 하면 어머니와 관련이 있다.

내 어머니가 앨리언이라는 남자 아이의 유모인데 그 아이가 들어오면
서 따라 들어오게 되었고 덩달아 나도 들어왔단다.

내가 너무 어렸을 적의 일이라 기억도 나지 않지만.

그렇다고 하니까 그런 거겠지라고 생각할 뿐이다.

앨리언이라는 애가 누구냐 하면 나보다 겨우 2살 아래의 꼬마다.

매일 책만 보면서 무슨 생각을 하는지 알 수가 없다.

그 아이가 죄를 지어서 여기 들어온 게 아니고 그 아이의 엄마가 죄를
지어서 여기 갇혔다고 한다. 그 아이도 어머니와 함께 들어온 것이라고.

아직 어린 내 머리로는 너무 복잡해서 무슨 말인지 잘 알 수 없었지만

하여간 언니들의 말이 그렇다.

그리고 내 어머니가 앨리언의 유모이니까 나는 앨리언의 밑이라고 한다.

난 그게 왜 그렇게 되는지 모르겠다.

분명히 내가 더 나이도 많고 키도 큰데.

또 그런 생각이 들어서 입을 삐죽이고 있는데 앨리언이 날 보더니 웃는다.

"아리아 누나, 무슨 생각해?"

"아무것도 아냐."

봐라, 앨리언도 날 누나라고 한단 말야.

그런데 어째서 앨리언이 내 위에 있다는 거지?

하여간 모를 일들뿐이다.

여기 있던 언니들이 그게 바로 '신분'이라고 했다.

어려운 말이었다.

"앨리언, 우리 게임하자."

아는 언니가 밖에 외출했다 돌아오면서 구해준 카드로 하는 게임이 유일한 우리 놀잇거리였다.

그 언니가 게임을 가르쳐 주면서 '이건 도박인데'라고 했지만 그게 무슨 말인지는 모른다. 단지 이 게임이 재미있고 또 다른 놀잇거리가 없어서 자주 하고 있을 뿐.

"지금은 좀……. 나 어머니한테 잠깐 갔다 올 거거든."

"알았어. 빨리 와."

앨리언은 미안하다고 말하고 잽싸게 사라졌다.

앨리언은 매일매일 자기 엄마한테 가서 한동안 있다가 온다. 언니들이 말하는 걸 엿들은 바로는 앨리언의 어머니는 미쳤다고 한다.

하지만 매일 앨리언이 어머니를 만나러 가는 걸 보면 아무리 미쳤다고 해도 어머니가 있는 게 부럽다.

난 어머니가 없다.

처음부터 없었던 게 아니라 날 두고 어디론가 가버리셨다.

내가 어렸을 때, 그래 봤자 겨우 2년 전이지만 어머니는 날 버리고 도망치셨다.

그날을 생각하면 정말 이상하다.

너무 심심해서—이때는 카드도 없었다—혼자 장난치고 있었는데 갑자기 어머니가 들어오시더니 소리를 막 지르시는 거다.

"캬아아아아아!!"

"엄마?"

놀라서 엄마한테 가자 엄마는 날 뿌리치셨다.

"저, 저리 가! 악마의 자식 같으니……."

"엄마?"

난 그저 내 몸에서 나오는 부드럽지만 조금 어두운 색을 가진 걸 여러 모양으로 만들며 놀고 있었을 뿐인데 어머니는 새파랗게 질려서는 떨고 있는 거였다.

'왜 그러시지?'

난 몸 밖으로 조금 꺼냈던—앨리언이 이걸 '마나' 라고 했었다—걸 다시 거두었다.

하지만 어머니는 너무 무서운 표정으로 날 보고 있었다.

"어두운 마력, 분명히……."

그렇게 한참을 중얼거리시더니 바로 나가 버리시는 거다.

"어라?"

난 왜 저러시는지 이해할 수가 없었다.

그래서 바로 어머니를 따라가니 어머니는 여기의 경비대장님께 가시더니 하소연을 하셨다.

"날 여기서 내보내 줘. 여기 있을 수 없어."

"이게 갑자기 무슨 소리야?"

"악마, 악마의 아이가 있어. 여기서 나가야 해!"

어머니는 경비대장을 붙들고 거의 울부짖듯이 소리치셨다.

평소에 경비대장에게 당당하시던 어머니 같지가 않았다.

"엄마?"

내가 뒤에서 어머니를 부르자 어머니는 새파래진 얼굴로 날 보시더니 갑자기 쓰러지시는 거다.

"어엇!"

"엄마!"

다행히 어머니가 바닥에 닿기 전에 경비대장이 어머니를 받아 들었다.

내가 걱정스럽게 다가가서 어머니의 손을 잡자 경비대장이 얼굴을 찌푸리더니,

"젠장, 귀찮게."

라고 중얼거리더니 어머니를 들고 일어났다.

"어어?"

내가 놀라서 어쩔 줄 몰라 하자 경비대장은 나에게 따라오라고 했다.

그리고 어머니를 방에 데려다 놓고 가버렸다.

멍하니 어머니를 보고 있다가 깨어나길 기다리자는 생각에 옆에 주저앉아 장난을 치고 있는데 앨리언이 들어왔다.

"아리아 누나, 뭐 해?"

"앨리언, 어떡해. 엄마가 갑자기 쓰러졌어."

내가 울먹이자 앨리언은 이상하다는 표정이었다.

"왜 쓰러지셨어? 유모는 참 건강한 사람인데."

"그게 말야, 내가 방에서 놀고 있는데 날 보더니 경비 아저씨한테 가서서 막 뭐라고 하시다가 쓰러지셨어."

내 대답에 앨리언은 잠시 말이 없더니 차근차근 말했다.

"그러니까 아리아 누나가 놀고 있는 걸 보고 경비대장에게 가서 무슨 말을 하다가 갑자기 쓰러지셨다고?"

"응."

내가 고개를 끄덕이자 앨리언도 고개를 끄덕였다.

'귀엽다.'

내가 앨리언을 쓰다듬어 주자 앨리언은 내 손을 잡고 살짝 내렸다.

이상하게 앨리언은 늘 내가 자신을 쓰다듬으면 손을 치워 버리곤 한다.

아마 쓰다듬는 걸 싫어하는 모양이다.

"아리아 누나가 뭘 하며 놀고 있었는데?"

"그러니까 부드럽고 간지러운 거 있잖아, 그걸 가지고 놀고 있었는데……."

내가 설명하자 앨리언은 놀란 모양이다.

"마나? 마수사의 마나?"

"응?"

그러고 보니 내가 그런 걸 가지고 놀 수 있게 되었을 때 앨리언이 그걸 가지고 노는 걸 보고 나보고 마수사라고 했었다.

그런데 앨리언은 나는 모르는 그런 걸 어떻게 알았을까?

어머니의 말대로 매일 책을 읽어서 그런가 보다 싶었다.

"앨리언, 머리 좋다."

내가 감탄하며 손뼉 치자 앨리언은 얼굴을 찌푸렸다.

"누나, 이럴 때가 아니야. 유모가 그걸 봤다고?"

"응, 왜?"

내가 고개를 갸웃거리며 묻자 앨리언은 난처한 모양이다.

왜 그런지는 모르겠지만.

"나참, 내가 조심하라고 했잖아."

"응, 하지만 심심했는걸."

난 변명을 늘어놓았다.

"몰라, 나도."

갑자기 앨리언이 화를 냈다.

왜 저러지?

"아리아 누나, 아무래도 나가 있는 게 좋겠다."

"에? 왜?"

"그러니까… 음……."

앨리언은 한참을 생각하더니,

"그러니까… 유모는 누나한테 지금 화가 조금 나 있거든?"

"에? 그래? 그럼 도망가야겠다."

내 말에 앨리언도 고개를 끄덕였다.

"그래, 그러니까 나랑 나가 있자."

난 앨리언의 손을 잡고 밖으로 나갔다.

그리고 며칠 후 어머니는 나도 버리고 평소에 나보다 더 챙겨주시던 앨리언마저 버리고 이곳에서 나가 버리셨다.

왜 나갔는지도 모르겠지만 어떻게 나갈 수 있었는지 모르겠다.

여긴 들어오면 나갈 수 없다고 언니들이 그랬는데.

잠시 2년 전의 일을 생각하고 있는데 앨리언이 돌아왔다.

벌써 어머니한테 갔다 온 모양이다.

"게임 하자."

뭐, 상관없다.

어머니가 가버리셨지만 나도 나중에 여길 나가서 다시 만나면 되니까.

"알았어."

앨리언이 웃으며 자리에 앉았다.

그리고 나와 카드 놀이를 시작했다.

늘 내가 지지만 오늘은 꼭 이길 거야.

【……】

"아함~"

하품이 나왔다.

따분했다.

겨우 5살인 나에게 서재라는 책만 가득 있는 곳은 따분한 곳이었다.

난 바로 앞에 앉아 책만 읽고 있는 오빠를 봤다.

"심심하니?"

내가 보고 있는 걸 알아챈 오빠가 날 보고 웃어주었다.

"응, 나 심심해."

"그래, 내 동생. 오빠가 놀아줄게."

오빠는 늘 날 '내 동생' 이라고 불렀다.

"뭐 하고 놀고 싶니?"

"웅……."

늘 생각하지만 참 이상한 게 하나 있다.

오빠의 이름은 앨리언이라고 한다.

그리고 우리랑 비슷한 나이의 여기 있는 언니 이름은 아리아라고 했다.

여기 있는 다른 언니, 오빠들도 다 이름이 있다.

그런데 나만 이름이 없다.

"오빠, 난 왜 이름이 없어?"

"그게… 나도 잘 모르겠는걸."

오빠는 매일 똑같이 말한다.

"피, 나도 이름 갖고 싶어."

그 말에 오빠는 또 똑같은 대답을 했다.

"나중에 크면 오빠가 이름을 지어줄게."

"언제에?"

"나중에… 나중에."

오빠는 늘 이런 말로 넘어가 버린다.

그냥 언제 만들어줄 건지 가르쳐 주지.

오빠는 뭐든지 다 알고 있다.

아마 나보다 나이가 많아서 그럴 거다.

그런데 내가 이름이 생기는 건 언제인지 늘 안 가르쳐 준다.

정말 너무해.

입을 삐죽 내밀자 오빠는 날 안아주었다.

"에구, 내 동생. 계속 그런 표정 하고 있으면 못난이 된다?"

그 말에 난 놀라서 손으로 입을 막았다.

"쿡쿡, 그래야 이쁜 내 동생이지."

“오빠, 놀자.”

“그래.”

여기서 놀 수 있는 건 한정되어 있다.

밖에 나가서 뛸 수 있는 것도 가끔뿐이고 늘 보는 사람들만 볼 수 있다.

오빠 말이 우리가 갇혀 있기 때문이라고 했다.

“무슨 얘기 할까?”

그래서 오빠와 나의 놀이는 정해져 있다.

오빠가 늘 책에서 읽은 걸 나에게 얘기해 주는 거다.

“공주님 이야기.”

“그래, 알았어.”

오빠는 날 쓰다듬어 주고 이야기를 시작했다.

“옛날에… 어떤 여자 아이가 있었는데…….”

난 손으로 턱을 괴고 오빠가 하는 얘길 들었다.

그날도 오빠가 평소와 같이 자신의 방에 있을 거라 생각하고 찾아갔다.

“오빠.”

그런데 오빠가 혼자서 책을 읽고 있을 거라고 생각했는데 오빠는 누군가와 대화하고 있었다.

“어?”

“아, 왔니?”

오빠는 평소와 같이 웃어주었지만 난 울고 싶었다.

오빠 앞에 내가 아닌 다른 사람이 있는 게 싫었다.

그리고 그 사람의 표정이 너무 딱딱해서 싫었다.

“누구… 야?”

오빠의 옷을 잡아당기며 조심스럽게 묻자 그 남자를 소개해 주었다.

“아, 인사해. 이름은 제노시아. 오늘부터 같이 지낼 거야.”

오빠다운 간단한 설명이었다.

“안녕… 하세요……?”

내가 인사하자 제노시아라는 사람도 꾸벅 인사했다.

“반갑습니다.”

하지만 난 오빠 팔에 매달려 그 사람을 노려보았다.

오빠를 빼앗긴 기분이었다.

내가 노려보자 그 사람은 날 빤히 쳐다보다가 다시 오빠에게 시선을
돌렸다.

“동생 분이십니까?”

“그래, 내 하나뿐인 동생이니 앞으로 잘 지내주었으면 좋겠군.”

오빠의 말투가 꼭 기분 나쁜 경비대장처럼 차가워졌다.

어쩐지 오늘의 오빠는 무섭다.

“예, 앨리언님.”

제노시아의 대답에 오빠는 약간 신경질을 냈다.

“하나 더, 너무 귀찮게 굴지 마.”

“노력하겠습니다.”

그리고 나서 오빠는 내 머리를 쓰다듬으며,

“자, 난 오늘 할 일이 있거든? 나중에 내가 갈게. 아리아 누나랑 놀고
있어.”

라고 말하며 날 방에서 내쫓았다.

“알았어…….”

오빠의 방에서 나와서 시킨 대로 아리아를 찾아갔다.

하지만 아무리 찾아도 아리아는 보이지 않았다.

"오빠, 바보……."

아리아가 어디 있다는 거야?

터덜터덜 걸어서 돌아다니다가 엄마가 있는 방으로 왔다.

난 그 앞에서 잠시 망설였다.

"싫은데……."

난 엄마가 싫다.

엄마는 늘 멍하게 어딘가를 보고만 있고 날 보지 않으신다.

정말 싫다.

하지만 오빠는 하루에 한 번씩은 엄마를 만나러 간다.

난 싫어서 늘 안 가지만.

오빠는 매일 같이 가자고 하는데 난 그런 엄마가 너무 무서워서 거의 보러 가지 않는다.

입을 삐죽거리다가 결심하고 문을 살짝 열었다.

"엄마?"

그런데 엄마는 평소처럼 멍하니 계신 게 아니라 뭔가를 쓰고 계셨다.

"엄마!"

내가 팔을 살짝 당기며 다시 불렀지만 엄마는 내게 잡힌 팔을 뿌리치시고는 계속 종이에 뭔가를 쓰셨다.

"엄마아~"

내가 다시 불렀지만 엄마는 내 목소리가 전혀 들리지 않는지 계속 글만 쓰셨다.

"엄……."

"시끄러워!"

결국 엄마가 날 돌아보았다.

드디어 날 봐준 엄마에게 방긋이 웃었다.

엄마도 이제 나에게 환하게 웃어줄 거라 생각했다. 오빠가 예전의 엄마는 너무 예쁘게 웃으셨다고 했으니까.

"쓸모없는 것 같으니……."

그런데 엄마는 그렇게 투덜거리더니 이내 다시 내게서 눈을 돌리고 종이를 보셨다.

"다 됐어. 이제 모험을 걸어볼 수밖에……."

그러면서 한숨과 함께 그 종이를 작게 접어 숨기시고는 일어나 밖으로 나가 버리셨다.

이상하다.

엄마가 평소랑 달라.

날 보지 않는다는 건 똑같지만.

엄마를 따라갈 생각으로 문밖을 나섰는데 아리아랑 딱 마주쳤다.

"아리아?"

"어라? 왜 여기 있어?"

"그냥……. 엄마 어디 갔는지 몰라?"

내 물음에 아리아는 싹 모른 척하고 날 끌고 정원으로 갔다.

"몰라. 나랑 놀자."

"알았어."

난 그날 아리아랑 신나게 정원을 뛰어다녔다.

물론 여기를 감시하는 경비 아저씨들이 얼굴을 찌푸리며 우릴 봤지만 나름대로 무척 즐거웠다.

그리고 그날 저녁에나 다시 엄마의 일이 기억났다.

"어라? 오빠한테 말해야 하나?"

한참을 고민했지만 모르겠다.

“에라, 몰라.”

말 안 하련다.

그래야 할 것 같다.

왜인지는 모르겠지만…….

그리고 지금 생각해 보면 가끔씩 오빠가 엄마를 보지 않을 때 엄마가 슬픈 눈으로 오빠를 보고 있었던 것 같다.

내 착각일까?

【아리아】

난 이제 내가 왜 버림받았는지 알게 되었다.

그건 내가 ‘마수사이기 때문’ 이었다.

더러운 피를 지녔다는 마수사 말이다.

그래서 그날 어머니가 기겁해서 도망가 버리신 거다.

안다, 이젠 어리지 않으니까.

그리고 난…….

“아리아, 부탁이 있는데…….”

앨리언이 이렇게 말을 시작하면 할 말은 뻔하다.

“레비스 프 리튼을 좀 조사해 주시겠어요?”

“알았어… 요.”

난 그렇게 대답하고 내 방으로 갔다.

이제 난 앨리언에게 존칭을 쓰도록 노력하고 있었다.

어릴 때부터 입에 익은 거라 잘 고쳐지지 않지만 이제 신분이라는 게 뭔지 아니까.

그리고 앨리언도 더 이상 나에게 '누나' 라고 부르는 일이 없어졌다.

아직 나와 제노시아에게는 존칭을 써주기는 하지만 앨리언이 가끔 나에게 차갑게 명령할 때면 어쩐지 우리가 너무 멀어져 버린 느낌도 든다.

그리고 내 능력을 알게 되자마자 바로 일을 시켰을 때는 정말 섭섭했다.

난 아직 앨리언이 내 동생 같은데, 그래서 아껴주고 싶은데 앨리언은 이제 그런 것 같지 않다.

그래도 앨리언이 말한 조사는 지금 바로 할 거다.

마수사의 능력 중에 난 이상한 게 발달되어서 그런지 정령들과 대화할 수 있었다.

그러려면 육체를 버려야 한다.

의식만 보내서 정령들과 만나는 거다.

우연히 이 능력을 알게 된 후 앨리언은 가끔씩 이 '능력' 을 이용한 정보 수집을 부탁했고 난 그 정보 수집을 위해 움직이고 있다.

앨리언은 다른 루트로도 정보를 모으기는 하는 모양이지만 나에게는 그런 일까지는 가르쳐 주지 않았다.

난 내 방으로 가서 문을 잠갔다.

내가 내 육체에 없을 때 누군가가 들어오면 큰일이니까.

그리고 서서히 내 의식을 몸 밖으로 빼냈다.

평소처럼 공원의 호숫가로 갔다.

거기가 정령들이 제일 많았다.

「안녕?」

「어머, 또 왔네?」

「응, 귀찮아?」

「그럴 리가!」

늘 그렇듯이 정령들은 날 환영해 주었다.

그리고 한참을 수다 떨며 대화한 끝에 레비스라는 자가 어떤 자인지 알게 되었다.

그리고 정령들과 작별하고 잠시 리튼가의 저택에 들렀다.

상대가 정령이 아니라면 대화를 나누거나 그들이 하는 말을 들을 수도 없는 데다가 흐려 보여서 제대로 뭔가를 알아낼 수는 없었지만 그냥 한 번 가보고 싶어서 이끌리듯이 그리로 갔다.

어떤 중년 남자가 서재처럼 보이는 곳에서 뭔가를 하고 있었다.

뭘 하고 있는지는 알 수 없었지만 아마 레비스라는 사람이 맞는 것 같았다.

흐릿하게 보이기는 하지만 이왕 왔으니 얼굴이라도 보려고 노력하는데 문이 열리고 누군가가 들어왔다.

갈색 머리칼을 지닌 젊은 남자였는데 그 사람이 들어오는 순간 공기가 달라지는 듯한 느낌이 들었다.

그 남자는 중년 사내와 잠시 대화를 나누더니 밖으로 나갔다.

그 모습에 난 나도 모르게 그 남자를 따라갔다.

오랫동안 의식만 가지고 움직이면 나중에 몸이 무척 아파서 평소에는 절대 하고 싶지 않았지만 나중에 아프더라도 상관없다고 생각했다. 아니, 그런 생각조차 들지 않았다.

그 남자는 저택의 뒤뜰로 가더니 뭔가를 하기 시작했다.

처음에는 잘 보이지 않았지만 자세히 보니 검을 휘두르고 있었다.

'멋지다.'

얼굴도 잘 보이지 않았지만 난 아마 그에게 반해 버린 것 같다.

　내가 평소 열심히 일한 보람이 있어서인지, 아니면 앨리언의 능력이 좋아서인지, 그도 아니면 다른 이유가 있어서인지는 잘 모르겠지만 앨리언이 황제로 추대되면서 그 애의 시녀인 나도 유폐의 탑에서 빠져나갈 수 있게 되었다.

　그리고 앨리언이 황제가 되고 얼마간의 시간이 지난 어느 날 갑자기 나를 불렀다.

　"아리아, 지금까지 고마웠어요."

　"에? 갑자기 무슨……?"

　"앞으로는 의식만 움직이거나 그러지 말아요. 몸에 무리가 가니까."

　난 피식 웃었다.

　내가 평소 고민하던 것과는 달리 아직 앨리언은 나를 누나처럼, 가족처럼 생각하고 있었던 모양이다.

　정말 괜한 고민 했잖아.

　저절로 미소가 지어졌다.

　"지금까지는 잘만 했는데."

　"어쩔 수 없었으니까 그랬지만 앞으로는 되도록 하지 말아요."

　앨리언은 지금 날 걱정해 주고 있다.

　맞는 말이었다. 거기에서는 어쩔 수 없었으니 시켜야 했던 거니까. 그래서 미안해하면서도 시켰던 모양이다.

　그래서 난 웃으며 그렇게 하겠다고 대답했다.

　리튼 가에서 본 그 남자를 더 이상 훔쳐보지는 못하게 됐지만 이제는 이름도, 나이도 다 알고 있으니까 더 이상 훔쳐보기만 할 생각은 없었다.

　"되도록 하지 않도록 노력할게요."

　다시 한 번 확답해 주었다.

지금 안 그래도 할 일이 많을 앨리언에게 내 문제로 걱정을 끼치는 건 싫었으니까 선선히 대답했지만 앨리언에게 문제가 생기면 언제든지, 무슨 일이든지 할 거다.

"그리고 하나 더!"

"……?"

앨리언은 날 보며 부드럽게 웃었다.

늘 생각하는 거지만 앨리언은 자신의 나이와 안 맞는 행동을 한다.

살아온 환경 탓이겠지만 좀 안쓰럽다고나 할까?

"아리아, 니 시녀 일은 잠시 그만두고……."

"왜?"

난 순간 놀라서 소리쳤다.

앨리언은 내가 이런 반응을 보일 줄 알고 있었던 듯한 태도였다.

"아아, 물론 나중에 돌아와도 돼요. 다만 아리아는 나이도 아직 어리니까."

쳇, 그러는 앨리언은 나보다 훨씬 더 어리다.

내가 입을 삐죽 내밀자 앨리언은 키득거리며 웃었다.

황제가 된 후 정말 오랜만에 앨리언 자신의 표정을 본 건 좋았지만 날 보고 그렇게 웃는 건 기분이 나빠 더욱 입을 내밀었다.

앨리언은 그런 내 표정에 웃음을 가라앉히고 입을 열었다.

"아카데미에 다니면서… 공부했으면 해요."

"저, 정말?"

늘 아카데미에 다니고 싶었다. 하지만 그럴 수가 없어서 포기했는데…….

내가 눈을 빛내자 앨리언은 그런 날 보고 웃었다.

"갈 거지요?"

“응, 그러고 싶어… 요.”
“쿡, 여전히 존칭을 못 쓰네요.”
앨리언도, 나도 오랜만에 신나게 웃었다.

그리고 앨리언이 추천한 학교에 가기 전 난 디트레이를 만나러 갔다.
늘 그가 지나다니는 길을 지키고 서 있다가 그를 만났다.
그는 친구들과 함께 무슨 이야기를 하며 길을 걷고 있었다.
그를 가로막고 내가 한 말.
“이름이 디트레이 프 리튼이지?”
“그, 그렇기는 한데… 누구세요?”
어리벙벙한 디트레이의 표정.
너무 귀엽다.
“난 아리아 헤스던, 오늘부터 난 네 애인이야.”
“뭐?”
그 말에 디트레이는 황당하다는 표정이었다.
그러더니 이내 기막혀하며 소리쳤다.
“날 언제 봤다고, 아니, 그전에 누구 마음대로 그런 말을 하는 거지?”
“넌 1년쯤 전에 봤어. 그리고 내 멋대로 네가 나의 애인이 될 거라고
선언하는 거야.”
난 디트레이의 말에 꼬박꼬박 대답해 주었다.
그러자 디트레이는 더 기막히다는 표정을 지었다.
하긴 나라도 저렇게 황당하겠다.
하지만 난 너무 오래 기다렸는걸.
“지금 무슨 말을 하는…….”
“야, 진정해.”

디트레이가 화를 내려고 하자 옆에 있던 친구들이 말렸다.

난 그저 피식 웃을 뿐이었다.

"나 지금 네게 선전 포고 하는 거야. 덤빌 테니 준비하라고."

그 말에 디트레이와 함께 가던 친구들이 웃기 시작했다.

"너, 엄청난 사람한테 걸렸다?"

"이야, 너한테도 봄이 오는구나."

뭐라고 더 말했지만 더 이상은 신경 쓰지 않았다.

중요한 건 디트레이니까.

"나 어떻게 생각해?"

추가로 하나 더 물었다.

그러자 그는 화를 주체하지 못하는 듯 얼굴이 붉어지더니,

"별……."

결국 디트레이는 더 이상 날 상대하지 않고 그냥 지나쳐 가버렸다.

쿡쿡… 결국 이렇게 나오는군.

난 내 뒤로 가는 그를 돌아보지 않았다.

"쿡쿡……."

웃음이 저절로 나왔다.

넌 이제부터 내 거야.

각오 단단히 해둬.

난 선전 포고 했다고.

【세레나】

오빠는 어느 정도 나이가 되더니 여기서 나갈 수 있는 방법들을 생각하는 것 같았다.

난 영원히 함께 있고 싶은데…….

"나갈 수 있는 방법은 정해져 있어."

오빠는 가끔 내게 이렇게 속삭였다.

늘 여기서 나갈 거라 다짐하면서.

"나도 데려갈 거지?"

"당연하지. 넌 나의 동생인걸."

"응……."

난 오빠의 동생이고 싶지 않았다.

동생보다는…….

"나가고 싶어?"

"글쎄, 하지만 여기 계속 있으면 죽을 뿐이야. 나가야 해."

"하지만 어떤 방법으로?"

"몇 가지 방법이 있어. 전부 약간의 위험을 감수해야 하지만."

오빠는 그 이상은 말해 주지 않았다.

나도 궁금해하지 않았다.

나도 데려가 줄 거라면 그저 오빠를 따라가면 될 뿐 더 이상 궁금해할 필요가 없었으니까.

오빠가 황제가 되었다.

어느 날 갑자기 날 찾아오더니 이제 여기를 나갈 거라고 말하며 황제가 될 거라고 했다.

그 말에 난 무척 놀라는 척했지만.

사실 난 오빠가 나에게 말해 주기 전부터 알고 있었다.

오빠가 엄마에게 찾아가서 하는 말을 엿들었기 때문에.

그리고 그렇게 오빠가 엄마와 있을 때는 엄마가 여전히 오빠를 보지 않았지만 나중에 오빠가 나가고 나서는 나간 그 문을 보며 흐느끼는 것도 봤다.

오빠는 모르겠지.

난 가끔씩 내가 너무 못된 아이라는 생각을 한다.

실제로도 난 나쁜 아이다.

엄마가 정상이라는 걸 알면 오빠도 날 보지 않을까 봐, 엄마처럼 오빠도 날 보지 않을까 봐 입을 다물었다.

엄마를 위해서도 아니고 오빠를 위해서도 아니다.

그저 내가 사랑받기 위해서.

정말 난 나쁜 아이다.

오빠는 대관식을 제대로 치를 수 없었다.

대관식보다 먼저 황제의 자리를 잡는 것이 우선이었기 때문에 대관식은 혁명이 어느 정도 진정되고 나서 그 후에, 그것도 거의 형식뿐인 약소한 대관식을 했다.

혁명이라는 특성상 어쩔 수 없는 일이었기는 하지만 대관식이라는 걸—오빠처럼 약소한 대관식이 아닌 정식으로 크게 하는 대관식—한 번 보고 싶었는데 못 봐서 좀 아쉬웠다.

오빠가 아름다운 옷을 입은 걸 보고 싶었는데.

'나중에 입혀봐야지.'

오빠는 참 예쁘게 생겼으니까 분명 아름다운 옷이 잘 어울릴 거다.

아마 하늘의 여신처럼 보일 거야.

'오빠가 이 말을 들으면 펄쩍 뛰겠지만.'

난 그럴 거라고 생각한다.

내가 그런 말을 하면 싫어하니까.

그리고 오빠가 대관식을 하고 얼마 후 날 찾아왔다.

유폐의 탑을 나와서 가장 안 좋은 것이 오빠와 내 방이 좀 멀어져 버린 거다.

내가 매일 찾아가기는 하지만 유폐의 탑에 있을 때 정도로 함께 지내지는 못한다.

"잘 지냈니?"

"응."

실은 잘 지내지 못했다.

모두들 내가 이름이 없다는 걸 잘 알기 때문에 뒤에서 수군거린다는 걸 알고 있었다.

이름이 없다는 건 '대죄인'이라는 뜻.

그렇기 때문에 난 늘 모두에게 죄인이어야 했다.

하지만 이름이 없어도 황녀, 황제의 여동생이니 함부로 대할 수 없어 나 몰래 뒤에서만 수군거리는 거다.

나 몰래 한다고는 하지만 난 다 알고 있다.

그래서인지 사람들은 내가 첩자 같다는 말까지 하지만 어릴 때부터 유폐의 탑 같은 데서 살아보라지. 그 정도의 눈치도 없게 될까.

정말 매일 수군거리는 자들이 한심하기 그지없다.

앞에서 말하지 못할 거라면 닥치라고 말해 주고 싶지만 일단 못 들은 척한다.

내 행동의 대부분이 오빠의 귀에 들어가고, 그 이전에 내 행동이 오빠의 평가에도 영향을 준다는 걸 아니까 함부로 하지 못하는 것뿐.

그것만 아니라면 예전에 다 죽여 버렸다.

예전부터 제노시아에게 격투술과 검술을 어느 정도 배웠으니까 간단히 해치울 수 있다.

오빠에게 걱정을 끼치기는 싫어서 귀엽고 명랑한 여동생 역할을 연기할 뿐.

"저… 말인데……."

한동안 내 주변을 둘어보다가 오빠가 어렵게 말을 꺼냈다.

"이제 가능하니… 너에게 이름을 주고 싶어."

"정말?"

그러고 보니 그렇다.

이제 오빠는 황제다.

내게 이름을 만들어줄 수 있다.

"그럼. 그럼… 말야."

난 신이 났다.

오빠에게서 이름을 받다니.

너무 기뻤다.

"이왕이면 말야, 오빠와 비슷한 이름이면 좋겠어. 오빠와 연결될 수 있는 이름이 갖고 싶어."

"알았어."

그렇게 난 내 이름을 받았다.

내 이름은 이제 '세레나 에이스트란 펠 아스힌드'.

오빠의 이름인 '앨리언 세레시아 펠 아스힌드'에서 중간 이름인 '세레시아'라는 걸 바꾸어서 '세레나'라고 지어주었다.

내 바람대로.

오빠와 이름이 연결되게 해준 것이다.

이름을 받은 그날 밤은 잠을 이루지 못했다.

너무 기뻤다.

나 같은 꼬마에게 자신의 이름을 준 오빠가 너무 고마웠고 또 날 동생으로 예뻐해 주는 게 너무 고마웠다.

정말 너무 상냥한 오빠.

사실은 오빠라고 부르고 싶지 않았다.

이름을 부르고 싶었다.

그러면서도 오빠가 내 오빠임을 감사했다.

오빠라는 이름이, 내가 그의 동생이라는 이름이 아니었으면 그는 날 보지 않았을 테니까.

【아리아】

난 아카데미에 다니면서 틈만 나면 디트레이를 만나러 갔다.

처음에는 질려하던 그도 나중에는 그럭저럭 상대해 주기에 이르렀다.

"나 왔어."

"또 왔군."

투덜대는 모습도 귀엽다~♡

"주말에 뭐 할 거야?"

"수행해야 해. 방해 말고 꺼져."

"그럼 옆에서 구경해도 되지?"

정말 날 무시하지는 못하는 것 같았다.

나 같으면 없는 존재처럼 무시할 텐데 그는 그러지 못했다.

"꺼지라니까!"

"알았어. 옆에서 구경하고 있을게."

그가 발끈하며 말했지만 난 전혀 신경 안 쓴다.

그런 데 일일이 신경 쓰면서 그를 차지할 수 있을 리 없지.

디트레이가 검을 휘두르고 있다.

"어머, 자기 멋져! 파이팅!"

난 옆에서 응원(?)하고 있고.

"시끄럿!"

이내 디트레이는 부끄러운지 얼굴이 붉게 물든다.

"어머, 왜 그래?"

"너, 너 말야."

"아이, 뭘 부끄러워하고 그래?"

내 말에 디트레이는 더욱 얼굴이 붉어졌다.

그리고 그런 우리들을 보던 디트레이의 친구인 맥스라는 녀석과 잭이
라는 녀석이 옆에서 키득거리다가 끼어들었다.

"그쯤 해. 아리아는 너 좋다고 따라다니는 건데."

"그래, 이제 좀 받아주지 그러냐?"

내가 얼마 전에 눈물로―내 연기력은 아주 좋다―호소한 덕분에 완전
내 편이 된 맥스와 잭은 날 두둔했다.

"디토, 나랑 데이트하자."

"그렇게 부르지 말랬지!"

역시 디트레이는 반응이 너무 확실해서 귀여워.

"같이 갈 거지?"

"으……."

디트레이는 대답하지 않았다.

그날 학교 기숙사로 돌아오는데 어떤 남자가 꽃다발을 내 방에 두고
갔다고 한다.

정말 재수없게…….

난 내 방의 책상 위에 놓인 장미꽃 다발을 바로 쓰레기통에 처박았다.

"여전하네?"

"뭐가?"

"우리 아카데미의 아이스 퀸 말야."

내 룸메이트인 에밀리가 장난을 걸어왔지만 난 맞장구쳐 줄 기분이 아니었다.

"매일 이렇게 선물들 버리지 말고 한 명쯤 사귀어보면 어때?"

"싫어."

퉁명스럽게 대꾸하긴 했지만 나도 고민된다.

이왕이면 남자와 한번 사귀어봐서 사람 다루는 요령을 터득하고 디트레이에게 좀 더 요령있게 대시하고 싶지만 혹시 디트레이가 그걸 알아채는 날에는 큰일이라서 참고 있다.

"참, 너, 남자 친구 많이 사귀어봤지?"

"왜 그래?"

"남자를 꼬시려면 어떻게 해야 해?"

에밀리의 눈이 동그랗게 커졌다.

그도 그럴 것이, 난 이런 것과 좀 거리가 먼 것같이 행동했었으니.

"너, 좋아하는 사람 있었어?"

"응, 그런데 그 사람은 날 쳐다보지 않아."

"헤에, 그래?"

한동안 설명을 들은 에밀리는 작전을 짜주었다.

"네가 지금까지 귀찮을 정도로 따라다녔다고 했지?"

"응."

내가 고개를 끄덕이자 에밀리는 빙긋이 웃었다.

아주 쉬운 일이라는 듯.

"그럼 보편적인 방법을 쓰자."

"보편적인 방법?"

난 연애엔 '꽝' 이다.

그 보편적인 방법이란 뭘까?

나야 디트레이만 잡을 수 있으면 되지만.

"질투심 유발 작전이지."

질투시임?

말도 안 되는 소리.

"하지만 날 전혀 좋아하지 않는걸. 그런데 어떻게 그게 가능해?"

"후후훗, 그게 가능하다니까."

에밀리의 말은 간단했다.

"네가 지금껏 따라다녔으니까 일부러 결별을 선언한 뒤 그 사람이 보는 근처에서 다른 사람과 데이트를 하는 거지."

"그게 정말 잘돼?"

"걱정 마. 그리고 내가 확실히 바람 넣어줄게."

난 일단 에밀리를 믿어보기로 했다.

에밀리는 여러 사람을 사귄 경험이 있으니까 이런 분야에서는 나보다 나을 거 같아서.

여러 작전을 세운 다음날 난 디트레이를 찾아갔다.

이번에는 늘 가는 시간보다 조금 늦게.

"디트레이."

내가 오랜만에 이름을 제대로 부른 데다가 평소 오는 시간이 아니라서 좀 의외였나 보다.

"…왜?"

“나랑 데이트 한 번만 해줘. 그 뒤부터는 안 쫓아다닐게.”

에밀리가 시킨 대로 말했더니 디트레이는 한참을 고민했다.

그리고,

“정말이지?”

“물론.”

그렇게 해서 우린 하루 종일 데이트를 즐겼다.

에밀리의 지도대로 행동하면서.

그 다음날부터는……

“괜찮을까?”

“괜찮아.”

에밀리가 데이트 상대로 지정해 준 사람은 에밀리가 사귀었던 사람 중 하나였다.

사정은 다 설명했으니 잘 도와줄 것이라며 붙여주었지만 난 아직 불안하다.

“괜찮을까 몰라?”

내 걱정과 달리 일은 아주 잘 풀려서 난 디트레이와 사귀게 되었고 얼마 안 가 아카데미는 그만두게 되었다.

앨리언이, 내가 평생을 모셔야 할 어린 내 주인이 별로 좋지 못한 상황에 있다는 말을 들었기 때문에 그 아이를 지키기 위해.

그리고 아카데미를 그만두면서 디트레이에게 난 중대 고백을 했다.

내가 ‘마수사’라고.

혹시 내 엄마처럼 날 버리면 어떡할까 하는 나의 걱정과는 달리 디트레이는 좀 놀란 것 같았지만 날 버리지는 않았다.

그것만으로도 난 그에게 갚을 수 없는 빚을 져 버렸다.

평생을 두고 그의 옆에서 그 빚을 갚을 거다.

그리고 약혼식에서…
"아리아… 저기……."
"나와… 평생을 함께해 줘."
모두가 밋밋하고 멋없는 청혼이라고 했었지만 나에게는 무엇보다 멋
진 청혼이었다.
"바람피우면 죽어."
내가 처음으로 사랑하게 된 그대에게.
내 모든 걸 드리겠어요.
그 대가로 전 당신의 모든 것을 가지겠습니다.
공평하지요?
쿡쿡쿡…….

【세레나】

"신은……."
나의 신관 시험.
"신은 나의 고민을 말없이 들어주시는 분."
그 대답 하나로 견습 신관이 될 수 있었다.
사실 난 신관이 될 생각은 없었다.
오빠 옆에서 도움을 줄 수 있는 자가 되고 싶지만 그럴 수가 없었다.
격투술이나 검술을 배웠다지만 난 그다지 강하지 못하니까 제노시아

처럼 가디언으로서 오빠를 지켜줄 수 없다.

매일매일 열심히 공부했지만 난 머리가 좋지 못하니까 레비스나 카난 공작처럼 일을 도와줄 수 없다.

정치도, 외교도 온몸으로 체험하며 공부했지만 난 외교적인 계략을 만들 줄 모르니까 도리스나 시르 공작처럼 그런 일을 도와줄 수 없다.

난 오빠를 도와줄 수 있는 일이 아무것도 없었다.

그래서 선택한 것이 신관.

오빠의 일을 방해하지도 않고 옆에 계속 있을 수 있으니까.

그리고 내가 신관을 선택한 가장 큰 이유는 내 불안정한 정신을 지탱해 줄 수 있는 신을 찾았다. 그러다 그게 깊어져서 내 고민을 터놓기 위해 늘 기도했다.

그리고 신관을 생각하게 되었다.

이 깊은 번민을 깨끗하게 없애줄 수 있는 거라면 무엇이든 좋았다.

내 더러운 정신을 씻어줄 거라면 무엇이든 상관없었다.

허락을 받는 건 좀 어려웠지만 오빠는 역시 내 부탁을 거절하지는 않았다.

말도 안 될 정도로 이상한 시험을 거쳐 견습이라는 딱지가 붙은 신관이 되었다.

레일레나님의 견습 신관이 되자 무척 힘들었다.

아침이라기보다 새벽이라고 할 수 있는 시간에 일어나 청소하고, 기도하고, 또 정식 신관들이 어지럽힌 걸 치우고…….

기도할 시간도 거의 없을 정도였다.

그리고 오만한 정식 신관들의 태도에도 화가 났다.

나에게야 오빠가 뒤에 있으니 심하게 하지는 않았지만 견습이라고 너무 무시하는 태도가 마음에 들지 않았다.

하지만 거기에 신경 쓸 시간조차 없을 정도로 바빴다.

정신없이 일하고 밤이 되면 피곤에 지쳐서 잠드는 날들이 반복되었다.

잠시도 오빠에 대한 생각을 할 정신이 없을 정도였다.

잠시 잠들기 전에 떠올리는 걸 제외하면 전혀 생각할 수가 없었다.

그래서 난 만족스러웠다.

신전이 내 더러운 정신을 씻어주는 듯한 기분이 들어서.

하지만 그것도 한계가 있었다.

시간이 지나 일이 익숙해지자 다른 생각을 할 여유도 생겼고 자연히 오빠에 대한 생각이 떠올랐다.

잊어야 했다.

그래서 한밤중에 깨끗한 옷을 입고 사람들이 잘 오지 않는 작은 예배당의 여신상 앞으로 갔다.

그리고 무릎을 꿇고 손을 모아 기도를 시작했다.

여신이시여,

희망을 말해 주시는 여신이시여,

불의를 용서하지 않는, 사악을 용서하지 않으며 어둠을 물리쳐 주는 레일레나 여신이시여,

부디, 부디 제가 이 더러움을 지울 수 있게 해주세요.

아니, 절 용서하지 않으셔도 됩니다.

다만 오라버니께 제가 방해되는 일이 없도록 도와주세요.

제 자신을 지울 수 있게 도와주세요.

난 시간도 잊고 미친 듯이 기도했다.

아니, 난 이미 미쳤는지도 모른다.

세상의 어떤 이가 자신의 친오빠를 이렇게 마음에 두고 있을까.

기도를 시작하고 얼마나 지났을까, 이 신전의 총책임자인 노턴이 내 옆으로 왔다.

"너무 오래 기도에 열중하면 몸에 해롭습니다."

"전 기도해야만 해요."

"어째서인지 말씀해 주실 수 있으십니까?"

난 노턴을 돌아보았다.

노턴은 신자들을 상대할 때처럼 자애로운 미소를 띠고 있었지만 솔직히 그 미소에 신뢰가 가는 건 아니었다.

늘 오빠와 말다툼하는 걸 보아왔으니까.

하지만 난 내 말을 들어줄 수 있는 사람이 필요했던 모양이다.

"그러면……."

말을 시작하려는데 노턴이 살짝 손을 들어 저지했다.

"사적인 고민과 고통이라면 여기서는 곤란하지 않나요?"

그러고 보니 여기는 예배당이었다.

사람들이 지나다니는…….

"아……."

노턴은 나에게 웃어주고는 따라오라고 손짓하고 앞서 갔다.

난 노턴을 따라 작은 방으로 갔다.

노턴은 의자에 앉더니 차를 따라 나에게 권했다.

"일주일이나 차가운 바닥에 앉아 기도했으니 몸이 찰 겁니다. 마시세요."

일주일이나… 되었나?

"일주일이나 되었나요?"

"시간마저 잊은 모양이군요."

노턴은 아무래도 상관없다는 듯 방긋이 웃었다.

오빠 말을 빌리자면 저게 바로 '궁극 사교용 접대 미소' 겠지.

"전……."

그렇게 입을 열어 긴 고백을 시작했다.

오빠에게 느끼는 감정부터 유폐의 탑에서 있었던 어머니에 대한 일까지.

내 고백을 들은 노턴은 손가락으로 턱을 쓸며 잠시 생각하더니 뜻밖의 말을 했다.

"어머니의 일은… 당신으로서는 어쩔 수 없는 일이니 더 이상 죄책감을 느끼지 마십시오."

"죄를 회피하는 것이 교리던가요?"

난 어머니에게 죄를 지었다.

그리고 오빠에게도 큰 죄를 지었는데 그저 '어쩔 수 없는 일' 이라는 이름으로 모른 척, 회개하는 척하며 죄를 잊으라는 말인가?

"어린아이들은 때때로 실수를 하지요. 순수하기에 터무니없이 잔인한 일을 할 수 있는 것이 어린아이들이지요."

그러더니 날 보고 피식 웃었다.

"당신이 그렇게까지 죄책감을 느낄 정도로 '큰 죄' 가 아니라고 말하는 겁니다."

"어째서죠?"

"그야 당신의 어머니께서 자신이 정상이라는 걸 알리지 않기를 바랐고 세레나님이 혹시 그 일을 발설하였더라면 오래전에 두 분은 죽음을 당하셨을 테니까요."

맞는 말이다.

나도 그걸 모르지는 않는다.

"하지만……."

난 내 옷자락을 꽉 쥐었다.

"세레나님은 옳은 판단을 하셨습니다."

노턴을 별로 신뢰하고 있지도 않았는데 노턴은 그 말에 난 그 '죄'를 용서받은 듯한 기분이 들었다.

난 고개를 숙이고 내 무릎의 옷자락을 만지작거렸다.

"그리고 세레나님과 그 오라버니에 대한 일입니다만… 제 생각에는……."

노턴의 말에 난 다시 옷자락을 꽉 쥐었다.

무슨 말을 할지 겁이 났다.

"혹시, 혹시 말입니다."

"네."

솔직히 말하자면 내가 이 고백을 하면 노턴이 바로 화를 낼 거라고 생각했다.

신이 금지한 사랑이었으니까.

그런데 노턴은 다른 생각인 모양이다.

"지금껏 '이성'이라 부를 수 있는 사람은 오빠 되는 앨리언님뿐이었죠?"

"예."

내 대답에 노턴은 그럴 줄 알았다는 듯 고개를 끄덕였다.

그리고 하는 말.

"세레나님께서 느끼시는 감정은 어쩌면 지금까지 만난 '이성'이라고 할 수 있는 사람이 그대의 오라버니인 앨리언 황제뿐이기 때문이 아닐까 생각합니다만……."

미묘한 말이었다.

"그럼… 제 감정은 거짓이라는 겁니까?"

"아닙니다. 다만 다른 이성을 접할 기회가 없어 이런 일이 있는 걸 수도 있다는 것뿐입니다."

어쩐지 허탈한 기분이 들었다.

말도 안 된다.

바보가 아닌 이상 자신의 기분을 자신이 모를까.

"감정이 거짓이라는 게 아닙니다. 세레나님이 느끼시는 감정이 혹시 '이성 간의 사랑'이 아니라 '남매 간의 사랑'일지도 모른다는 말이지요."

내가 미심쩍어하는 걸 눈치 챘는지 부연 설명을 해준다.

"그럴지도 모르겠습니다."

그제야 나도 노턴의 말을 받아들일 수 있었다.

어쩌면 노턴이 옳을지도 모른다.

마음이 조금 가벼워졌다.

"당신에게는 여행이 필요할 것 같습니다만……."

"예?"

"여러 사람을 접할 수 있는 기회가 있어야 할 것 같습니다."

노턴의 말에 난 잠시 생각했다.

여행이라…….

'오빠가 허락해 줄까?'

솔직히 여행을 해보고 싶기는 했다.

어릴 때는 갇혀 지냈고 지금도 수도 밖을 벗어난 적이 없었기 때문에 더욱.

"앨리언님이 허락하실지가 문제겠지만 국내의 가벼운 여행이라면 허락을 받으실 수 있을 겁니다. 제가 잘 말씀드려 보지요."

노턴이 대신관이 될 수 있었던 이유를 알 것 같았다.

이분이 한 말은 전부 진짜 같다. 무한한 가슴으로 상대의 죄를 포용하고 용서해 줄 수 있는 사람인 것 같았다.

"그럴 필요없어요."

난 장난기있는 웃음을 지었다.

"예?"

노턴이 어리둥절한 표정으로 날 보았다.

"정식 신관이 되고 나서 신전 순례 여행을 떠나겠어요."

"예에? 그, 그건……."

내 말에 당황해하는 노턴.

"왜요?"

"너무 위험합니다. 밖에는 위험한 것도 많으니……."

그러면서 괜히 여행에 대한 말을 꺼냈다는 표정이었다.

난 웃음이 나왔다.

"괜찮아요. 저 강해요."

그리고 한마디 덧붙였다.

"그리고 정식 신관이 되고 나서라고 했잖아요. 언제일지는 모른답니다."

방글방글 웃으며 말했지만 노턴은 걱정되는 모양이다.

"하아……."

그리고 정말 의외의 말을 했다.

"당신이 정식 신관이 되는 건… 먼 미래가 아닐 듯해서 드리는 말입니다만 너무 앞서 생각하지 마시고 천천히, 차분히 생각해서 결정 내리십시오."

"예?"

정식 신관이 되려면 최소 3년은 걸린다고 알고 있는데 무슨 말일까?

난 아직 견습 신관이 된 지 얼마 되지도 않았는데.

나와 같이 지내는 언니는 벌써 7년째 견습 신관이라고 했다. 정식 신관이 된다는 건 무척 어렵다고 하면서 말이다.

그런데… 내가… 벌써?

"원래 정식 신관으로는 내년에 승격시켜 드리려고 했습니다만 당신이 기도하는 모습을 보고 그 시기를 앞당기자고 결정 내린 겁니다."

"예? 하지만 겨우 그런 기도 하나로……."

"기도뿐이 아닙니다. 솔직히 말씀드리자면 여신님의 신탁과 비슷한 것이 있었다고 할까요?"

"예?"

점점 모를 말이다.

겨우 견습 신관 하나를 정식 신관으로 만들면서 신탁을 내린다는 말은 들어보지도 못했기 때문에.

얼굴에 물음표를 가득 달고 노턴을 봤지만,

"순례 여행은 천천히 생각하고 신중히 결정 내리세요."

노턴님은 내 궁금증을 풀어주지 않았다.

다만 슬며시 웃으며 자리에서 일어났을 뿐.

난 노턴이 나가고 나서도 얼떨떨해 그 자리에 멍하니 있었다.

"꼭 가고 싶으십니까?"

신관의 증명을 받던 날 노턴은 아직 불안한 듯 물어왔다.

하지만 난 확고했다.

"예, 가고 싶습니다."

"하아, 알겠습니다. 여행증을 드리지요."

여행을 간다는 말에 오빠는 막 약혼한 아리아를 내게 붙여주었다.

정말 과보호야.

"저… 어디로 갈 생각이십니까?"

예전에 좀 심하게 대한 일이 있어서인지 아리아는 내게 조심스럽게 대했지만 여행이라는 데 들뜬 건 숨기지 못했다.

"신전 순례. 일단 에이윈으로 갈 거야."

교황님을 만나는 것이 제일 먼저라고 했다.

그러니 에이윈부터 가야겠지.

【아리아&세레나】

세레나의 순례 여행 도중 변덕스런 날씨 예측에 실패한 아리아와 세레나는 완전히 비에 젖어서 여관에 도착했다.

"아~ 다 젖었어."

아리아는 자신을 옷을 쥐어짜며 불평을 늘어놓았다.

여행을 시작했을 때는 세레나가 어색했지만 지금은 많이 편해져 있었다.

"방 하나 주세요."

그나마 아리아에 비해 덜 지친 세레나가 여관 주인에게 방긋이 웃으며 인사했다.

"완전히 젖으셨군요. 원래 이 계절에는 날씨를 예측하기가 힘들어요."

여관 주인은 쓸데없는 말을 늘어놓으며 방을 안내해 주었다.

"고마워요. 저기, 저녁을 여기로 올려 보내 주실 수 있나요? 약간의 술도 함께요."

세레나의 주문에 여관 주인이 그러겠다고 답하고 내려가자 세레나는 아리아에게 눈길을 돌렸다.

아리아는 쥐어짠 옷을 매만지다가 세레나가 보는 걸 느끼고 고개를 들었다.

"헤헤… 씻으셔야죠?"

"응."

씻고 옷을 갈아입고 나니 여관 주인이 저녁을 가지고 올라왔다.

"우와~ 맛있겠다!"

"아리아, 아마 나보다 나이가 많았지?"

아리아가 워낙 어린아이처럼 굴자 세레나가 눈을 모로 뜨며 말했다. 그 말에 아리아는 멈칫거리며 다시 헤헤거리고 웃었다.

저녁을 먹고 나자 여관 주인이 세레나가 주문했던 술을 가져왔다.

그걸 보고 아리아는 놀랄 수밖에 없었다.

"술 마실 줄 아세요?"

세레나가 술을 마시는 건 한 번도 본 적이 없기 때문이었다.

세레나는 피식 웃으며 마개를 열어 잔에 따랐다.

"설마 이 나이가 되도록 마실 줄도 모른다고 생각하지는 않겠지?"

말은 그렇게 해도 세레나는 이제 겨우 열다섯 살이다.

술을 마실 줄 아는 게 이상하지만…….

"그, 그런가요?"

아리아는 멍청하게 동조하고 말았다.

세레나는 별것 아니라는 듯 고갯짓하며 앞에 앉으라는 제스처를 했다.

"오빠도 술은 열 살 때부터 마셨잖아."

"그건……."

'와인이잖아요' 라는 말은 차마 하지 못하고 눈치만 살피는 아리아를 이상하다는 듯 쳐다봤다.

"뭐 해? 마셔."

말려야 한다는 걸 잘 알고 있는 아리아였지만.

"예……."

유혹에 약했다.

그리고,

"움냐, 그래서요, 제가 앨리언님께 우리 일을 매일 보고하거든요."

술에 약한 아리아는 세레나보다 먼저 취해서 절대 말하지 말아야 할 말까지 늘어놓기 시작했다.

"짐작은 했었지만……."

'오빠는 내가 그렇게 어린애 같은가' 라고 하며 투덜거리던 세레나는 갑자기 눈을 빛냈다.

"그보다 어떻게 디트레이와 사귀게 된 거야?'

세레나는 평소의 아리아라면 절대로 말하지 않을 것을 물었다.

자신과 마찬가지로 유폐의 탑에 갇혀 있던 아리아가 거기서 나오자마자 디트레이와 연인임을 선언했을 때 가장 궁금했던 것이었다.

"헤헤, 제 집념의 승리죠."

그러면서 자랑하듯이 자신이 얼마나 따라다녔는지 설명해 주었다.

"으아, 대단한걸?'

"그죠? 헤헤, 이게 맛있네요."

슬슬 혀가 풀리기 시작하는지 발음이 새기 시작했다.

그래도 더 마시고 싶은지 계속 잔을 채웠다.

"그래? 자, 건배."

"거배."

완전히 혀가 풀려 버린 아리아는 아무 생각 없이 따라 건배를 외쳤다.

그리고 아리아도 제정신이었다면 절대로 하지 못할 질문을 했다.

"세레나니믄 왜 이 여해으을 하세요오?"

"아, 그냥……."

"거지말!"

아리아는 까르르 웃었다.

아마 술에 취해 이성이 완전히 마비된 모양이다.

"다 아라요. 무스 이린지는 모르지마… 먼가 있다는 거……."

"아아, 술 취했으면 곱게 자."

결국 못 참은 세레나는 아리아는 끌어다가 침대로 던져 버렸다.

그리고 자신은 다시 술을 따라 한 잔 더 마셨다.

"쳇, 아리아의 술버릇이 이렇게까지 나쁘다니."

이럴 줄 알았으면 절대 술을 먹이지 않았을 거라고 중얼거리는 세레나
였다.

"헤헤… 죄소해요……."

타의로 침대에 쓰러졌지만 그래도 아직 잠들지는 않았는지 한마디 했
다. 그러더니 이내 고른 숨소리가 들렸다.

"가지가지 해요."

세레나는 황당하다는 듯 말하고 이불을 끌어다가 아리아에게 덮어주
었다.

"쳇, 내가 술 취한 척하고 고민 상담 좀 하려고 했는데 이거 완전 거꾸

로 아냐?"

하지만 어쩌겠는가, 다 자신이 자처한 일인 것을.

세레나는 창밖의 빗줄기를 바라보았다.

그리고 천천히 일어나 창가에 기대어서서 거리를 내려다보았다.

그렇게 한동안 생각에 잠겨 있던 세레나는 갑자기 피식거리며 웃었다.

"노턴님이 틀리셨어요. 제 감정은 아무래도 거짓이나 착각이 아닌 것 같네요."

그러면서 한 번에 잔을 비우고는 자신도 자리에 누웠다.

내일도 여행을 계속해야 하니 푹 자는 게 좋으리라.

여러 생각을 안은 채 밤이 깊어가고 있었다.

제2권 끝

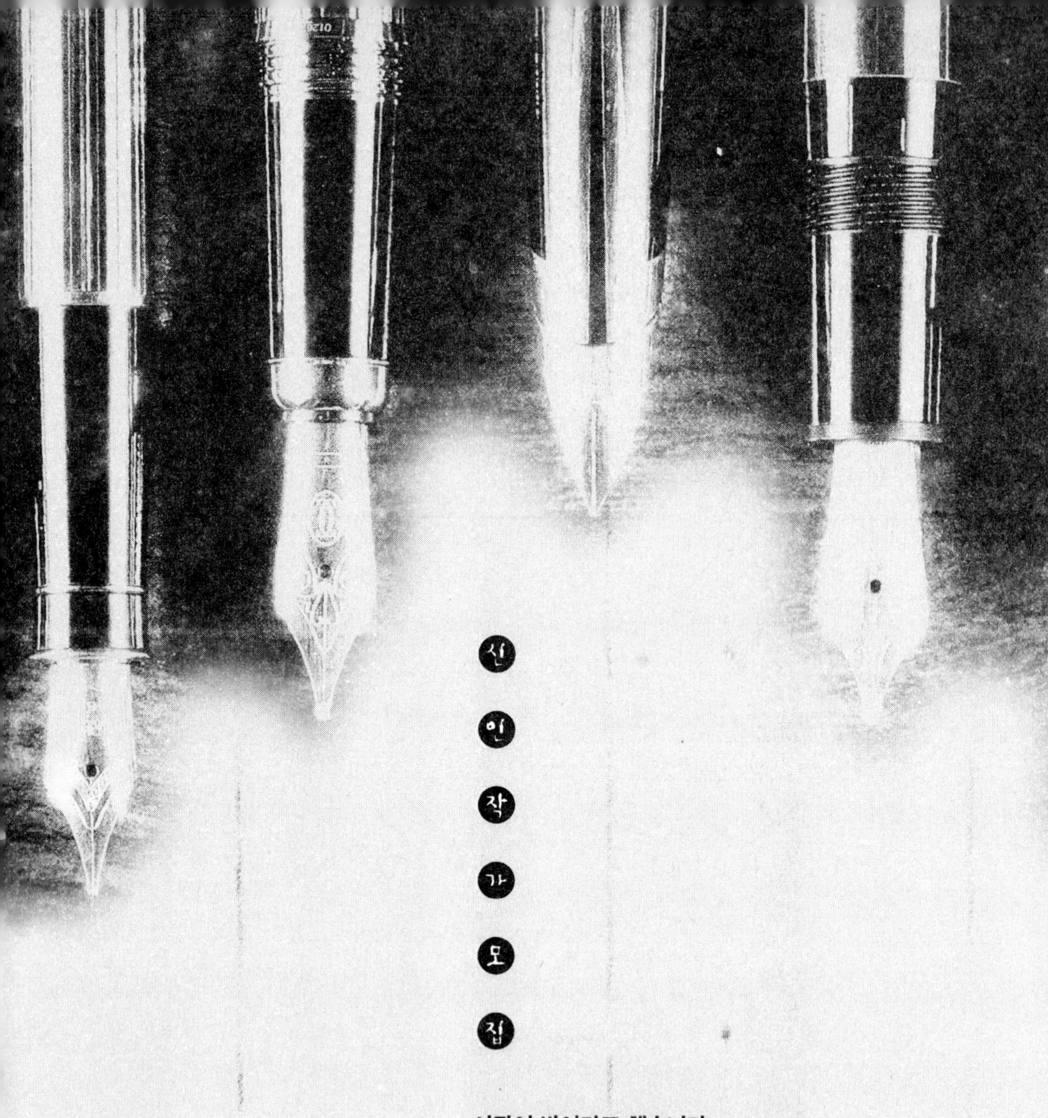